『레이첼의 죽음으로부터』를 향한 찬사

『걸 온 더 트레인』과 『나를 찾아줘』 팬들을 위한 스릴러. 플린 베리만의 강렬하고 독창적인 목소리가 있다. 작가는 어느 때에 무엇을 어느 정도로 폭로해야 할지 염두에 두고 플롯과 리듬을 창작했다. 정밀한 문장은 히치콕 감독의 정밀한 스토리보드를 떠올리게 하며, 영화적 시선을 가미하여 작품의 질을 높인다. 노라의 일상적이면서 언뜻 자의적으로 보이는 관찰은 문장에 생생한 긴장감을 더하며 작가의 지력이 제대로 발휘되고 있음을 보여준다. 매혹적이고 놀랍다.

_ 뉴욕 타임스, 엘리자베스 브런디지

절묘한 긴장감과 강렬함. 대프니 듀 모리에의 고전 『레베카』의 묘한 긴장 감이 흐른다. 빈틈없는 독자라면 이 작품들 속에서 서술자가 폭로하는, 있는 그대로의 사실 속에 숨어 있는 진실을 순간이나마 확인할 수 있을 것이다. 하지만 다른 작품과 비교하지 않더라도 유려한 글솜씨가 돋보이는 심리스 릴러이며, 이 작품 자체의 우수성만으로도 칭송받아 마땅하다.

_ 워싱턴 포스트, 모린 코리건

애도, 편집증, 기억에 관한 날카롭고 서늘한 심리학적 고찰. 복잡한 자매 관계를 영리하게 그렸으며 무엇보다 인상적인 살인 미스터리물이다. 플린 베리는 페미니즘을 촉진해온 중대한 사회 갈등을 가져와 권력의 불균형이 개인의 삶에 끼친 파급효과를 탐구함으로써 이를 구체적이고 개인적인 갈 등으로 만들었다.

_ 애틀랜틱, [2016년 최고의 도서]

군더더기 없는 이야기에 우아하고 예리한 문장이 가득하며, 흥미롭게도 일종의 차디찬 절망이 그 아래 깔려 있다. 플린 베리는 이 작품에서 여성, 폭력, 기억이라는 연관 주제를 A.S.A. 해리슨 혹은 폴라 호킨스의 방식으로 풀어낸다.

_ USA 투데이

플린 베리의 첫 소설은 고전적인 살인 미스터리에 풍부한 감정적 깊이를 부여하여 노라의 고뇌와 슬픔을 강렬하게 묘사하고, 이에 독자는 누가 범인인지에 대한 의문만큼이나 그녀의 상실에 깊게 공감하게 된다. 그 결과로 범죄뿐만 아니라 두 자매 사이의 강렬하고 복잡한 사랑이 드러난다.

_ 오프라닷컴, [한자리에서 끝까지 읽을 흥미진진한 책]

심리적으로 강렬하며 암울한 분위기를 두루 갖춘 이 미스터리 작품을 보고 퍼트리샤 하이스미스의 생생하며 중독적인 문제가 떠올랐다. 노라로 하여금 살인범을 쫓게 만든 슬픔에 마음을 완전히 빼앗겨버렸다.

_ 밀워키 저널 센티넬, 캐롤 E. 배로먼

최근의 베스트셀러들에 견줄 만한 심리 서스펜스 작품을 써냈다. 그 일등공신은 서술자다. 서술자가 보이는 신뢰할 수 없는 모습은 전혀 변덕스럽지 않고, 오히려 이 책의 정교한 구성에 부합하여 서스펜스를 한껏 고조시킨다.

_ 월 스트리트 저널

사악할 정도로 으스스하다. 이상하고 기괴해지는 행동을 보일수록 노라는 불쾌하고 흥미진진하면서 매력적인 인물이 되는데, 그 이유는 소름 끼칠 정도로 불안해지기 때문이다. 책을 펴자마자 깜짝 놀랄 결말까지 내내 눈을 떼지 못하게 하는 책.

슬픔과 속임수, 질투에 대한 흥미롭고도 철저한 탐구로 이루어진 소설. 가장 흥미로운 지점은 전형적인 추리 기법을 사용하지 않고, 노라가 동시에 지닌 상실감, 선망, 불충함, 집착이 그녀를 '악한 희생자'로 만든다는 점이다. 플린 베리가 첫 데뷔작으로 이런 작품을 쓸 수 있었다면, 다음에 무엇을 써낼지 상상해보라.

플린 베리는 군더더기 없고 완벽한 문장을 독자에게 선보인다. '믿을 수 없는 서술자'라는 기법이 이렇게 효과적으로 사용된 경우는 아주 드물다.

첫 페이지부터 독자를 서스펜스 넘치는 구성 속에 가둬버린다. 그렇다고 구성의 힘에만 의존하는 작품은 아니다. 문장이 간소하면서도 통렬하기 때문이다.

서슬 퍼런 작가의 목소리와 그 목소리가 만들어낸 세계야말로 고전 범죄소설의 본질이다. 애도 단계를 힘겹게 통과하는 여성의 이야기.

스릴 만점의 페이지터너. 생생하게 묘사된 등장인물과 복잡하지만 충분히 공감되는 관계들로 인해 나에게 이런 일이 생길까 두려워진다.

_ 퓨어와우

몰입도 강한 심리스릴러인 이 책은 서로를 그 누구보다 사랑했던 두 여성의 미묘한 관계를 파헤치는 동시에, 우리가 가깝다고 여기는 사람들을 사실은 얼마나 모르고 있었는지를 여실히 드러내 보인다.

_ 리파이너리29

『레이첼의 죽음으로부터』는 고통으로부터 생존자의 평범한 삶으로 돌아갈 때까지 슬픔의 과정을 통과하는 이야기로 독자를 몰입하게 하는 심리스릴러다. 세밀하게 짜인 플롯보다 더 주목할 만한 것은 플린 베리의 매혹적인 산문체인데, 주인공과 함께 우리가 사랑했던 사람을 넘어 우리 자신들까지 얼마나 잘 알고 있었는지에 대한 의문을 가지게 한다.

_ 스트랜드

잔혹한 두 가지 폭력의 렌즈를 통해 사랑과 경쟁의 유대 관계를 비추는 놀랍고도 복잡한 심리 서스펜스 소설. 장르소설의 새로운 목소리를 소개한다.

_ 셀프 어웨어니스

정교하게 빚어낸 데뷔작. 플린 베리는 피해자가 책 속에서 생생히 살아 숨 쉬도록 만드는 드문 솜씨를 발휘하면서도, 남겨진 사람들이 느끼는 넓고 깊은 상실감도 포기하지 않았다.

_ 커커스 리뷰

집착과 기억, 분노와 후회, 이 심도 깊은 심리 서스펜스 데뷔작에 힘을 실어달라.

_ 라이브러리 저널

히치콕이 떠오른다. 애증이 복잡하게 뒤섞인 자매 관계를 깊게 파헤친, 서글픈 심리스릴러.

_ 북리스트

취침 전 독서에서 길리언 플린의 공백을 메워줄 작품을 목 놓아 기다린 서스펜스 애호가라면, 플린 베리의 데뷔작이 답일 것이다.

_ 피닉스 뉴 타임스

독자는 노라와 함께 여러 가지 단서들을 찾아다니면서 즐거움을 얻겠지만, 비밀을 풀었다고 생각한 순간 기습을 당할 수도 있다. 깔끔한 데뷔작.

_ 퍼블리셔스 위클리

독자의 마음을 완전히 사로잡는다. 또한 지금까지 읽은 그 어떤 스릴러보다 독특한 목소리를 지니고 있다.

_ 버슬. 에이미 색스

강한 몰입력의 노련한 데뷔작. 플린 베리는 최후의 순간까지 독자로 하여금 추리하게 만든다.

_ 리얼 심플

놀라운 탐정소설. 잊을 수 없고, 분위기 있으며, 아주 영리하다.

_ 데이턴 데일리 뉴스, [2016년의 좋은 소설]

훌륭하다. 플린 베리는 대단한 이야기꾼 중 한 명이다.

_ WYSO 마이애미

해변에 가지고 나갔다가 그 자리에서 끝까지 읽게 되고 마는 그런 책. 능숙하게 전개되면서 어딘가 색다르다. 놀라움의 연속.

_ 굽

읽기 시작하니 멈출 수가 없었다. 엘레나 페란테가 쓴 『브로드처치 Broadchurch』 같다. 플린 베리는 굉장히 흥미로운 작가다.

_ 클레어 메수드(『다시 살고 싶어』 저자)

이 책을 읽다가 밤을 지새웠다. 분위기와 감정을 건드리는 작가의 노련한 솜씨는 이 작품을 단연 돋보이게 하는 일등 공신이다.

_ 알렉스 마우드(『사악한 소녀들 The Wicked Girls』과 『킬러 넥스트 도어』 저자)

나를 뼛속까지 사로잡고 앉은자리에서 끝까지 집중하게 만든 것은 압도적이고 집요하며 긴장감 넘치는 구성 때문이 아니었다. 완벽하고 한결같은 플린 베리의 문체 덕분이었다. 흠잡을 곳 없는 스토리텔링.

_ 질 알렉산더 에스바움(뉴욕 타임스 베스트셀러 『하우스프라우』 저자)

워낙 손에서 놓기 어렵고 분위기 있는 미스터리이다 보니 앉은 자리에서 다 읽고 말았다. 자매에 대한 묘사는 미묘하고 독창적이면서도 설득력이 있다.

플린 베리의 글은 명료하고 간소하면서도 결이 살아 있어 읽는 즉시 빠져들게 된다. 처음부터 뭔가 이상하다는 걸 알게 되는데, 이런 불편감과 미스터리는 노라와 언니의 복잡한 관계를 알아가면 알아갈수록 커져간다. 안 읽을 때조차 계속 이 책 생각이 났다.

열정적인 독서광들이 좋아할 만한 것을 내어준다. 서스펜스가 팽팽하게 작동하는 가운데 통찰과 독자를 감동시킬 만한 감정적인 순간들이 가득 차 있다. 소설의 주축이 되는 자매의 관계는 마음을 아프게도 했다가 따뜻하게도 하는 충성 어린 관계다. 그 슬픔이 너무나 진짜처럼 느껴졌다.

사랑, 슬픔, 살인에 관한 이야기가 주인공의 집착과 상충하는 지점에서 독자는 사건의 여파 속으로 떨어진다. 흥미진진하면서도 미묘한 뉘앙스를 지닌 이 소설은 놓쳐선 안 될 세련된 스릴러다.

음산하고 분위기 있는 이 미스터리 소설은 처음부터 끝까지 엇나가는 법이 없다. 파악하기 어려운 두 자매와 마찬가지로 파악하기 어려운 진실을 다룬 이 이야기에 푹 빠지고 말았다.

레이첼의 죽음으로부터

레이첼의 죽음으로부터

플린 베리 지음 ㅣ 황금진 옮김

UNDER THE HARROW

FLYNN BERRY

작가
정신

J. A. B.를 위하여

자, 회피한다고 얻는 것이 무엇인가?
우리는 고통 속에 있으며 이를 피할 수 없다.

C. S. 루이스,『헤아려본 슬픔 *A Grief Observed*』

차례

일러두기

1. 인명과 지명을 비롯한 고유명사는 국립국어원 외래어 표기법에 따라 표기하되,
   국내에서 이미 굳어진 경우에 한해서는 관용적 표기로 옮겼다.
2. 본문의 각주는 모두 옮긴이의 주이다.
3. 원서의 이탤릭체는 고딕으로 표기했다.

1부
......

헌
터
스

1

한 여자가 이스트라이딩에서 실종됐다. 여자가 사라진 곳은 헤든으로, 우리가 자란 동네 근처다. 이 실종 소식을 알게 되면 레이첼 언니는 그놈의 짓이라고 생각할 것이다.

푸른 바다 위에 떠 있는 쾌속범선이 그려진 서프라이즈의 돌출간판이 바람에 삐걱거린다. 이 펍은 첼시의 어느 조용한 길가에 자리하고 있다. 핀 스트리트에서 일을 마친 후 점심을 먹고 화이트와인도 한잔할 겸 해서 온 것이다. 나는 보조 조경사로 일하고 있다. 내가 돕는 조경사의 전문분야는 초지^{草地}다. 초지는 조경이 전혀 되지 않은 것처럼 보인다.

기자가 텔레비전 속에서 여자가 마지막으로 목격되었다는 공원의 이곳저곳을 돌아다닌다. 경찰과 수색견들이 마을 뒤쪽의 언덕 전체에 걸쳐 흩어져 있다. 오늘 밤 언니에게 저 여자 이야기를 해주면 되겠다. 우리의 여행은 엉망이 되겠지만 말이다. 어쩌면 이 사건은 언니가 당한 일과 무관할지도 모르고, 실종된 여자가 아무런 변고를 당하지 않았을 가능성도 있다.

길 건너편 건축업자들이 쌀쌀한 햇살을 받으며 계단에 기대 서 있다. 발치에 똘똘 뭉친 흰색 종이봉지들이 떨어져 있는 것으로 보아 식사를 마친 것이 분명해 보인다. 원래대로라면 옥스퍼드행 열차를 타러 떠났어야 할 시간이지만, 나는 외투를 입고 목도리까지 걸치고도 바에서 뭉그적거린다. 그동안 텔레비전에서는 헐 경찰서의 형사가 실종 관련 정보를 얻기 위해 사람들에게 이것저것 물어보고 있다.

뉴스가 북쪽 지방의 폭풍우 소식으로 넘어가고 나서야 나는 돌출간판 아래를 지나 모퉁이를 돈 다음 로열 호스피털 로드로 향한다. 네모반듯하게 정돈된 버튼코트를 지나친다. 부동산중개업소도, 첼시와 켄징턴에 있는 양지바른 주택들도 지나친다. 나는 지금도 킬번에 있는 고층아파트에 살고 있다. 계단통에서는 늘 갓 칠한 페인트 냄새가 나고 갈매기들이 발코니를 향해 돌진하는 곳. 당연히 내게 마당 같은 건 없다. 구두 수선공네 애들이 신발이 없다더니 딱 그 짝이다.

택시가 슬론 스트리트를 내려간다. 맞은편 창문에서 반사된 흐릿한 빛구슬들이 건물 양옆에서 반짝반짝 빛난다. 서점에는 『천일야화』의 새 번역본이 무더기로 진열되어 있다.

『천일야화』에는 한 마법사가 영원히 늙지 않게 해주는 약초로 만든 물약을 마신 이야기가 있었다. 문제는 그 약초가 어떤 산꼭대기에서만 자랐기 때문에 마법사가 매년 젊은이를 속여 그 산에 오르게 했다는 것이다. '약초를 아래로 던지게. 그럼 내가 자넬 데리러 갈 테니.' 마법사가 말했다. 젊은이는 약초를 아래로 던졌다. 결말은 기억이 나지 않는다. 그게 끝이었을지도 모르겠다. 거기 나온 이야기의 결말은 거의 다 잊었지만, 그래도 셰에라자드가 살았다는 중요한 결말만은 기억하고 있다.

몇 분간 지하철을 탄 후 지상으로 나와 패딩턴역 방향의 계단을 오른다. 기차표를 산 후 위슬스톱에서 레드와인 한 병을 산다.

플랫폼에는 기차 엔진이 웅웅거리고 있다. 언니가 런던으로 이사를 오면 좋을 텐데. "그럼 네가 여기 올 일이 없어질 거 아냐." 언니는 이렇게 말한다. 야트막한 언덕 위, 오래된 느릅나무 두 그루 사이에 서 있는 언니의 집을 나는 정말로 사랑한다. 느릅나무가 바람에 살랑거리는 소리가 위층 침실을 가득 메운다. 언니는 그곳에서 사는 것, 그리고 혼자 사는 것을 정말 좋아한다. 2년 전 언니는 결혼 직전까지 갔었다. "코 꿰일 뻔했네." 언니는 말했었다.

나는 기차 좌석에 머리를 꼭 기댄 채 겨울 들판이 창밖으로 휙휙 지나가는 모습을 본다. 주말이어서 내가 탄 칸에는 일찍 퇴근한 직장인 두어 명밖에 없다. 하늘은 잿빛이고 지평선에는 자줏빛 리본이 드리워져 있다. 런던 밖, 이곳은 더 춥다. 역에서 기차를 기다리는 사람들의 얼굴을 보면 알 수 있다. 아래 창틀의 갈라진 틈을 뚫고 가느다란 외풍이 쉭쉭 들어온다. 기차는 숯처럼 시커먼 풍경을 뚫고 불 밝힌 캡슐처럼 달린다.

후드를 뒤집어쓴 남자애 둘이 내가 타고 있는 기차를 따라 달린다. 내 자리가 그 아이들이 있는 지점에 닿기도 전에 아이들은 낮은 담장을 훌쩍 뛰어넘어 갓길 너머로 사라져버린다. 기차는 빽빽한 산울타리를 뚫고 지나간다. 여름이면 산울타리로 인해 기차 안에 초록빛이 깜박거리는데, 그러면 꼭 물속에 있는 것만 같다. 지금은 산울타리가 너무 헐벗어서인지 빛의 변화가 전혀 없다. 잔가지 사이로 덩굴에 둘러싸인 작은 새들만 보인다.

몇 주 전 언니가 염소를 기를 계획이란 말을 꺼냈다. 정원 안쪽에 있는 산사나무가 염소들이 오르기에 더없이 좋다면서. 언니한테는 이미 커다란 저먼셰퍼드 한 마리가 있다. "페노는 염소를 보면 어떤 기분이 들까?" 내가 물었다.

"너무 행복해서 미치려고 할걸." 언니가 말했다.

모든 염소가 나무를 오르는 건지, 아니면 특정 종의 염소만 오르는 건지 궁금하다. 처음엔 언니가 그냥 한 말인 줄 알았다. 그러다 언니가 부채꼴의 삼나무 끄트머리에 염소 한 마리가 균형을 잡고 서 있는 사진, 염소 떼가 뽕나무에 오른 사진을 보여주자 진심이구나 싶었다. 하지만 그중 염소들이 어떻게 나무를 올랐는지 보여주는 사진은 한 장도 없었다. "걔네들, 발굽을 쓴대, 노라." 언니가 알려주었지만 아직도 이해는 안 간다.

간식 카트를 밀며 복도를 내려오는 여자에게 내가 먹을 트 윅스 하나와 언니가 먹을 에어로를 하나 산다. 아빠는 우리에게 꼬마 먹보들이라고 했었다. "너무 맞는 말이잖아." 언니가 말했었다.

획획 지나가는 들판을 쳐다본다. 오늘 밤에는 언니에게 예술가 입주 프로그램이 지금부터 두 달 후인 1월 중순에 시작한다는 얘기를 할 것이다. 숙소와 보조금을 지원받으며 프랑스에서 12주간 체류하는 과정이다. 대학에 다니며 쓴 『도둑 신랑』이라는 희곡으로 지원을 했는데, 그 후로 전혀 발전하지 못했다는 게 창피하지만 더 이상 상관없다. 프랑스에서 새 작품을 쓸 거니까. 언니도 기뻐하며 축하주를 따라줄 것이다. 그 후에 저녁을 먹으면서 나에게 직장에서 보낸 한 주얘기를 들려줄 텐데, 요크셔에서 실종되었다는 여자 이야기는 하지 말아야겠다.

백악질 구릉지대를 통과하면서 기차는 길고 낮은 기적을 한번 울린다. 오늘 저녁때에 언니가 무슨 요리를 한다고 했더라? 부엌 여기저기를 왔다 갔다 하면서 밤을 담아놓은 커다란 도자기 그릇을 싱크대 가장자리로 옮기는 언니의 모습이 눈에 선하다. 코코뱅*과 폴렌타**를 한다고 했던 것 같다.

---

* 닭고기를 레드와인에 조리는 일종의 스튜.
** 옥수수를 끓여 만드는 수프의 일종.

언니가 요리하는 걸 좋아하는 데에는 직업적인 이유도 있다. 언니 말로는 환자들이 먹고 싶은 걸 못 먹게 되니 늘 음식 얘기만 한다고 한다. 그들은 언니에게 무슨 음식을 만들어 먹느냐고 물을 때가 많은데, 그럴 때마다 그럴듯한 대답을 해주고 싶단다.

내가 앉은 자리 옆으로 슬레이트 지붕과 굴뚝의 통풍관이 높다란 벽돌담 위로 솟아오르는가 싶더니 곧 사방에서 드러나 마을 전체를 둘러싼다. 담장을 지나자 바짝 마른 관목과 산울타리가 펼쳐진 들판이 나오고, 그 사이로 좁다란 길 두어 개가 나 있다. 들판 가장자리에서 녹색 모자를 쓴 남자가 쓰레기를 태우는 중이다. 새카맣게 탄 나뭇잎들이 바람을 타고 하얀 하늘로 날아올라 들판 위를 빙빙 맴돈다.

콘월에서 빌릴 집 목록이 든 폴더를 가방에서 꺼낸다. 올여름에 언니와 함께 콘월의 폴페로에 집을 하나 빌렸었다. 우리 두 사람 모두 크리스마스에 휴가를 낼 수 있어서 이번 주말에 다시 집을 예약할 계획이다.

폴페로는 해안 협곡 곳곳 움푹이 파인 지형에 자리 잡고 있다. 슬레이트 지붕에 회반죽을 바른 집들이 푸르른 계곡 안에 호젓이 자리한다. 두 개의 절벽 사이에 항구가 하나 있고 방파제를 지나면 내항이 나오는데, 작은 범선 20척 정도는 너끈히 들어갈 정도로 넓다. 물가 쪽 부두에는 집들과 술집들이 들어서 있다. 썰물 때 내항에 있는 배들을 보면 선체가 갯벌 위에 서 있는 형상이다. 갈고리 모양의 곶이 나 있는 협곡 서쪽에 네모반듯한 상인의 집이 두 채 있다. 한 채는 트위드 같은 갈색 벽돌집이고, 다른 한 채는 흰색 벽돌집이다. 그 집들 위로는 하늘을 배경으로 반송盤松의 윤곽이 뚜렷이 드러난다. 상인의 집을 지난 곳의 맨 끝에는 작은 농장이 딸린 어느 어부의 농가가 바위 틈에 들어앉아 있다. 농가는 거친 화강암으로 지어져 안개라도 끼는 날에는 주변 바위에 묻혀 구분이 잘 가지 않는다. 우리가 빌린 집은 폴페로에서 해안을 따라 난 오솔길을 10분 정도 걸으면 나오는 곳에 있었는데, 해변에서부터 절벽을 오르는 전용 계단 71개가 딸려 있었다.

나는 콘월을 미치도록, 질투에 눈이 멀 정도로 사랑했다. 내 나이 스물아홉에 이제 막 콘월을 발견한 터였지만 콘월은 내 것이었다. 내가 콘월을 사랑하는 이유를 적은 목록은 이미 길었으나 그조차 아직 완성된 건 아니었다.

그 목록에는 물론 우리가 묵을 집도, 우리 마을도, 리저드 반도도 있었다. 그리고 틴타겔의 해변에서 몇 킬로미터 떨어진 곳에서 탄생한 아서왕의 전설 또한 빼놓을 수 없었다.

마우스홀Mousehole이 아니라 "마우절"이라고 발음하는 마을도. 대프니 듀 모리에*와 '지난밤 다시 맨덜리로 가는 꿈을 꾸었다'**라는 문장도. 이곳을 떠난 사람이라면 당연히, 그 누구

---

* 영국의 소설가 겸 극작가. 어린 시절 콘월로 이사 와 인생의 대부분을 이곳에서 보냈다.
** 대프니 듀 모리에의 소설 『레베카』의 첫 문장.

라도 그런 꿈을 꿀 것이다. 그리고 지붕 위의 망대들. 술집의
벽에 걸린 난파선 사진과, 폐선박 때문에 난쟁이처럼 보이는
갈색 롱스커트에 외투 차림의 마을 주민들 사진도.

이 목록은 하루하루 고쳐 써야 할 정도였다. 반송과 크림
플혼 여관도 추가했다. 코니시 패스티°와 코니시 에일. 바다
에서, 그리고 위에서 물방울이 똑똑 떨어지는 조용한 동굴
안에서 하는 수영. 매분, 심지어 우리가 잠들어 있는 시간까
지도 목록에 올랐다.

"여기선 모든 게 더 좋아져."

"글쎄다."

"콘월의 제일 좋은 점이 뭐야, 언니는?" 내가 묻자 언니는
투덜거리기만 했다. "아님 내가 좋아하는 점을 말해주고."

그러자 언니가 말했다. "음…… 일단 바다가 있겠지."

사실 언니는 나보다 더 콘월을 사랑하고 있었기에 콘월로
돌아갈 생각에 나보다 더 들떠 있었다. 언니는 요즘 제정신이
아니었다. 일 때문인지 신경이 날카롭고 늘 피곤해 보인다.

다음 역에 도착하자 차장이 승객들에게 폭설로 인해 내일
열차가 지연될지 모른다며 미리 주의를 준다. 아주 잘됐군.
그래, 눈이 온다 이거지.

열차는 또 다른 마을을 통과한다. 자동차들이 헤드라이트
를 켜자, 헤드라이트가 한풀 꺾인 오후 햇살 속에서 연노란

° 다진 고기와 야채가 든 콘월 지방의 전통 파이.

색 구슬처럼 보인다. 포플러 산울타리를 따라 커브를 그리던 선로가 말로에 진입하면서 일자가 된다.

언니가 역에 없다. 이상할 것 없는 일이다. 병원에서 근무 교대가 늦어지는 경우가 자주 있기 때문이다. 플랫폼을 나서 는데 불빛이 어찌나 흐린지 마을의 지붕들에 이미 눈이 내린 것처럼 보일 정도다. 중심가를 벗어나 언니네 집 쪽으로 향 하자 이내 한 줄기로 뻗어 있는 탁 트인 길이 나온다. 농장들 사이로 리본처럼 좁다랗게 나 있는 포장도로다.

언니가 페노와 함께 나를 만나러 걸어오고 있는 건 아닐 까? 레드와인병이 등을 탁탁 때린다. 머릿속으로 언니네 집 부엌을 그려본다. 밤이 담긴 그릇, 가스레인지 위에서 보글 보글 끓고 있는 폴렌타. 차 한 대가 내 쪽으로 다가와 길 가장 자리로 물러난다. 차는 나와의 거리가 좁혀질수록 속도를 늦 추다가, 운전석에 앉은 여자가 고개를 까딱 끄떡이더니 속도 를 높여 멀어진다.

걸음을 서두른다. 가슴은 숨결로 데우고 꽁꽁 언 손은 주 머니에 꼭 말아 넣은 채. 짙은 구름은 머리 위에서 한 덩어리 가 되고, 고요한 대기는 이명처럼 울린다.

이제 언니네 집이 시야에 들어온다. 언덕을 오르자 발밑에 서 자갈이 우두둑우두둑 소리를 낸다. 언니의 차가 진입로에 주차되어 있는 것을 보니 방금 집에 도착한 모양이다. 문을 연다.

심상찮은 분위기에 나도 모르게 뒷걸음질을 친다. 무언가가 갑자기 내게 달려들기라도 한 것처럼.

가장 먼저 눈에 들어온 것은 개다. 개가 계단 꼭대기에 자기 목줄로 매달려 있다. 개의 몸이 느리게 돌면서 목줄에서 삐걱삐걱 소리가 난다. 정말 끔찍하기 짝이 없는 일인데도 한편으로는 놀랍다는 생각이 든다. 어떻게 저럴 수 있지?

목줄은 계단 난간 기둥 하나에 돌돌 말려 있다. 목줄이 엉킨 상태에서 난간 아래로 떨어져 목이 졸린 것으로 보였다. 그런데 벽과 바닥에 피가 있다.

사방이 고요하고 평온한데도 호흡이 가빠진다. 당장 무슨 조치든 취해야 하는데 어떻게 해야 할지 모르겠다. 나는 언니 이름을 부르지 않는다.

계단을 오른다. 벽에 세로로 핏자국이 나 있는데 내 어깨 바로 아래쯤의 높이다. 마치 누군가 계단을 오르다가 벽에 기댄 채 주저앉은 것 같았다. 그 혈흔이 끝나는 지점의 바로 위 계단부터 그다음 계단, 층계참까지 새빨간 손자국이 나 있다.

위층 복도부터 핏자국은 어수선해진다. 손자국은 눈에 띄지 않는다. 누군가 바닥을 기어갔든지 끌려간 것처럼 보인다. 핏자국을 뚫어져라 바라보다가 한참 후에야 복도를 내려다본다.

언니를 향해 기어가면서 내가 울부짖는 소리가 내 귀에도 들린다. 언니가 입고 있는 셔츠의 앞면이 시커멓게 젖어 있다. 언니를 조심히 들어 올려 내 무릎에 얹는다. 한 손을 언니의 목에 대고 맥박을 짚으려다가 숨소리를 들어보려 언니의 얼굴에 귀를 바짝 가져다 댄다. 내 뺨이 언니의 코를 스치자 등골이 오싹해진다. 언니의 입에 숨을 불어넣고 가슴을 압박하다가 그만둔다. 이게 언니에게 더 큰 해가 될지도 모르기 때문이다.

내 이마를 언니의 이마에 대자 복도가 어두워진다. 내 숨결이 언니의 살갗 위를 굴러 언니의 머리카락으로 떨어진다. 복도가 우리를 점점 에워싼다.

내 전화는 언니네 집에서 신호가 잡힌 적이 없었다. 구급차를 부르려면 집 밖으로 나가야 할 것이다. 언니를 두고 갈순 없지만, 휘청거리며 계단을 내려가 문밖으로 나간다.

방금 통화를 마쳤는데도 내가 무슨 말을 했는지 기억나지 않는다. 양쪽 그 어디에도 사람은 없고 이웃집과 그 집들 너머의 산등성이만 보인다. 웅웅거리는 고요 속에서 바다 소리를 들을 수 있을 것만 같다. 내 위로 하늘도 어수선해진다. 위를 올려다본다. 양손을 머리에 가져다 댄다. 누군가 고래고래 소리를 지르고 있기라도 한 듯, 귀가 울린다.

언니가 문간에 나타나길 기다려본다. 어리둥절하고 피로에 찌든 얼굴로 내 눈을 뚫어져라 바라볼 언니를. 언니의 부드러운 발자국 소리가 나지는 않을지 귀를 기울이는데 사이렌이 들린다. 구급차가 도착하기 전에 언니가 내려와야 하는데. 혹여 다른 사람이 언니를 보기라도 하면 끝장이다. 그 소리에 언니한테 제발 내려와달라고 애원한다. 사이렌이 커지면서 귀가 점점 쫑긋해지더니 소리를 따라 턱과 멀어진다. 마치 빙긋 웃고 있기라도 한 듯. 언니가 나오지 않을까 하는 마음에 문을 주시한다.

잠시 후, 농장들 사이를 달려 내려오고 있는 구급차가 보인다. 구급차가 언니 집 진입로에 들어서자 타이어 아래에서 자갈이 튄다. 구급차 문이 열리고 구급대원들이 내게 달려오지만 나는 말을 할 수가 없다. 첫 번째 구급대원은 집 안으로 들어가고 두 번째 구급대원이 나에게 다친 곳은 없냐고 묻는다. 그 말을 듣고 내려다보니 내 셔츠에 피가 묻어 있다. 대답이 없는 나를 구급대원이 살피기 시작한다.

구급대원을 떨치고 첫 번째 구급대원을 쫓아 계단을 달려 올라간다. 짙은 머리카락이 바닥 위에 고여 있고 팔은 허리께에 놓인 채, 언니의 얼굴이 천장을 향해 돌려져 있다. 언니의 발이 보인다. 도톰한 털양말을 신은 발이. 기어서 구급대원을 돌아간 다음 언니의 발을 양손 안에 쥐고 싶다.

구급대원이 언니의 목에서 어떤 지점을 가리키더니 자기 턱 아래의 같은 지점을 짚는다. 내가 내고 있는 소리 때문에 구급대원의 말이 들리질 않는다. 그 구급대원이 계단을 내려가는 나를 부축한다. 구급차 문을 연 후 차 끄트머리에 나를 앉히고는 내 어깨에 구조용 포일 담요를 둘러준다. 흘린 땀이 식으면서 셔츠가 뱃가죽에 찰싹 달라붙었다. 이가 딱딱 맞부딪는다. 구급대원이 히터를 켜자 내 뒤로 구급차에서 열기가 쏟아져 나온다. 열기는 내 등에 온기를 전달해준 후 차가운 공기 속으로 증발해버린다.

곧이어 순찰차가 도착한다. 검은색 제복 차림의 경찰관들이 길가에 모여 잔디밭 쪽으로 다가오고 있다. 그들에게 시선을 고정한 채, 눈동자를 바삐 움직여 얼굴을 차례차례 응시한다. 누군가의 벨트에서 따닥따닥 규칙적인 소리가 난다. 그들 중 한 명이 내게 미소를 지으며 모든 게 다 장난이었다고 밝혀주기를 기다린다. 한 순경이 말뚝을 흙에 깊숙이 박은 후 문에 테이프를 두르자, 감겨 있던 테이프가 풀리면서 위아래로 흔들린다.

시야 가장자리가 흐릿해지더니 완전히 캄캄해진다. 너무나 피곤하다. 그래도 경찰을 지켜보려고 안간힘을 쓴다. 그래야 나중에 언니에게 어땠는지 얘기해줄 수 있을 테니까.

거품을 내며 흐르는 구름이, 꼭 보이지 않는 거대한 파도가 뿜는 물보라가 되어 우리를 향해 돌진하고 있는 것만 같다. '누가 언니한테 이런 짓을 한 거야?' 궁금하지만 지금은 그게 중요한 게 아니다. 중요한 건 언니의 의식이 돌아오는 것이다. 맞은편 집이 대개 차를 세워두는 문 없는 헛간은 지금 비어 있다. 옥스퍼드대 교수가 사는 곳으로, 언니는 그를 "고상한 농부"라고 부른다. 그 교수의 집 너머에 있는 산등성이는 수직에 가까운 절벽인데 암벽 사이사이로 가파른 길이 나 있다. 나는 그 산등성이가 흔들거리다가 점점 가까워지기 시작할 때까지 뚫어져라 노려본다.

아무도 집 안으로 들어가지 않는다. 모두들 누군가를 기다리고 있다. 테이프를 둘렀던 순경이 집 앞에 서서 입구를 막아섰다. 교수네 옆집 방목장에서는 한 여자가 승마 중이다. 그 여자의 오두막집은 방목장 뒤, 산등성이 아래 근처에 있다. 말과 기수가 함께 어두컴컴해지는 하늘 아래서 커다란 원을 그리며 갤럽*으로 달린다.

몸을 앞으로 내민 채 바람을 거슬러 달리고 있는 여자에게 우리가 보일지 궁금하다. 우리 집, 구급차, 잔디밭 위에 서 있는 제복 차림의 경찰들이.

진입로 끝에서 문이 쾅 하고 닫히는 소리가 나더니 어떤 남자와 여자가 자갈길에 내려선다. 모두 두 남녀가 언덕을 오르는 모습을 지켜본다. 둘 다 황갈색 외투 차림에 양손을 주머니에 넣고 있다. 뒤에서 코트 자락이 바람에 펄럭인다. 두 사람의 시선이 집을 향하는가 싶더니 여자가 내가 있는 쪽을 바라본다. 우리의 시선이 마주친다. 바람과 한기에 내 시선이 흔들린다. 여자가 테이프를 들어 올리고 집 안으로 들어간다. 나는 두 눈을 감는다. 자갈을 밟는 발소리가 점점 가까워지고 있다. 남자가 내 옆에 와서 무릎을 꿇는다. 그리곤 기다린다.

빛깔이 눈꺼풀을 뒤덮는다. 그 빛깔은 얼마 안 가 시커메질 테고 뒤이어 머리 위에서 느릅나무들이 바람에 살랑거리는 소리가 내게 들려올 것이다. 계단을 내려오면 개수대에

---

* 승마에서 말이 네 발을 모두 땅에서 떼고 달리는 일.

서, 그리고 가스레인지 위에서 우리의 접시가 보일 것이다. 냄비 바닥에 말라붙은 폴렌타 찌꺼기도. 밤 껍질은 우리가 손가락을 데여가며 껍질을 벗겨내고는 내버려둔 바로 그 자리, 싱크대 위에 그대로 있을 것이다.

언니 방에 가면 남쪽에 심어놓은 느릅나무 그림자가 마룻 널 위에서 흔들리는 게 보일 것이다. 침대 아래에서 대자로 누운 채 잠에 빠진 강아지는 언니가 한쪽 팔을 매트리스 너 머로 툭 떨구기만 하면 쓰다듬을 수 있을 정도로 언니와 가 까이 있다. 언니도 잠에 젖어 있다.

나는 두 눈을 뜬다.

2

내 곁에 무릎을 꿇고 있는 남자가 인사를 건넨다. 배 위로 자기 넥타이를 붙들고 있다. 남자 뒤로 언덕 위 풀밭이 바람에 엎드리는 것이 보인다.

"안녕하세요, 노라 씨." 남자가 인사를 하자 우리가 전에 만난 적이 있는지 궁금해진다. 그 누구에게도 내 이름을 말해준 기억이 없다. 남자는 언니를 알고 있는 게 분명하다. 커다랗고 각진 얼굴에 반쯤 내리깐 눈. 남자를 마을에서 열리는 본파이어 나이트*나 소방대 모금 행사에 대입해본다. "모레티 경위입니다. 애빙던 서에서 나왔어요."

---

* 영국에서 1605년 의사당 폭파 계획을 기념하여 11월 5일에 진행하는 행사로, 모닥불을 피우고 불꽃놀이를 한다.

충격적이다. 남자는 언니를 만난 적이 없고, 언니가 사는 마을에는 살인사건 담당 형사도 없다는 것이. 불만을 제대로 제기하려면 옥스퍼드나 애빙던으로 나가야 하는 것이다. 남자와 함께 진입로를 내려가는데 흰 과학수사복 차림으로 집 쪽으로 향하고 있는 여자 둘이 우리를 지나간다.

그와 차를 타고 가는 동안 나는 숨을 쉴 수가 없다. 창밖으로 휙휙 지나가는 플라타너스 가로수를 내다본다. 꿈처럼 느껴진다고 생각했지만 꿈이 아니다. 내 옆에서 운전을 하고 있는 남자도, 창밖 풍경도, 셔츠를 복부에 달라붙게 만든 땀도, 머릿속에서 복잡하게 얽힌 이런저런 생각들도 모두 진짜다.

충격이 조금이라도 더 시간을 벌어주면 좋겠지만 이미 슬픔이 침투하고 말았다. 아까 구급대원이 언니의 목에 손가락을 댄 순간, 슬픔은 단두대 칼날처럼 떨어졌다. 앞으로 다시는 언니를 보지 못 할 텐데, 마지막 모습을 볼 수 있었던 게 간발의 차였다는 생각이 자꾸만 든다. 말로를 통과하면서 내가 머릿속으로 혼잣말을 하고 있다는 사실을 깨닫는다. 머릿속엔 나 말고 아무도 없다. 보통은 생각 중인 나를 스스로 지켜본다는 사실에 소름이 끼칠 때면, 그 생각들을 구체화해 언니에게 들려주는데.

자동차 좌석에서 몸을 웅크린다. 고속도로의 다른 차들이 우리를 스쳐 지나간다. 이 경위란 사람이 늘 차를 천천히 모는 사람인지, 차에 누군가 태웠을 때만 그러는지 모르겠다. 남자가 나를 어디로 데려가고 있는지 알기 위해선 이정표를

봐야 했지만 생각해보니 이동하는 내내 단 한 번도 보지 않았다. 한편으로는 남자가 환하게 불 밝힌 마을에서 어둡고 축축한 허허벌판으로 나를 데리고 가주었으면 한다. 그러면 균형이 잡힐 테니까. 두 자매 중 한 명이 살해당하고 나머지 한 명도 불과 몇 시간 안에 살해당한다면 말이다.

이 남자가 한 짓이다. 범행 후, 집 뒤를 빙 돌아 진입로를 오른 다음 모두가 정신이 팔린 틈을 타 나를 꼬드겨 자신을 따라나서게 했다. 나를 설득하기란 어렵지 않았을 것이다. 이미 엄습한 공포심이 폭발하기 직전이었을 테니. 가방에서 펜을 하나 꺼내 허벅지 밑에서 꼭 쥔다.

남자가 폐공장 혹은 사람이 없는 과수원을 찾아 모퉁이에서 속도를 늦추기를 기다린다. 고속도로는 사방이 사각지대로 둘러싸여 있으니 남자에겐 선택지가 많다. 펜으로 남자의 눈을 찌른 다음 다시 언니의 집으로 도망갈 태세를 갖춘다. 언니는 거실에 앉아 있다가 고개를 쳐들고는 찡그린 얼굴로 물을 것이다. "그 방법이 먹힌 거야?"

하지만 애빙던 방향 이정표가 나타나자 경위는 고속도로를 빠져나와 진출로 끝에서 정차한다. 축 처진 얼굴에 눈은 차 앞 유리 너머 위쪽 신호를 향하고 있다.

"누구 짓이죠?" 내가 묻는다.

남자는 나를 쳐다보지 않는다. 고요한 차 안에 방향지시등만 똑딱거린다. "저희도 아직 모릅니다."

신호가 바뀌자 남자는 차에 기어를 넣는다. 템스밸리 경찰서라는 내부조명 간판이 건물 입구에 있는 기둥 위에서 회전하고 있다.

위층 개방형 공간에는 흰 피부에 금발인 남자가 어깨가 축 처진 짙은 색 정장 차림으로 화이트보드 앞에 서 있다. 남자는 우리가 들어오는 소리를 듣자 화이트보드에서 멀리 떨어진다. 그 위에 이제 막 언니 사진을 테이프로 붙인 참이었다.

신음 소리가 나온다. 그 사진은 언니가 다니는 병원의 웹사이트에서 가져온 것이다. 검은 머리카락에 둘러싸인 타원형 얼굴. 너무 낯익어 마치 내 얼굴을 보는 것만 같다. 언니 얼굴이 더 창백하고 골격이 강하긴 해도. 나는 전혀 그렇지 않지만 언니는 어딜 가나 눈에 띄는 얼굴이다. 우리 둘 다 광대뼈가 튀어나왔으나 언니 쪽이 더 도드라졌다. 사진 속의 언니는 입을 다문 채 미소를 짓고 있는데, 앙 다문 입술이 한쪽으로 살짝 쏠려 있다.

진술실에서 모레티가 내 맞은편에 앉아 한 손으로 양복 상의 단추를 푼다.

"피곤하시죠?" 모레티가 묻는다.

"네."

"충격 때문일 겁니다."

나는 고개를 끄덕인다. 이렇게 피곤한데 동시에 이토록 두렵다니 이상하다. 잠든 채로 전기충격을 받고 있는 것만 같다.

"뭐라도 가져다드릴까요?" 무슨 말인지 모르겠어서 대답을 하지 않자 모레티가 차를 가져오는데 내가 마시지 않는 종류다. 모레티가 감색 운동복 상의와 바지를 건넨다. "갈아입고 싶으실까 봐요."

"고맙지만 사양할게요."

몇 분 동안 모레티는 아무 말도 하지 않는다. 위츠터블에 오두막집을 한 채 가지고 있다고 한다. 썰물 때 아름답단다. 바다 얘기를 하면서도 날 불안하게 만든다.

모레티가 처음 집에 들어갔을 때 뭘 봤는지 말해보라고 한다. 대답할 때마다 매번 내 입안에서 잘까닥 혓바닥이 올라가는 소리가 들린다. 모레티가 자기 뒷목을 주무르자 손힘에 고개가 내리눌린다.

"언니분이랑은 같이 사세요?"

"아뇨, 저는 런던에 살아요."

"금요일 오후에 그 집에 가시는 게 자주 있는 일인가요?"

"네. 자주 올라오거든요."

"마지막으로 말씀 나누신 게 언제였죠?"

"어젯밤, 10시쯤이요."

하늘이 완전히 깜깜해져서 이제는 길 건너편 사무실 불빛이 옅은 노란색의 사각형으로 보인다.

"목소리가 어떻던가요?"

"평소 같았어요."

모레티의 어깨 너머로 노란색 타일 하나가 찰칵 하고 떨어진다. 내가 범인이라고 생각하는 걸까? 그렇게 보이지는 않지만, 그럴지도 모른다는 두려움은 저 멀리 있는 또 하나의

수중폭뢰에 불과하다. 나에게는 거의 떨어질 일이 없는 수중
폭뢰. 잠깐 동안 내가 모함에 빠진 거라면 좋겠다는 생각이
든다. 모함이라면 내가 느끼는 감정은 지금과는 다른, 이를
테면 걱정과 분노, 정의감 같은 감정일 것이다. 하지만 지금
나는 아무런 감정을 느끼지 않는다. 허허벌판에서 정신을 차
려보니 어떻게 거기까지 오게 됐는지 아무런 기억이 나지 않
는 그런 기분이다.

"이게 얼마나 갈까요?" 내가 묻는다.

"뭐가요?"

"충격 말이에요."

"그야 다 다르죠. 며칠이 될 수도 있고."

길 건너편 사무실에서 청소 중인 여자가 진공청소기 코드를
들어 올리고 진로에 방해가 되지 않도록 의자를 밀어낸다.

"죄송합니다. 분명 댁에 가고 싶으실 줄은 저도 알고 있습
니다. 최근 언니가 고민하는 일이 있는 것 같다는 눈치를 채
신 적은 없나요?"

"없어요. 일 때문에 조금 고민한 것 빼고는."

"혹시 언니를 해치고 싶어 할 만한 사람이 있을까요?"

"없어요."

"협박을 받았다면 동생분께 말했을까요?"

"네."

언니에게 해당되는 건 아무것도 없다. 오히려 정반대의 상
황은 아주 쉽게 상상할 수 있다. 그러니까 레이첼 언니가 피

에 흠뻑 젖은 채 지금 이 의자에 앉아, 앞에 앉은 수사관에게 자신을 공격한 범인을 어떻게 죽이게 되었는지를 차근차근 설명하는 모습은 그려진다는 말이다.

"오래 걸렸을까요?" 내가 묻는다.

"저도 모릅니다." 모레티가 대답한다. 나는 벨소리를 외면하려 고개를 푹 숙인다. 아까 모레티와 함께 진입로를 올라왔던 여자가 문을 연다. 온화한 얼굴에 눈 밑이 처진 여자는 곱슬머리를 뒤로 잡아당겨 묶었다. "앨리스터." 여자가 말한다. "잠깐 얘기 좀."

모레티가 돌아온 후 묻는다. "언니분한테 남자친구가 있었나요?"

"아뇨."

그는 지난 1년 동안 언니가 데이트한 남자들의 이름을 적어달라고 한다. 언니가 가장 최근에 만난 남자부터, 16년 전 우리 자매가 자란 동네인 스네이스에서 사귀었던 첫 남자친구까지 철자를 또박또박 인쇄체로 쓴다. 목록을 다 작성한 나는 꼭 말아 쥔 양손을 테이블 위에 올린 채 앉아 있고, 모레티는 묵직한 네모꼴의 머리를 숙인 채 문 근처에 서서 목록을 살피고 있다. 혹시 다른 사건에서 나온 이름을 알아보지는 않는지 모레티를 꼼꼼히 관찰해보지만, 그의 표정은 전혀 달라지지 않는다.

"첫 번째 이름인 스티븐 베일리 말인데요, 그 사람하고는 2년 전에 결혼 직전까지 갔었어요. 언닌 그 후에도 그 사람을 가끔 보고는 했고요. 그 사람, 도싯의 웨스트베이에 살고 있어요."

"그 남자가 언니한테 폭력을 쓴 적이 있습니까?"

"아뇨."

모레티가 고개를 끄덕인다. 스티븐은 제일 먼저 용의선상에서 벗어날 것이다. 모레티가 진술실을 나가더니 빈손으로 돌아온다. 나는 오늘 오후에 갔던 펍과, 요크셔에서 실종되었다는 여자를 생각한다.

"또 있어요. 언니는 열일곱 살 때 폭행을 당한 적이 있어요."

"폭행을 당했다고요?"

"네. 중상해 혐의였을 거예요."

"가해자가 언니분께서 아는 사람이었습니까?"

"아뇨."

"체포된 사람이 있었나요?"

"아뇨. 경찰이 언니 말을 믿어주지 않았거든요." 경찰은 언니가 폭행을 당했다는 사실은 인정했지만 언니의 진술을 곧이곧대로 받아들이지는 않았다. 언니가 누군가에게 사기를 치거나, 몸을 팔려다가 과격하게 거절당했을 거라고 의심했다. 그 경찰들은 언니가 마신 술의 양과 언니가 울지 않았다는 사실에만 집착했던, 마지막으로 남은 구시대의 경찰이었다. "요크셔주, 스네이스에서였어요. 그쪽에 아직 기록이 남아 있는지는 저도 모르겠네요. 15년 전이었거든요."

모레티가 내게 고맙다는 말을 한다. "이 근방에 계속 계셔야 하는데요. 혹시 오늘 밤 주무실 곳이 있나요?"

"언니네 집이요."

"거긴 안 됩니다. 와서 데려가주실 분이 있을까요?"

너무나 피곤하다. 누구한테 일일이 설명하고 싶지도 않고 런던에서 친구가 도착할 때까지 역에서 기다리고 싶지도 않다. 신문이 끝난 후 한 순경이 나를 말로에 있는 유일한 여관까지 태워준다.

우리가 탄 차가 충돌했으면 좋겠다. 금속 봉을 실은 대형 트럭이 애빙던 로드에서 우리 앞을 달리고 있다. 짐을 묶은 나일론 끈이 뚝 끊어지면서 금속 봉이 우르르 떨어져 도로에서 흔들리다가 그중 하나가 내가 앉은 좌석으로 향하는 상상을 한다.

꼭 낫처럼 생긴 말로의 번화가 한쪽 끝에는 공원이, 그 반대쪽에는 기차역이 자리 잡고 있다. 헌터스는 낫의 아랫부분, 기차역 바로 옆에 있다. 반듯한 사각형에 크림색 석조건물로 창문에는 검정색 덧문이 달렸다. 순경이 숙소에 나를 내려주자 플랫폼에서 열차를 기다리던 몇몇이 다들 고개를 돌려 경찰차를 쳐다본다.

헌터스에 방을 잡고 문을 잠근 후 체인을 건다. 벽지가 발린 벽을 손으로 쓱 문지르다가 귀를 바짝 가져다 대고는 숨을 죽인다. 여자의 목소리가 듣고 싶다. 가령 함께 잠자리에 들 준비를 하면서 딸에게 말을 거는 엄마의 목소리라든지. 하지만 벽 너머에서는 아무런 소리도 들리지 않는다. "다들

자고 있겠지." 혼잣말을 한다.

  불을 끄고 담요 밑으로 기어든다. 지금 벌어지고 있는 일이 모두 현실이라는 건 알고 있지만, 나도 모르게 자꾸만 언니 전화를 기다리고 있다.

3

오늘은 언니와 링곤베리 크레페와 박물관을 위해 브로드웰까지 차를 몰고 가기로 한 날이다. 잠에서 깨어나 이 생각이 들었다. 우리 계획이 미뤄져서 화가 난다.

침대와 욕실 사이에서 무너지듯 무릎을 꿇는다. 주저앉았으나 마치 위에서 누군가 내 몸을 홱 잡아당기는 것 같다. 개가 천장에 매달려 빙글빙글 돈다. 언니가 등을 벽 쪽으로 붙인 채 몸을 웅크리고 누워 있다. 계단에는 새빨간 손자국이 보인다. 계단 난간 중 아무것도 묻지 않은 깨끗한 기둥은 세 개고, 더러운 난간에는 목줄이 묶여 있다.

그 상태로 얼마나 있었는지 모르겠다. 어느 순간 씻기로 한 모양이다. 하지만 샤워는 안 된다. 내 머리카락에서 언니네 집 냄새를 아직 맡을 수 있을지도 모르기 때문에. 대신 옷을 벗고 축축한 목욕 수건을 몸에 두른 후, 수건이 분홍과 갈색으로 물드는 걸 지켜본다.

옷을 입고 어제 입었던 옷을 비닐봉지에 담은 다음 숙소 뒤에 있는 대형 쓰레기통으로 가져간다. 증거물을 처리하고 있는 것 같아 기분이 묘하지만, 경찰이 그 옷을 꼭 가지고 있으라고 하지도 않았다. 경찰은 나에게 조금 더 세심하게 조언을 해주었어야 했다. 복도에 걸린 여우사냥 그림을 빠르게 지나친다. 그림 속엔 붉은색 옷을 입은 기수들 몇몇이 나무 뒤에 숨어 있다.

계단을 오르는데 모레티가 전화를 걸어 나에게 물어볼 게 몇 가지 더 있다고 한다. "한 시간 뒤에 언론 발표를 할 겁니다. 발표문에 개 얘긴 안 들어갈 거예요."

"왜요?"

"사람들은 그런 일에 병적으로 집착을 하거든요. 저로서도 동생분이 어떤 식으로 대비해야 하는지 알려드릴 수가 없어요. 이번 일이 전국에 보도되고 나면 어떤 일이 벌어질지도 장담할 수 없고요. 언론하고 접촉하지 마시라고 할 수는 없지만, 그게 사건에 도움이 되지 않을 거란 건 장담할 수 있습니다. 언론은 사실 방해만 될 거고, 이 사건이 지루해지기라도 하면 언니분을 흥미진진한 기삿감으로 만들 만한 걸 찾아 나설 거예요."

"언니를 흥미진진한 기삿감으로 만든다고요?"

"레이첼의 가장 나쁜 점을 찾을 거란 얘깁니다."

5시에 순경이 헌터스에서 나를 데려갈 것이다. 내 방에서 기다려야겠다. 순경이 도착하기까지 내게는 온전히 혼자 보낼 수 있는 여섯 시간이 있는 셈이다. 그때까지 버틸 수 있을지 모르겠지만.

몇 시간 후, 방문을 두드리는 소리가 들린다. "다른 손님들께 항의가 들어와서요." 관리인이 말한다. 그녀 뒤로 복도 등이 켜져 있다. 관리인은 블랙워치* 목도리를 둘렀다. 관리인에게 나도 예전에 스코틀랜드에 살았었다는 말을 하고 싶다. 우리 언니가 거기로 날 보러 왔었다는 말도.

"소음 때문에 불편하시대요."

"죄송해요." 문틀에 몸을 기댄다. 오늘은 아무것도 먹지도, 마시지도 못했다. 음식을 먹으면 탈이 날 것 같아서였다.

"뭐든 필요하신 게 있다면 알려주세요. 뭐라 드릴 말씀이 없네요. 그렇잖아도 힘든 때인데. 처음엔 캘럼에 이제 언니분까지."

"캘럼이요?"

"이 마을 청년인데 브리스틀 로드에서 사고가 나서 죽었지 뭐예요. 스물일곱밖에 안 됐는데."

이제 기억이 난다. 언니가 그 남자의 담당 간호사 중 한 명이었다. 언니가 그 남자에 대해 내게 해준 이야기를 그녀에

---

* 스코틀랜드 보병부대가 사용했던 타탄체크 직물로 파란색과 초록색이 뒤섞여 있다.

게도 해줄까 고민하다가 그러지 않기로 한다.

5시, 순경이 나를 데리러 와 우리는 함께 애빙턴으로 간다. 진술실에서 모레티가 말한다. "저희 쪽에서 아버님을 못 찾았습니다. 아버님과 연락되시나요?"

"아뇨."

"언니는 아버님과 연락하고 지냈나요?"

"아뇨."

천장에서 난방 파이프가 딸깍거린다. 바깥의 어두컴컴한 하늘에는 구름이 잔뜩 끼었다. 랭커셔와 컴브리아에는 이미 눈이 내리고 있다. 이 형사는 우리 어머니에 대해서 묻지 않았다. 어머니가 오래전, 내가 태어난 직후에 돌아가셨다는 사실을 이미 알고 있는 게 틀림없다.

"아버님과 마지막으로 대화를 나눴던 게 언제죠?"

"3년 전이요."

"아버님한테 폭력 전과가 있습니까?"

"아뇨." 대답하면서도 그게 온전히 맞는 말인지는 잘 모르겠다. "아버지도 연로하세요. 언니가 아버지보다 훨씬 강했죠. 아버지한테 언니 얘기를 꼭 해야 하나요?"

"네."

아버지를 찾으려면 경찰도 꽤나 애를 써야 할 것이다. 정부를 불신하게 된 후로 아버진 보조금 수령도 중단했다. 언니가 몇 달 전 아버지로부터 블랙풀에 있다고 쓴 엽서를 한

장 받았지만, 이 형사한테는 말하지 않기로 한다.

"스티븐하고는 얘기해보셨나요?"

"스티븐은 하루 종일 자기 식당에 있었다고 해요."

이 소식을 들으니 마음이 놓인다. 그 남자를 의심했다니 내가 배신자가 된 기분이다. 스티븐은 언니를 정말 좋아했는데.

모레티가 말한다. "아버님께서 어떤 타입의 차를 모시죠?"

"아버진 이제 운전 안 하세요." 그리곤 그 이유를 설명하기 시작한다. 아버지는 알코올중독자다. 알코올중독자라는 말이 늘 아버지를 묘사하기엔 지나치게 우아한 말처럼 들리기는 했지만. 모레티도 이 중 일부에 대해서는 이미 알고 있을 것이다. 아버지는 전과가 있으므로. 무법 행위, 무단침입, 강도.

한 순경이 진술실 문을 두드리자 모레티가 자리를 뜬다. 그 틈에 사건수사본부를 들여다본다. 한 형사가 알루미늄포일과 종이에 든 감자튀김을 먹고 있어서인지 식초 냄새가 난다.

페노가 곁에, 내가 앉은 의자 옆에 웅크리고 앉아 있다면 얼마나 좋을까. 내 손을 녀석의 보드라운 정수리에 얹고 싶다. 지난번에 언니네 집에 왔을 때 녀석을 씻겨주었다. 털에 묻은 비누를 헹구느라 내 손으로 두 눈을 덮어줬었는데. 녀석을 수건으로 감싸자 내게 몸을 기대 왔고, 우리는 한참 동안 그 상태로 있었다. 녀석의 축축한 온기가 내 셔츠에 스며들었다.

돌아온 모레티가 말한다. "지금 노라가 해줄 일은 언니의 일과 중에서 조금이라도 이상한 부분을 저희에게 알려주는 겁니다. 평소와 다른 출근길처럼 아주 사소한 것일 수도 있습니다. 새로 사귄 친구나 새로 시작한 활동 같은 것도 될 수 있겠고요."

"잘 모르겠어요. 겨울에 수영을 하려고 옥스퍼드에 있는 헬스장에 등록한단 얘기는 했었는데, 아직 등록은 안 했거든요."

"뭐 다른 건 없나요? 병원에서는 달라진 게 혹시 없었나요?"

"없었어요."

"언니는 본인의 일을 즐겼나요?"

"네, 보통은요." 초창기에는 힘들어했다. 이미 일반간호사로 일하고 있으면서 임상간호사가 되려고 공부를 겸하고 있었기 때문이다. 집까지 자전거를 타고 오는 동안 누군가 자신을 들이받아서 푹 쉴 수 있으면 좋겠다는 말을 한 적도 있었다. "힘들긴 해도 만족스럽다고 했었어요."

모레티가 나를 유심히 본다. 내가 그의 인내심을 시험하고 있는 걸까? 얼마 후 우리의 신문이 끝나면 나는 여길 나서야 할 것이다. 그다음에는 어떻게 해야 할지 감이 오지 않는다.

"마실 것 좀 드릴까요?" 모레티가 묻기에 고개를 끄덕인다. 그가 우리가 마실 차를 준비하는 동안 뭔가 해줄 만한 말이 없나 생각해내려고 애를 써보지만, 언니의 습관 중에서 달라진 게 무엇인지 기억이 나질 않는다. 피해자 지원이라는 브로슈어를 읽어본다. '살인사건 후에는 인생이 무너질 수 있습니다. 각종 청구서를 처리하거나 전화를 받는 일 등 간단한 일조차 힘들어질 수 있습니다.' 이렇게 쓰여 있다.

　모레티에게 위츠터블에서 뭘 하는지, 거기 얼마나 자주 가는지 물어보고 싶다. 언니한테 다 얘기해줄 셈이다. 언니라면 알고 싶어 할 만한 것들이니까. 모레티와 침묵 속에서 차를 마신다.

　"일요일에 언니가 마틴이란 사람을 만나러 간다고 했어요."

　모레티가 나를 돌아본다. "그래서 둘이 어디를 갔는데요?"

　"그건 말 안 해줬어요. 저녁때였으니까 어딘가에서 저녁을 먹었겠죠. 데이트냐고 물었더니 언니가 아니랬어요. 병원 친구라면서."

　"성은 모르고요?"

　"언니가 말 안 해줬어요."

　모레티가 말한다. "언니가 이사를 결정한 게 언제였죠?"

　"언니, 이사 계획 없었는데요."

　"2주 전에 부동산중개인을 만났습니다."

　"어디로 이사하려고 했는데요?"

　"세인트아이브스요." 콘월 북쪽 해안이다. 흥분으로 심장이 두근거린다. 세인트아이브스는 내가 너무 좋아하는 곳이기에. 거기로도 귀찮을 정도로 언니를 찾아갔을 텐데. "레이첼은 이사를 갈 계획이었고, 이번 주엔 본인 집에서 잠을 자지도 않았습니다. 저흰 레이첼이 협박을 받고 있었을 거라 보고 있어요."

　"그럼 어디서 잤는데요?"

"헬렌 톰프슨 씨 집에서요."

모레티가 일어서자 나도 그를 따라 방에서 나선다. 너무나 어리둥절해서 반박조차 할 수가 없다. 모레티가 말한다. "루이스 경사가 말로에 가는 길이랍니다. 숙소에 내려주신다는군요."

남부 런던 억양을 쓰는 키 큰 흑인 남자가 복도에서 나를 맞이한다. 엘리베이터를 타고 내려가는데 남자가 말한다. "언니분 일은 유감입니다."

엘리베이터 문이 열리고 그의 차가 있는 곳까지 그를 따라간다. 우리가 차들 사이를 누비며 나아가는데 빗방울이 앞 유리를 때리기 시작한다.

"사람들은 이다음에 보통 뭘 하나요?" 내가 묻는다.

"집으로 가던데요." 경사가 대답한다. 와이퍼가 유리창에서 빗물을 씻어낸다.

"경찰이 되신 지는 얼마나 되었죠?"

"8년이요." 교차로에서 몸을 앞으로 내밀며 맞은편의 차들을 확인하는 그가 말을 잇는다. "한 2년만 더 하려고요."

4

언니가 말로에 있는 집을 산 건 5년 전이었다. 그 마을은 완벽하다. 중심가에 있는 페인트를 칠한 목재 건물들. 공원. 기다란 공원의 끝에 늘어선 주목** 여러 그루. 노란 시계가 걸린 마을회관. 두 개의 펍, 그리고 교회와 교회 묘지. 실개천, 주유소.

덕앤드커버Duck and Cover는 상인들이 가는 펍이다. 전에는 덕앤드클로버Duck and Clover였는데 누군가 철자 하나에 페인트를 칠해서 지워버렸다. 밀러스암스는 통근자들이 가는 펍이다. 그 펍에서는 핌스*를 팔고 월드컵과 윔블던이 열리는 동안에만 스포츠를 틀어놓는다. 언니는 두 술집이 금방이라도

• 영국 사람들이 여름에 즐겨 마시는 음료로 칵테일로 만들어 먹기도 한다.

결전이 벌어질 것만 같은 대치 상태라고 생각했다. 언니는 한쪽을 응원했는데 의심의 여지없이 덕앤드커버 편이었다. 이런 말을 한 적도 있었다. "여기가 치핑노턴처럼 되는 건 싫어. 여기서 일하는 사람들이 여기서 살 자격도 있는 거잖아."

밀러스암스만 빼면 마을은 달라진 게 별로 없다. 아직까지는. 중심가에는 옷가게며 가정용품 매장도 없다. 마을에서는 봄 축제와 소방서 모금을 위한 파스타 디너 행사가 열린다.

"왜 전보다 통근자들이 많아진 걸까?" 언니에게 물었다.

"열차가 더 빨라졌잖아."

런던 근처에 말로와 지역명은 같지만 더 크고 유명한 펍이 있는 마을이 있다. 사람들이 두 마을을 헷갈리거나 핸드앤드 플라워스 펍에 가봤다는 말을 해도 언니는 굳이 정정해주지 않았다.

언니는 지금 이 마을이 어딘가 이상하다는 말을 했다. 언제였는지는 정확하게 기억이 나지 않는다. 우리가 콘월에서 돌아온 지 얼마 안 됐을 때니까 비교적 최근이었을 것이다. 내가 언니의 말을 중간에 끊었다. 언니네 집에서 아침을 먹던 중이었다. 이제 막 잠에서 깬 참이라 그런 말을 듣고 싶지가 않았다. 언니의 말투에서 지금 하려는 얘기가 끔직한 얘기라는 걸 알 수 있었다. 언니가 그 얘기를 못 하게 막아야만 했다. 나는 라즈베리 크루아상과 에스프레소를 마시며 언니의 말까지 먹어버렸다.

마을의 와인숍. 주택금융조합. 헌터스의 꼭대기에 있는 금색 수탉. 도서관. 이 마을에서 일하는 쌍둥이. 밀러스암스에 쳐진 노란색의 차양. 정비소 앞의 포플러.

나는 그 쌍둥이가 한 사람인 줄 알았다. 그러다 두 사람이 쓰레기차를 세차하는 걸 보게 되었다. 둘 다 거울 같은 선글라스를 끼고 있었고, 둘 다 머리가 길었으며, 둘 다 로트바일러를 길렀다.

"저 사람들 똑같은 개를 기르는 거야?" 내가 물었다.

"아니, 개는 한 마리밖에 없어." 언니가 알려주었다.

헌터스는 장사가 시원찮은 실정이다. 방은 12개나 있는데 나 외엔 손님이 두 명밖에 없다. 지금은 11월이지만, 언니 말로는 여름에도 숙박하는 사람이 없다고 했다. 헌터스가 계속 문을 여는 이유는 객실 아래 있는 바 때문이라고도. 당분간 여길 떠날 계획이 없으므로 나에겐 좋은 소식이 아닐 수 없다.

경찰서에서 돌아온 후, 주방에서 정육용 칼을 하나 훔친다. 침대 가장자리 너머로 팔만 내리면 닿을 수 있게, 침대 밑에 칼을 놓아둔다. 그리곤 침대에 털썩 주저앉아 언니가 나에게 하고 싶었던 말이 뭐였을까 생각한다. 밀려드는 어둠에 얼굴을 맡긴다.

5

다음 날 아침 길 건너편에 있는 신문잡화 판매점으로 신문을 사러 나가보니 첫차 승객들이 어두운 플랫폼에서 이미 열차를 기다리고 있다. 나는 신문을 사서 숙소 내에 있는 텅 빈 휴게실로 돌아온다. 휴게실에 발린 벽지는 녹색 바탕에 금색 은방울꽃 무늬다. 여기는 기수들이 사냥에 앞서 아침을 먹었던 공간이다.

언니는 《텔레그래프》에 실리지 않았다. 《인디펜던트》에도, 《더 선》에도, 《데일리 메일》에도 실리지 않았다. 국내 신문 중 그 어디에도 실리지 않았다면 아예 일어나지 않은 일인지도 모르겠다.

하지만 《옥스퍼드 메일》 표지에는 실렸다. 기자가 사후 사진을 입수한 모양이다. 동맥출혈로 죽었다고 나와 있다. 사망 시간은 오후 3시에서 4시 사이였다. 배와 가슴, 목에 걸쳐 자상이 11개, 손과 팔에 방어흔이 나 있었다.

기사를 읽을 때는 테이블에 앉아 있었는데 어느 순간 나는 카펫 위에 엎드려 있다. 벽지 무늬가 움직이기 시작한다. 입이 떡 벌어진다.

극심한 고통이 지나간 후, 나는 휴게실 구석으로 밀려온다. 신문지를 아무것도 없는 벽난로에 넣는다. 태우고 싶은데 성냥이 없다.

조경사에게 전화를 건다. 상을 당해서 언제 다시 런던으로 돌아갈지 알 수 없다고 알린다. 상을 당했다는 말이 마음에 든다. 왜냐하면 죽은 사람이 언니가 아니라 가족 중 다른 사람, 고모나 아버지처럼 들리기 때문이다. 조경사는 시간은 얼마든 써도 좋지만 유급상조휴가는 제공하지 않는다고 말한다. 그렇다고 그 여자를 원망하는 마음은 들지 않는다. 그 일이 원래 그런 일이기 때문이다.

가장 친한 친구, 마사에게도 전화를 건다. 마사는 함께 있어주고 싶어 하지만 지금은 내가 혼자 있고 싶다고 말한다.

"집엔 언제 와?" 마사가 묻는다.

"나도 모르겠어. 형사가 나더러 이 근처에 있으랬거든."

"왜?"

"언니에 관한 정보가 필요해서 그런 것 같아."

마사에게 다른 친구들한테 연락해달라고 부탁한 다음 언

니의 번호도 알려준다. 앨리스는 과테말라에 살고 있다. 내게는 앨리스의 전화번호가 없는데, 마사도 그 번호를 못 알아냈으면 좋겠다. 앨리스한테는 언니가 멀쩡하게 살아 있는 사람이라는 게 위안이 되기 때문이다. 그러면 부분적이나마 그게 사실이 되기라도 할 것처럼.

여기저기 전화를 건 다음 나는 언니네 집으로 걷는다. 지금은 11월 말의 일요일 오후라서 볼일을 보기 위해 차를 몰고 지나가는 사람이 몇 없다. 내가 언니보다 오래 살게 되었다는 게, 언니 없이 계속 살아가야 한다는 게 믿기지 않는다. 언니네 집으로 이어진 가느다랗고 시커먼 아스팔트 길이 내 앞에 쭉 뻗어 있다.

신문 기사에 개 얘기는 실리지 않았다. 경찰이 흡족해할 것이다. 계단 꼭대기에 매달려 있던 녀석이 아직도 눈에 선하다. 커다란 저먼셰퍼드였는데, 난간 기둥이 녀석의 무게를 버텼다는 게 놀라울 따름이다.

때 이른 황혼 녘, 제복 차림의 형상 여럿이 언니네 잔디밭 가장자리에 난 키 큰 잡초 속에서 움직이고 있다. 언니네 이웃집 앞 도로를 떠나 마구간을 빙 돌아 걸어간다. 그 뒤에, 산등성이로 올라가는 길이 나 있다.

바위 위에서 균형을 잡느라 가끔씩 멈춰가며 천천히 걸어 언니네 집 맞은편에 있는 계곡에 다다른다. 집 안의 모든 조명이 켜져 있고, 위층 창문을 통해 움직이는 형상이 보인다. 흐린 하늘 아래, 잔디밭에서 수색 중인 사람은 세어보니

18명이다. 파란색 테이프는 여전히 문을 가로질러 둘러쳐져 있고 제복 차림의 남자가 그 옆에 서 있다.

눈이 내리기 시작한다. 절벽 끄트머리 위로 흰 연기가 뭉게뭉게 피어오른다. 산등성이 아래 교수의 집에 사람이 있다. 그 집 지붕과 굴뚝이 보일 때까지 몸을 앞으로 기울인다. 증기가 꼬이는 형상으로 피어오르다가 눈 속으로 사라진다. 교수가 주먹에 쥔 누런 모래와 소금을 흩뿌리면서 진입로를 걸어가고 있다. 집 끄트머리에서 교수가 길 건너편, 언니 집 쪽을 쳐다본다. 교수의 양어깨가 축 처지고, 비어 있는 종이 봉투도 옆구리에서 늘어진다.

교수가 뭔가 기다리는 듯 그 자리에 서 있다. 아마 새로운 소식이 있는지 물어볼 누군가를 기다리는 듯하다. 경찰이 저 교수도 이미 신문했을 것이다. 교수의 눈가에 눈물이 맺혔을 것 같다. 언니를 좋아했으니까. 모르긴 몰라도 어젯밤에는 교수도 무서워서 잠을 못 잤을 터였다.

가슴이 쓰라리고 아파져 위를 올려다본다. 이제 그친 눈은 가로로 정신없이 소용돌이를 그리며 공중을 빙빙 맴돈다. 절벽 끄트머리에서 배배 꼬여 있는 키 작은 나무들을 통과해 능선을 걸어 내려간다. 바람 때문에 크게 자라지 못한 나무들은 내 키를 간신히 넘겼다. 뻣뻣하고 노란 천 조각이 걸려 있는 나무에 가지 하나가 튀어나와 있다. 평평한 바위를 넘어 그 반대쪽으로 내려와보니 발밑에 맥주 캔과 담배꽁초가 어지러이 널려 있는 것이 보인다. 뒷목이 따끔하더니 열감이 확 몰려온다. 천천히 고개를 들자 나뭇가지 사이로, 마치 액자에 넣은 듯 언니네 집이 보인다.

나뭇가지들이 타원형 초상화 액자처럼 언니네 집을 빙 두르고 있다. 저녁 어스름 속에서 사람들이 방방마다 돌아다닌다. 밤이 깊어지면 창문을 통해 보이는 장면은 더욱 선명하고 또렷해질 것이다. 언니는 욕실을 제외하고 그 어디에도 커튼을 달지 않았다. 얇은 흰색 욕실 커튼이 보이지만 그마저도 창틀까지만 내려온다. 따라서 언니가 세면대에 서서 양치를 했을 때, 샤워를 마치고 나왔을 때, 정수리 정도는 볼 수 있었단 얘기다.

누군가 테넌츠라이트에일을 마시고 던힐을 피우면서 언니를 지켜보았다. 내 뒤의 능선을 유심히 살펴본다. 뾰족한 바위를 하나 찾아 한 바퀴 빙 돌자, 발밑에서 쓰레기와 낙엽이 탁탁 소리를 낸다. 남자가 나타나기를 기다려본다. 난 무섭지 않다. 언니한테 누가 이런 짓을 했는지 보고 싶을 뿐이다. 시간이 흐를수록 나 말고 누군가 여기에 있을 가능성이 낮아지자, 털썩 주저앉는다.

나뭇가지 사이로 언니네 집에 눈이 내리는 걸 지켜본다. 능선이 너무 고요한 나머지 눈송이가 얼어붙은 땅바닥에 떨어지는 소리도 들을 수 있을 것만 같다. 철저한 적막이 나를 압도한다. 지상에서 수색 중인 사람들이 숲속으로 점점 더 깊이 이동하고 있다. 이제 보니 담배꽁초 위에 떨어진 눈송이가 녹으면 꽁초가 말랑해지고 부푼다.

루이스 경사에게 전화를 건다. 그 사람 차는 언니네 잔디밭 끝에 주차되어 있다. 경사가 출입통제테이프 아래로 몸을 수그린 채 집에서 나오는 모습을 지켜본다. 지금은 짙은 색 외투 차림으로 진입로 위에 서 있다. 나는 침묵 속에서 경사가 주머니에서 전화를 꺼낸 후 화면을 확인하는 모습을 본다.

"안녕하세요, 노라."

"제가 뭘 좀 발견했거든요."

"지금 어디신데요?"

재빨리 좁은 길에서 나와, 가시나무 앞에서 손을 흔들기 시작한다. "여기요."

루이스가 고개를 이리저리 돌리다가 나를 본다. 루이스가 멈춘다. 너무 멀어서 얼굴은 흐릿하고, 바람 때문에 넥타이는 꼬여 있는 데다, 바짓자락은 구두 위로 축 늘어져 있다.

루이스 경사가 오솔길에 오르는 소리가 들릴 때쯤, 나는 꽁꽁 얼어붙어 있었다. 나무들 틈으로 발을 들여놓는 경사의 표정에서 내가 바보처럼 보인다는 걸 감지할 수 있다.

나뭇가지가 만든 타원형 액자를 통해 나를 응시하는 경사의 얼굴이 기운 없고 슬퍼 보인다. 아까 차에서는 2년만 더 경찰을 한다고 했지만 지금 당장 그만두고 싶다고 얼굴에 쓰여 있다. 경사 위로 가시나무 가지들이 아치 모양을 이룬다.

경사가 그 나뭇가지 아래로 몸을 숙이더니 무릎을 꿇어 땅바닥을 살핀다. 보나마나 아무것도 없을 거라고 생각하고 있는 건지, 내가 별것도 아닌 걸 여태껏 지키고 있었다고 생각하는 건지 궁금하다. 경사가 자리에서 일어나 고개를 돌려 언니네 집을 본다. 누군가 인위적으로 꺾어 만들기라도 한 듯 완벽한 타원형을 이루고 있는 나뭇가지를 통해서.

"누군가 언니를 지켜보고 있었어요." 내가 말한다.

"노라, 여긴 왜 오신 거죠?" 나보다 머리 하나 정도 더 큰 경사가 내 머리 위 허공에 대고 묻는다.

"집을 보고 싶었어요."

경사가 고개를 끄덕이며 절벽 너머를 응시한다. "누군가 언니를 지켜보고 있었다는 생각이 들었나요?"

"그건 아니에요."

우리는 계곡을, 흰 눈밭에 시커먼 웅덩이를 만들어놓고 있는 나무들을 바라본다. 낮에도 이 위에 있으면 아래에선 안 보일 테니, 밤에는 더욱 가까이 다가갈 수 있을 것이다. 미지의 남자가 언니네 집 주변을 배회하다가 창문에 손을 대는 장면이 상상된다.

신발 위부터 머리끝까지 팽팽하게 여며진 과학수사복 차림의 남자가 오솔길을 올라온다. 루이스 경사가 그 남자한테 내가 본 쓰레기를 수거해달라고 부탁한 후, 우리는 함께 산등성이를 내려가기 시작한다. 루이스 경사가 앞에서 눈밭 위에 발자국을 남긴다. 산등성이 저 너머, 아래 숲에는 사선으로 음영이 쭉 져 있다.

우리는 허둥지둥 암벽을 내려와 방목장 뒤로 빠져나온다. 루이스 경사를 따라 도로로 나가는 동안 눈 속을 터벅터벅

걷다 보니 다리가 무거워진다.

"배 안 고파요?" 경사가 묻는다.

에메랄드게이트에는 플라스틱 테이블이 있고, 계산대 위에 걸어놓은 여러 가지 요리 사진이 역광 조명을 받고 있다. 주방장용 흰색 조리복을 입은 젊은 남자가 튀김기에서 철제 바스켓을 들어 올려 흔든 다음 다시 튀김기에 집어넣는다. 기름 냄새를 맡으니까 입에 침이 고인다. 마지막으로 제대로 된 식사를 한 게 이틀 전, 런던에 있는 펍에서였다.

찻잔 속에서 진주 모양으로 뭉쳐 있던 재스민 꽃이 피어나는 모습을 몽롱하게 넋을 잃고 바라본다. 얼굴을 받치고 있는 두 주먹 때문에 볼이 눈까지 밀려 올라간다. 루이스 경사가 테이블 아래로 무릎을 밀어 넣는다. 의자에 비해 경사의 몸집이 너무 커 보인다. 나는 아까 가시나무에 긁힌 엄지손가락을 볼에 대고 문지른다.

음식이 카운터 위에 나온다. 루이스 경사는 무슈 팬케이크*를 시켰는데, 나도 같은 걸 먹을 예정이다. 결정을 내리는 게 너무 싫어서 같은 메뉴를 골랐다. 이것저것 볶은 건더기를 숟가락으로 떠서 얇은 밀전병에 얹고 삼각형으로 접은 다음 자두 소스에 찍는 동작, 그 리듬에 마음이 차분해진다. 눈송이가 가로등 아래에서 날리는 가운데 우리는 말없이 전병을

---

* 밀전병에 싸먹는 중국식 브리또.

접어 입으로 가져간다.

"노라, 그 산등성이에는 왜 간 거죠?" 경사가 묻는다.

"말했잖아요, 언니네 집이 보고 싶었다고."

카운터 뒤에서 요리사가 국자로 완탕을 플라스틱 용기에 담고 있다. 짭짤한 육수 냄새가 흘러 우리 자리까지 온다.

"언니가 한 말 중에 거기 가봐야겠다고 생각하게 만든 말이 있었나요?"

"아뇨." 밀전병 가장자리를 접으며 대답한다. 루이스 경사는 음식을 먹다 말고 나를 지켜보고 있다.

"레이첼이 개를 들인 게 언제였죠?" 경사가 묻는다.

"5년 전, 말로로 이사 왔을 때요. 그때 언니는 스물일곱이었어요." 밀전병을 자두 소스에 찍는다.

"그해에 다른 중요한 일은 안 일어났나요?"

"네."

"그런데 저먼셰퍼드를 들였군요."

"그런 사람 많잖아요."

"집에서 서류를 발견했습니다. 그 개는 브리스틀에 있는 경비업체가 키우고 훈련시킨 개였어요."

접시로 향하던 숟가락이 도중에 뚝 멈춘다. "뭐라고요?"

"그 업체는 방범용 개를 분양하는 회사고요."

페노가 잔디밭에서 바쁘게 뛰어다니는 동안 언니가 이런저런 명령을 했던 게 기억난다. 그땐 심심풀이로 페노를 훈련시키는 거라고 했었다. "저한테는 입양했다고 했어요."

"무서워서 그랬을지도 모르죠." 루이스 경사가 말한다. "스네이스에서 일어났던 일 때문에."

놈이 일을 마무리했을 즈음 언니는 걸을 수가 없었다. 놈과 사투를 벌이느라 손톱은 모조리 찢겨 있었다.

"그놈이라고 생각하시나요?" 내가 묻는다.

"저도 모릅니다."

"대체 왜 15년이나 기다린 걸까요?"

"어디에 있는지 찾느라 그랬을지도요."

6

언니가 공격당하던 날 밤, 우린 함께 파티에 갔다. 7월 첫째 주였고, 나는 마을 수영장에서 청소년 수상인명구조요원 보조 일을 하고 있었다. 다시 말해서 세 사람이 수영장 반대쪽에서 물에 빠질 경우, 나는 그중 가장 작은 사람을 구해야 한다는 뜻이었다.

라디오방송 험버사이드에 따르면 파티 당일 아침은 폭염이었다. 아나운서가 "외출할 때 각별히 주의하셔야겠습니다"라고 했는데, 나는 그게 과장이라고 생각했다. 토스터에서 식빵이 탁 튀어 올랐고 전기포트에서 물 끓는 소리가 났다. 나는 한쪽 발로 미닫이문을 고정시켜 열어놓은 채 유리문에 등을 기대고 아침을 먹었다.

내 두 발은 파티오 돌바닥에 뻗고 있었고, 우리 아빠 선덜랜드의 건설 현장에서 근무 중이었다. 우리 집의 진입로는 세상에서 가장 작고 못생긴 아빠의 차, AMC 그렘린이 나가고 비어 있었다. 언니는 우리가 "열쇠를 매달고 다니는 방치아동"이라고 했지만 따지고 보면 우리 집 문은 아예 잠근 적이 없었기 때문에 그렇다고 볼 순 없었다. 언니에게 그 말을 하니 언니는 "헛소리 작작 해라"라고 했다.

내가 수영장 때문에 집을 나섰을 때 언니는 자고 있었다. 언니 방 블라인드 한쪽 모서리가 찢겨 그 틈으로 들어온 빛으로 언니의 창백한 팔과 짙은 머리카락이 빛났다. 나는 방문을 닫고 계단을 우당탕탕 내려갔다. 한번은 아빠가 나한테 물어본 적이 있었다. 최대한 시끄럽게 내려가려고 일부러 계단을 그 모양으로 내려가는 거냐고. 쾅 닫히는 방충망 문을 뒤로하고 뜨겁고 텅 빈 거리로 들어섰다. 거리의 집들 중 절반이 압류를 당한 상태였기에, 얼굴에 흘러내린 머리를 뒤로 쓸어 넘기며 길 한복판을 느긋하게 거닐었다.

수영장에서 근무 교대를 한 후 앨리스네 집에 갔다. 문을 열어주러 나오는 언니가 방충망 너머로 점점 뚜렷해지는 모습을 지켜보았다.

"일은 어땠어, 노라?" 앨리스가 물었다.

"물에 빠진 사람은 없었어."

우리는 9시에 파티 장소로 떠났다. 언니가 앞에서 걷고, 나와 앨리스는 팔짱을 낀 채 그 뒤를 따랐다. 언니는 청반바지에 헐렁한 감색 남방을 입고 있었다. 끈으로 발목을 묶는 샌들을 신고 손목에는 밧줄처럼 생긴 팔찌를 찬 채, 머리를 치렁치렁 늘어뜨린 모습이었다. 우리는 아까 보드카를 부어놓은 콜라 캔을 홀짝이며 걸었다. 알코올이 전부 다 캔의 위쪽에 몰려 있었기 때문에 파티가 열린 집에 도착했을 즈음, 우린 취해 있었다.

우리가 파티에 도착하자 다들 서로 번갈아가며 포옹을 하기 시작했는데, 그중에는 우리가 도착했을 때 먼저 와 함께 있던 사람들도 끼어 있었다. 래피가 내 목에 팔을 두르고 나를 잡아당겨 부엌으로 데려갔다. 우린 보드카를 탄 콜라를 마시고 또 마셨다.

그러다 언니를 시야에서 놓쳤다. 우리는 '절대로' 게임을 했지만 아무도 규칙을 기억해내지 못했다. 잠시 후 언니가 부엌 쪽에서 들어오더니 소파 위 내 옆자리를 비집고 들어와 앉았다. 고개를 기울여 언니 어깨에 얼굴을 얹는데 언니에게서 방금 담배를 피우고 온 사람 냄새가 났다. 나는 언니의 머리카락을 들춘 다음 내 코밑에 가져다 대고 필터라도 되는 양 머리카락을 통해 숨을 쉬었다.

그 후부터는 기억이 어렴풋하다.

제빙 그릇에 있는 얼음을 몽땅 컵에 넣었다가 곧바로 바닥으로 엎어 무릎을 꿇고 한 손으로 냉장고 밑을 뒤적였던 건 기억이 난다.

사람도 더 많이 왔다.

보드카 콜라를 또 마셨다.

언니는 부엌에서 머리를 높이 잡아당겨 묶은 채, 물을 마시며 래피와 대화 중이었다. 봉긋 솟은 언니의 광대뼈, 분홍빛 입술.

너무 피곤해서 몸이 천근만근이었던 나는 계속 물건에 부딪쳤다. 그러다 계단을 올라갔는데 신기하기 짝이 없었다. 왜냐하면 나는 내 무릎 아래도 못 보던 상태였기 때문이다.

나는 두 눈을 감았다. 그러다 누군가 이른 새벽빛을 받으며 내 위로 몸을 숙였다. 거의 네온색에 가까운 불길한 새벽빛이었다. 나는 싱글침대 위, 앨리스 옆에서 자고 있었다.

"노라, 언니 지금 집으로 걸어갈 건데. 너도 같이 갈래, 아니면 여기 있을래?" 언니가 내 팔에 손을 얹으며 물었다.

"있을래." 나는 앨리스의 품에 파고들고는 다시 잠에 빠졌다.

중요한 건, 그날 아침 내가 언니를 보려고 몸을 돌리지도 않았었다는 사실이다. 그 후 몇 번이고 상상하고 또 상상했다. 한쪽 어깨를 짚고 일어나 몸을 돌려 언니를 보았더라면 어땠을까. 언니 얼굴은 바깥에서 들어온 푸르스름한 네온빛으로 창백해 보였을 것이고, 언니의 기다란 머리카락은 양 갈래로 나뉘어 앞으로 쏟아졌을 것이다.

"걱정 마. 내가 같이 가줄게." 이렇게 말했더라면.

7

다음 날 아침 나는 수도교까지 이어지는 케일 스트리트로 향한다. 수도교 산책로는 20킬로미터가 조금 넘는 코스인데 내 계획은 생각을 정리할 수 있을 만큼 오래 걷는 것이다. 어젯밤 에메랄드게이트에서 루이스 경사에게 물었다. "그 남자를 찾으실 건가요?"

"네." 경사가 대답했다. 경사는 이미 스네이스에 가 있을지도 모른다. 15년이 지난 지금 수색이 어떻게 진행될지 상상이 가지 않는다. 폭행사건 직후 수 주 동안 진행된 수색도 힘들었기 때문이다.

몸을 숙이고 산울타리에 있는 틈으로 빠져나오자 수도교가 나온다. 여기는 사람들이 퇴근 후나 주말에 개를 데리고 산책을 나오는 길이다. 마음이 무거워진다. 3주 전, 언니와 나도 페노를 데리고 여기 왔었다. 우리는 서로 돌아가며 페노에게 공을 던져주고는, 둘 다 입고 있던 청바지에 손을 문질러 닦았다. 포르투갈워터도그 한 마리가 케일 스트리트에 왔을 때 언니는 페노가 보인 반응에 웃느라 몸을 펴지도 못했다.

페노가 그 다른 녀석에게 인사를 한답시고 달려들어 쓰러뜨리자, 언니는 웃느라 흘린 눈물을 훔치고는 엎어놓은 초승달처럼 입 끝을 내렸다. "쟤 말 그대로 너무 행복해서 떨고 있잖아." 내가 말했다. "내 말이." 언니가 맞장구를 쳤다.

언니는 그 개를 방범용으로 택했다. 5년 전, 여기로 이사 온 직후 그 개를 샀다. 루이스 경사는 언니가 시골에 혼자 살다 보니 런던에 있을 때보다 위험에 더 노출된 것 같아 불안했을 거라고 생각한다. 어쩌면 언니는 그때 그놈이 자신을 찾아낼지도 모른다고 생각했을지도 모른다.

수도교에서 다시 마을 쪽으로 향한다. 배 속에서 늘 도사리고 있던 연료에 불이 붙어 이제는 불길이 인다. 아무것도 들리지 않는다. 그 사실을 전혀 알아차리지 못하다가 마을을 훌쩍 지나치고 나서야 걷기 시작한 이후 줄곧 길에서 나던 소리가 내 신발 소리였다는 걸 깨닫는다.

그 불길이 전신으로 번지는 동안 농장들 사이를 씩씩거리며 걷는다. 분노가 사라지지 않는다. 3, 4킬로미터쯤 더 걷다가 멈춰 서고는 양손에 얼굴을 파묻고 흐느낀다. 그리곤 털썩 무릎을 꿇는다. 양 무릎이 꽁꽁 얼어붙은 땅에 눌리고 있는데도 나는 여전히 활활 불타오르고 있다. 그 불길이 척추를 훑고 지나간다.

　돌아가는 길에 개암나무 잡목림을 지나 커브를 돌자, 앞에
어떤 형상이 나타난다.

　가까이 다가가서 보니 롱코트를 입고 있는 남자다. 스태
퍼드셔 불테리어*가 남자를 앞서가고 있다. 이상한 일이 아
닐 수 없다. 다른 사람들은 대개 자기 개가 수도교에서 뛰어
다니게 내버려두기 때문이다. 남자와 거리가 가까워졌을 때,
개가 종종걸음으로 다가와 내게 알은체를 하자 남자도 딸려
온다. 남자가 미소를 짓는다. 남자는 대머리에 강인한 턱과
납작한 코를 지녀 꼭 복서처럼 생겼다.

　남자가 말을 건넨다. "브랜디랍니다." 킁킁거리며 냄새를
맡을 수 있도록 개에게 손을 내민다. 개가 축축한 코를 손에
눌러 붙이자 고통이 온몸을 훑고 지나간다. 개의 귀 뒤를 긁
어주니 눈가에 주름이 잡히고 꼬리가 마구 흔들린다. 추운
날씨에도 녀석은 땀을 흘리고 있다. 손으로 훑어 내린 축축
한 털 사이로 분홍빛 살갗이 보인다.

　이 낯선 남자는 장갑을 끼고 있지 않아 목줄을 쥔 손이 벌
겋게 갈라져 있다. 살짝 튀어나온 배 때문에 남자의 외투가
터질 듯 팽팽하다.

　"착한 아이구나." 개한테 말해준다. 개의 눈이 불테리어
특유의 빈틈없는 눈으로 나를 뚫어져라 응시하자, 남자가 날

---

* 영국 원산의 애견 및 투견으로 호전적인 성향을 지니고 있음.

공격하면 이 개가 나에게 달려들지, 남자에게 달려들지 궁금해진다.

들판에서 까마귀가 울자 남자가 그쪽으로 고개를 돌린다. 그 틈을 이용해 개의 인식표를 뒤집어본다. 덴턴. 사는 곳은 공원 근처, 브레이 레인Lane. 내가 인식표를 훔쳐보는 걸 남자가 봤는지 못 봤는지 모르겠다.

"이 아이 달아나나요?" 내가 목줄을 가리키며 묻는다.

"아뇨. 제 친구 놈이 자기 스태퍼드셔를 풀어놨는데 이웃이 쏴버린 일이 있었답니다."

개가 내 손목 냄새를 맡고는 눈이 휘둥그레지더니 눈동자가 살짝 가운데로 몰린다. "얘네들 예전엔 보모견이었대요."

"맞아요. 제 친구 놈도 경찰한테 그 말을 했었죠. 개한테 총을 쏜 사람은 아무 일도 안 당했답니다. 주의 처분조차 받지 않았다더군요."

옆 들판에 곡물수확기가 보이자 우리가 마을에서 아직도 얼마나 멀리 떨어져 있는지 실감이 난다. 적어도 1.5킬로미터는 더 가야 할 것이다.

"혹시 노라 씨인가요?" 남자가 묻는다. 한 번도 만난 적 없는 사람이다. 잿빛 수염 그루터기에 이마에는 가로 주름 몇 개가 깊게 패어 있다.

"네."

"녀석하고 함께 언니를 여기서 보곤 했답니다. 지금도 믿기지가 않네요." 남자가 말한다.

개가 잽싸게 차렷 자세를 취한다. 고개를 돌려 뒤를 보지만 길은 텅 비어 있다.

"그날 아침에도 보았죠." 남자가 말한다.

입안이 바짝 마른다. 남자의 외투 소맷단이 살짝 찢겨 있다. 언니가 찢은 걸까?

"어디서요?"

"레이첼의 집에서요. 욕실에서 물이 샜대요. 며칠 동안 샜는데 그때서야 알아차린 거죠. 천장 중간까지 금이 가 있더군요."

몸을 꼿꼿이 편다. 우린 지금 수확을 마친 잿빛 벌판에 단둘이 있다. 벌게진 남자의 손이 개의 목줄을 꼬아 잡는 것을 지켜본다. "언니가 전화했나요?"

"제가 배관공이거든요. 집에 문제가 생긴다든지 무슨 일이든 도움이 필요하시면 알려주세요." 남자가 말하며 외투 지퍼를 턱까지 끌어올리자 양손과 고개만 옷 밖으로 나와 있다. 긁힌 상처나 멍이 없는지 살펴보지만, 있다고 해도 보이지 않을 것이다. "저희 어머니께서 작년에 돌아가셨거든요. 정리할 게 많을 겁니다. 제가 언제든 도와드리죠."

남자가 자리를 뜬다. 나는 일단 말로 쪽으로 향한 다음, 남자가 시야에서 사라지자마자 달린다.

휴대폰 신호가 케일 스트리트에 와서야 잡힌다.

"덴턴이란 사람, 신문해보셨나요?"

"네. 키스 덴턴이죠." 모레티가 말한다. 모레티는 나에게 말해주지 않을 것 같았다. 경찰의 신문 내용은 기밀일 거라 생각했으니까. 한순간 그와 내가 나눈 대화는 누구의 귀로 들어갔을지 궁금해진다.

"그 사람, 금요일에 언니네 집에 있었대요."

"저도 알고 있습니다. 언니분 이웃 중 한 명이 그 사람 밴을 봤어요. 그래서 우리도 토요일에 서에서 그 사람과 이야기를 나눠봤습니다."

"그 사람, 왜 풀어준 거죠?"

"구속 근거가 없으니까요. 우리 쪽 전문가가 지금도 그 사람 밴에 이런저런 검사를 하고 있어요. 그 사람도 이 지역을 떠나면 안 됩니다."

"그 사람 상처도 확인해보셨나요?" 언니에게는 방어흔이 있었고, 개도 경비업체에서 훈련받은 개였다. 그러니까 개가 언니를 보호하려고 애를 썼을 것이다.

"그 남자가 연루되었다는 증거를 하나도 찾지 못했습니다. 그 남자 말이, 자기가 떠날 땐 언니분이 멀쩡히 살아 있었다고 해요."

"그 사람, 3시에서 4시 사이에 어디에 있었대요?"

"쉬고 있었답니다."

"어디서요?"

"연못가 자기 밴에서요. 그 전날 밤 키들링턴에서 일 때문에 밤을 샜다고 해요."

"누구 본 사람 있대요?"

"우리도 증인들과 CCTV 영상으로 행적을 하나하나 확인 중입니다."

나한테 이 말을 해주면 모레티에게도 뭔가 이득이 있는 모양이다. 이것도 분명 어떤 수사 기법일 것이다. 지금 이 정보가 내 안에 있던 어떤 기억을 소환할 거라 생각하는 게 아닐까? 언니가 연못가에서 애인들을 만났다거나 그 장소에 어떤 의미가 있다는 것을 기억해낼지도 모른다고.

"그 남자가 산등성이에서 언니를 지켜보던 사람이었죠?"

"노라, 나도 아직 몰라요. 실험실에서 결과가 오면 그땐 더 많은 걸 알 수 있겠지만."

중심가는 거의 기이할 정도로 아름답고 쾌적해 보인다. 더 이상 아까 그 남자와 단둘이 있지 않아 다행이라는 생각에 몸이 떨려온다.

밀러스암스의 노란색 차양이 바람에 요란하게 펄럭인다. 몽글몽글한 구름이 도서관 창문에 대리석 무늬를 만든다. 거리에 사람들이 10명 남짓 있는데, 그중 검은 머리에 눈동자가 다채로운 푸른색을 띠고 있는 여자가 내 앞에 멈춰 선다.

"노라, 언니 일은 너무 유감이에요."

"병원분이신가요?" 내가 묻는다.

여자가 고개를 가로젓는다. "차 한잔하실래요?"

여자가 미소를 지으며 내 팔을 꼭 붙든다. 왠지 여기 사람들이 나를 지켜줄 것만 같은 느낌이 든다. 함께 밀러스암스에 간다. 여자가 내 앞에 차를 내주며 힘내라는 듯 미소를 지어 보인다. 다른 누군가와 함께 있다는 안도감, 동행의 온기 때문인지 의자에 몸을 묻게 된다.

방금 언니를 죽인 범인을 만난 걸지도 모른다. 이 사실이 귓속에서 울린다. 몇 분이라도 어딘가 안전한 곳에 있고 싶다.

밀러스암스에는 전에 딱 한 번 와봤다. 그때 내가 주문한 음료는 멀겋고 거품만 잔뜩 있는 데다 제비꽃까지 둥둥 떠 있었다. 나는 그게 재미있었다. "빌어먹을." 언니는 기겁했다. 언니의 생선파이는 푸른색과 빨간색 반점이 있는 게의 집게발 하나가 파이 반죽 위로 삐죽 튀어나온 채 서빙되었다. 그걸 보고 언니는 화났던 마음을 조금 가라앉혔다. "그걸로 제비꽃은 용서가 되는 거야?" 내가 물었다. "당연히 안 되지."

"죄송한데, 제가 이름이 기억이 안 나네요." 이제야 말이 나온다.

여자가 찻잔을 내려놓는 순간, 잔 받침에서 울리는 쨍그랑 소리가 너무나 가정적이어서 지금 상황과 상당히 어울리지 않는다.

"세라 콜리어예요.《텔레그래프》에서 일하고 있습니다."

이제 보니 안에 있는 다른 사람들이 우리를 쳐다보고 있다. 정신이 번쩍 든다. 당장 일어나 밖으로 걸어 나간다.

세라가 밖까지 나를 따라 나온다. 안에 외투를 두고 나오는 바람에 크림색 스웨터 바람으로 양손을 겨드랑이 밑에 낀 채 벌벌 떨며 서 있다. "아무것도 묻지 않을게요. 그냥 앉아서 듣기만 할게요."

"언론에는 말 안 할 거예요."

"앨리스터가 그렇게 말하라고 하던가요? 그 사람이 하는 말을 곧이곧대로 들을 필요는 없어요." 세라가 말한다.

세라한테 내 숙소 위치를 알리고 싶지 않아서 공원 쪽으로 걷는다. 뒤를 돌아보니, 밀러스암스 출입문이 세라 뒤로 휙 닫히고 있다. 공원을 지나쳐 솔트밀 레인 쪽으로 방향을 틀어 내려간다. 길 건너편에 추모 공간이 마련되어 있다. 처음엔 언니를 위한 추모 공간인가 하는 생각이 들었다. 나도 모르게 손이 입가로 간다. 촛불과 흰 꽃이 쌓여 있다. 자세히 보니 울타리에 핀으로 고정해놓은 축구 유니폼과, 캘럼이라는 이름이 적힌 카드가 있다.

울타리 뒤, 이호연립주택*은 빈집인 듯하다. 언니가 말해준 적이 있다. 캘럼은 9월에 죽었지만 가족들은 차마 집을 못 팔 거라고. 그 거리가 텅 빌 때까지 기다렸다가 무릎을 꿇고 카드 몇 장을 읽어본다. 메시지를 보니 사람들이 캘럼의 죽음을 좀처럼 잊지 못하고 몹시 괴로워하고 있다. 대부분 캘럼을 가리켜 영웅이라 일컫는다. 그 누구도 캘럼이 어떤 사람이었는지 몰랐거나, 알았더라도 개의치 않았거나 둘 중 하나일 것이다.

---

* 건물의 한쪽 면이 이웃집과 연결되어 있는 형태.

8

중심가를 지나는데 신문잡화 판매점에서 주인인 노인과 이야기를 나누고 있는 루이스 경사가 보인다. 그를 기다린다.

"저 사람이 용의자인가요?"

"아뇨."

판매점에서 자일스 영감은 가로걸리는 것 없이 기차역을 훤히 볼 수 있다. 게다가 언니 말에 따르면 그 영감은 마을에 도는 소문의 근원지이기도 하다. 마을 그 어떤 가게보다 늦게까지 문을 열기 때문에 마을 사람 모두를 알고 있는 탓이다. 사람들은 그 영감에게 속마음을 털어놓는다. 영감은 질병, 임신, 이혼에 대해 안부를 묻는다. 기억을 떠올려보니 어처구니없게도 내가 리엄과 헤어진 것도 영감은 알고 있다. 5월에 신문과 생수 한 병을 사느라 가게에 머물렀던 2분이라는 시간 동안 영감은 내 입으로 그 일을 털어놓게 했었다.

영감에게 플랫폼의 기역 자 가로등과 역사가 어떻게 보일지 생각해본 다음, 루이스 경사를 따라 중심가를 올라간다. 가다 보니 공원에 벤치가 보인다. 신부가 검은색 사제복을 입고 교회 묘지에 있다. 신부 위로 우뚝 솟아 있는 느릅나무가 층층이 나 있는 가지들에 달린 초록 잎으로 신부를 보호해준다.

"성공회 신부님들도 고해성사를 보나요?" 내가 묻는다.

"아뇨, 공식적으로는 안 봅니다. 가톨릭 신부님들하고 달리요. 하지만 들어준다고 해도 아무 소용 없을 겁니다. 우리한텐 절대 어떤 말도 안 해주니까요."

신부가 교회 계단을 오른다. 잠깐 동안, 우리를 보는 것 같더니 이내 양 문짝 안에 달린 쇠고리를 꼭 붙잡고는 잡아당겨 닫는다.

"저 신부님, 문을 꼭 저런 식으로 닫아야 하는 걸까요? 한쪽 먼저 닫고 그다음에 나머지 한쪽을 닫으면 안 되는 걸까요?" 루이스 경사가 묻는다.

나는 문짝 위에 있는 스테인드글라스 창을 바라본다. 바람이 공원을 가로질러 주목을 통과하면서 우렁찬 바닷소리를 낸다. 바람이 점점 강해지자, 내가 다녔던 대학 근처인 에든버러의 바닷가에 있는 것만 같다.

"앤드루 힐리란 남자가 2년 전, 위틀리에서 십 대 소녀를 폭행했습니다." 루이스가 말을 꺼낸다. "스네이스에서 10킬로미터 정도 떨어진 곳이죠. 언니분이 그 남자한테 교도소로 면회를 가도 되냐고 묻는 편지를 보냈더군요. 그가 와도 된다고 해서 3월에 다녀왔고요."

"그놈이 맞았나요?"

"힐리는 언니가 폭행당했던 여름에 마약으로 형을 살고 있었습니다."

"그 남자가 외출을 했을 수도 있잖아요."

"거기는 A등급 교도소예요. 폭행당한 날 힐리는 식사 당번이었습니다. 어떤 식으로든 힐리가 나왔다면 교도소에 기록이 남았을 거예요."

"언니도 그걸 알고 있었나요?"

"힐리 말이 레이첼에게 자기는 불가능했다고 했답니다. 그래서 레이첼이 힐리의 변호사한테도 얘기를 했는데, 그 변호사가 선고일을 확인해줬고요."

"언니가 그 남자 면회를 어디로 간 건데요?"

"브리스틀 외곽에 있는 교도소로요." 루이스 경사는 나 대신 당황한 표정이다. 언니가 나한테 같이 가서 차에서 기다려달라고 하지 않았다니. 심지어 그 남자한테 편지를 썼다는 말도 하지 않았다니. "언니가 범인을 찾고 있다는 말을 노라에게 한 적이 혹시 있었나요?"

"그만뒀다고 그랬어요. 그냥 다 잊고 싶다고."

물론 언니는 그렇게 말했을 것이다. 오랫동안 언니한테 그만 단념하라고 재촉을 해왔으니, 어떤 면으로는 말다툼을 하기보다 거짓말을 하는 편이 훨씬 쉬웠을 것이다.

"그 말을 한 게 언제였죠?" 루이스 경사가 묻는다.

"5년 전이요. 그 남자, 용의자인가요?"

"아뇨. 힐리는 아직 교도소에 있습니다."

헌터스에서 언니네 집으로부터 그 교도소로 가는 경로를 찾아본다. 언니가 면회실에 있는 동안 재소자들이 줄지어 들어오는 모습을 상상한다. 언니가 그 남자한테 무슨 말을 할 생각이었는지 모르겠다. 어떤 독설을 퍼부을 셈이었는지도.

언니라면 그런 짓을 왜 했냐는 질문 따위는 하지 않았을 것이다. 내가 한 번 언니에게 그런 질문을 한 적이 있었는데, 언니는 피식 웃으며 이렇게 말했다. "꼭 이유가 있어야 되는 게 아니야." 언니는 그 남자를 더 잘 이해하기 위해 만나려고 한 것이 아니다. 그 남자를 응징하려고 했던 것이다.

한번은 언니가 어떤 식으로 작업을 시작할지 말해준 적이 있다. 교도소 내 다른 죄수들과 편지를 주고받으면서 그들을 자기편으로 만든다. 그리고 면회 도중, 그들의 이름을 부르며 언니를 위해 무엇을 해줄 수 있냐고 묻는다.

언니가 거기서 얼마나 나아갔을지 나는 모른다. 진짜로 다른 죄수를 설득해서 그 남자를 패달라고 했을지도. 언니가 설마 그랬을 것 같지는 않지만, 원하는 결과는 같았을 것이다.

그 남자는 아니었다. 앤드루 힐리. 하지만 언니가 담당 변호사에게 힐리의 진술을 확인해달라고 요청한 걸 보면 언니를 폭행한 사람과 분명 닮았을 것이다. 언니라면 범인이 아니어도 그 남자를 위협했을지 모른다. 언니가 당한 건 아니었지만 그 남자가 누군가를 폭행한 건 사실이니까. 언니가 자기 차로 돌아가 분노로 폭발할 것 같은 얼굴을 한 채, 두 팔로 자기 몸을 꼭 끌어안는 모습이 그려진다.

언니라면 브리스틀에서 한잔하러 어딘가 들렀을 텐데. 그 장소도 눈에 그려진다. 익숙한 곳, 런던이나 바스에서 가본 적 있는 체인점이었을 것이다. 아마도 슬러그앤드레터스 같은 데로. 그때까지도 언니는 머릿속으로 모든 계획을 이리저리 굴려보다가 술을 너무 많이 마신 나머지 집까지 운전도 하지 못했을 것이다. 이 점만은 확신하기에, 브리스틀 중심가에 있는 중간급의 호텔에 빼놓지 않고 전화를 걸어본다.

"안녕하세요, 레이첼 로런스라고 합니다. 지난번이랑 같은 방으로 예약하고 싶은데요. 몇 호실인지 확인해주실 수 있을까요?"

담당 직원이 레이첼 로런스로는 기록이 없다고 말하자마자 전화를 끊고는 다음 번호로 전화를 건다. 그러다 마침내 발견한다. "12호실이네요."

요금을 물어본다. "지난번보다 오른 것 같네요. 주말 요금인가요?"

"3월 8일에도 95파운드였습니다."

뿌듯하다. 그 누구보다 언니를 잘 아는 사람은 언제나 나였다.

9

"노라, 너도 같이 갈래, 아니면 여기 있을래?"

"있을래." 그리곤 다시 잠에 빠졌다. 언니는 경쾌하게 계단을 내려가 그때까지 깨어 있던 래피와 다른 친구들한테 작별 인사를 했다. 방충망 문이 쉬익 소리를 내며 여름 공기 속으로 열렸다. 아직 해는 뜨지 않았지만, 밤새 온기를 품고 있던 보도는 여전히 따뜻했다.

내가 토씨 하나 빼놓지 않고 모조리 기억할 것이라는 가정하에, 언니는 그 얘길 딱 한 번만 해줬다. 그리고 두 번 다시 그 얘길 할 필요는 없었다.

언니는 샌들을 손에 들고 걸었다. 나중에 그날의 일출 시간을 알아본 언니는 자신이 래피네 집을 5시 직전에 나섰을 거라는 결론을 내렸다. 감청색을 띤 하늘은 기묘한 분위기를 자아냈다. 집을 나서자마자 돌멩이를 밟는 바람에 언니는 샌들을 다시 신었다. 언니는 이 부분이 결정적이었다고 생각했는지 아주 정확하게 묘사를 해주었다. 돌멩이만 안 밟았으면 도망칠 수 있었을 거라고 생각했기 때문일까?

언니는 갑자기 행복감에 휩싸였다고 했다. 그래서 집에 가는 대신 강에 가서 일출을 볼까 생각했다. 아직 집에서 자고 있는 사람들이 불쌍하게 느껴졌고, 자기 인생이 그 사람들의 인생보다 더 나으며 활기 넘치는 것 같았다.

언니는 흰색 상자같이 똑같이 생긴 집들이 나선형으로 들어서 있는 공영주택단지를 가로질렀다. 그중 절반은 비어 있었다.

그때 어떤 남자가 나타났다. 두 집 사이를 굉장히 빠른 걸음으로 걸어 언니가 있는 길 쪽으로 오고 있었다. 잔디밭을 지날 때 곁눈으로 언니가 그 남자를 보았다. 하지만 언니가 뒤를 돌아보았을 때 그 남자는 보이지 않았고, 언니는 남자가 어딘가 안으로 들어간 모양이라고 짐작했다.

그때 그 남자가 두 집 건너 앞에서 나타났다. 잔디밭을 가로질러 되돌아온 게 분명했다. 이 두 번째 출현에 언니는 안절부절못했다. 집 쪽으로 계속 가야 할지, 아니면 다시 시내를 향해 도망쳐야 할지 마음을 정할 수가 없었기 때문이다.

남자가 잔디밭을 계속 내려와 길에 들어섰다. 남자는 언니를 쳐다보지 않았는데, 그때 언니는 남자의 몇 미터 뒤에 얼어붙은 채 서 있었다.

남자는 언니와 같은 방향으로 걸으며 점점 멀어졌다. 두 사람 사이의 거리가 5미터쯤 벌어졌을 때, 언니는 앞으로 한 발짝 나아갔다. 남자가 앞서가고 있어 다행이다 싶었다. 안심이 되었다. 언니는 뛰지 않기로 했고, 남자의 위치를 볼 수 있다면 그 편이 더 낫겠다고 판단했다.

집까지 남은 거리 내엔 다른 사람들이 언니의 소리를 들을 수 있는 집들이 있었다. 무슨 일이라도 일어나면 누군가 듣고 밖으로 나올 것이다. 괜히 도망치다가 아무도 없는 주택 단지와 시내 사이 벌판에서 잡힐지도 몰랐다.

언니는 두 사람 사이 거리를 일정하게 유지하면서 반 블록 쯤 걸었다.

남자가 뒤를 돌더니 언니에게 다가왔다. 남자의 걸음걸이가 기이했는데, 앞꿈치로만 바닥을 디딘 채 짧은 보폭으로 걸었기 때문이다. 언니가 남자를 향해 소리를 질렀다. 언니가 소리를 지르는 사이 남자는 빠른 걸음으로 헐떡이며 다가왔다.

소리를 지른 것은 남자에게 겁을 줘 쫓아버리려는 의도였다. 전에 들었던 대로, 우리 모두가 들었던 대로 한 행동이었다. 소란을 피워 이목을 끌어서 남자를 곤란하게 만들면, 너를 그냥 내버려둘 것이라는.

하지만 소용이 없었다. 남자는 가까이 오자마자 손으로 언니의 목을 움켜쥔 채 넘어뜨렸다. 그러고는 다리를 오므리고 언니 옆에 무릎을 꿇었다. 남자는 한 손으로 언니의 목을 내리누른 채로 언니의 복부와 가슴과 얼굴을 때렸다. 언니도 남자를 때리고 할퀴었다. 남자가 몸을 충분히 숙였을 때 언니는 남자의 목에 주먹을 날리려 했지만, 남자가 몸을 돌리는 바람에 주먹이 턱 아래로 빗나가고 말았다. 남자는 공중에 뜬 언니의 손을 낚아챈 다음 팔을 부러뜨리고는 무릎으로 눌렀다. 남자가 언니의 머리를 땅바닥에 대고 짓찧자 언니의 머리에서 피가 흘렀다.

남자는 언니의 복부와 얼굴을 계속 때리더니 앞꿈치로 일어서서는 언니를 내려다보았다. 언니는 축축해진 머리를 조심스럽게 안고 있었다.

언니는 가만히 누워 있으려고 했지만 몸이 멋대로 움직이며 경련하기 시작했다. 발작이 멈추자 기어서 무릎을 꿇은 다음 일어섰다. 땅바닥이 빙글빙글 돌았다. 그래도 일단 뒷걸음질을 쳤다. 돌아서서 걸으면 남자가 짧은 보폭으로 통통거리며 돌아와 또다시 길바닥으로 언니를 넘어뜨릴 터였다.

언니는 발을 질질 끌며 길을 건넜다. 부러진 왼팔을 붙잡아 가슴 위에 붙인 채 도망을 치면서도 눈으로는 집들 사이의 공간을 계속 훑었다. 언니 귀에 자신의 숨소리가, 가슴을 방망이질하며 빠르게 호흡하는 소리가 들렸다.

10

금요일, 언니의 집에서 일어난 일은 집 밖의 그 어떤 일과도 어울리지 않았다. 길 건너편 교수의 집. 말을 타고 있던 이웃. 느릅나무, 진입로에 있던 차.

이해가 되지 않는다. 이 마을엔 언니가 살해된 곳에서 2킬로미터도 안 되는 곳에 족히 수십 명은 되는 사람들이 있었다. 내가 도착했을 때 마을은 마치 눈이라도 내리고 있었던 것처럼 조용했다. 어떤 여자가 책 한 무더기를 들고 도서관에서 나오는 걸 보았다. 제과점 진열창 안에 있는 케이크를 바라보던 남자도 있었다. 옆좌석에 있는 종이 한 뭉치를 들고 밴에서 내리던 마을 일꾼도, 일기예보를 들으면서 비좁은 거리를 따라 운전하는 사람들도 보였다. 마치 마을은 그 상태 그대로인데 언니네 집에만 무언가가 내려앉아 엎어진 것 같았다.

　이해가 되지 않는다. 전에도 그런 일이 있었다는 점을 제외하면. 마을은 평온한데 언니에게만 불길한 무언가가 정통으로 떨어졌다.

11

"언니분이 정신질환 때문에 약을 복용한 적이 있었나요?" 모레티가 묻는다. 지금은 화요일 오전 나절이고, 문밖의 수사본부는 혼잡하다. 모레티는 아무 걱정이 없어 보인다. 그게수사에 진전이 있다는 의미였으면 좋겠다.

"아뇨."

"노라는요?"

"있어요."

"무엇 때문에요?"

"우울증이요. 6월에 웰부트린 복약을 시작했어요."

나의 모든 게 까발려졌다. 관계의 끝, 이런저런 상실. 거울속 내 모습은 꼭 누군가에게 쫓기는 것처럼 보였다. 늘 피곤했고 가끔은 안전하기 짝이 없는 공간, 이를테면 케이크 전문점이나 박물관, 리젠트 공원에 있는 장미 정원 같은 데서도 뚜렷한 공포감을 느끼곤 했다.

"그 약 지금도 복용 중이신가요?"

"아뇨. 10월에 중단했어요."

"담당 정신과의사의 권고에 따른 거겠죠?"

"선생님은 저더러 결정하라고 하셨어요." 나는 콘월에 다녀온 후 나아졌다. 그 의사의 진료실에 처음 방문한 이후 생긴 변화였다.

"언니는 왜 결혼을 하지 않았죠?" 모레티가 묻는다.

"다른 걸 더 중요하게 여겼으니까요. 경사님은 왜 결혼을 안 하신 건데요?"

"전 이혼했습니다." 그게 내 질문에 대한 답이라도 된다는 듯 말한다. "언니의 성격이 호락호락하지 않았다는 것처럼 들리는데요."

"전 언니의 그런 점이 좋았어요."

미소를 짓는 것을 보니 모레티도 나와 같은 생각이고, 언니를 이해하고 있는 것 같다는 느낌이 든다. 남들하고 방식은 다를지 몰라도 언니는 이제 모레티에게 중요한 사람이다.

12

"미안해. 정말 미안해. 같이 안 가서 정말 미안해."

"됐어." 언니가 말했다. 언니가 얼굴을 찌푸리고 환자식별 밴드 아래 덮인 팔찌를 빼냈다. 팔찌의 담황색 밀짚은 이제 뻣뻣해지고 적갈색으로 변해 있었다. 언니가 이빨로 팔찌에 묻은 핏자국을 뜯어내기 시작했다.

처음 언니를 봤을 때, 내가 울음을 터뜨리자 언니가 내 쪽으로 고개를 기울였다. 이때 2차 충격을 받았다. 언니의 눈이 너무 심하게 부어 있어서 처음에는 눈을 감고 자고 있는 줄 알았다. 언니의 외모는 나를 겁먹게 했다. 폭행 자체보다 폭행을 당한 소녀가 더 무섭기라도 하다는 듯.

언니의 얼굴은 퉁퉁 붓고 이런저런 색으로 얼룩져 있다. 입 크기가 평소의 두 배여서 마치 립스틱을 원래 입술보다 크게 칠해놓은 것 같았다. 두 눈은 시커멓게 부푼 눈두덩 아래 파묻혀 있었다. 누군가 언니의 머리를 빗으로 빗었는지 머리 위로 갈퀴가 지나간 듯한 자국이 보였다. 번들거리는 연고가 이마와 볼의 꿰맨 자리 위를 덮고, 한쪽 팔은 팔걸이 붕대에 감싸인 채 가슴 위로 접혀 있었다.

우리는 셀비에 있는 병원에 있었는데, 그곳은 스네이스에서 10여 킬로미터 거리였다. "여긴 어떻게 온 거야, 언니?"

"문을 두드렸어. 그 사람들, 차를 안 태워주려고 하더라. 병원으로 가는 도중에 내가 죽기라도 해서 추궁당할까 무서웠던 거지. 내가 직접 999* 상담원한테 말해야 했는데, 그 사람들 내가 구급차를 밖에서 기다려줬으면 하더라고."

언니 말로는 어떤 커플이었는데 남자 쪽이 우리 아빠와 나이도, 버릇도 똑같았다고 한다. "어떤 집이었는데?" 내가 물었다. 돌아가면 그 집에 불을 질러야겠다는 마음이었기 때문이다. 언니는 번지수가 기억나지 않는다고 했다.

"병원에서 아빠한테 알렸대?"

"아니. 내가 아빠는 지금 캠핑 중이라고 말했어."

키가 큰 남자 두 명이 병실에 들어왔다. 둘 다 문병객용 의자는 본체만체하고 침대 끝에 섰다. 언니가 얻어맞은 머리를 그 남자들 쪽으로 돌리자 그 남자들이 나에게 병실에서 나가라고 했다. 그들은 문을 닫으려고도 하지 않았다. 만약 그러

---

* 영국의 가장 대표적인 긴급 전화번호.

려고 했다면, 나는 병원이 떠나가라 비명을 질렀을 것이다.

언니는 내게 했던 말을 그 형사들에게도 한 다음, 범인이 턱까지 오는 길이의 검은 머리에 얼굴이 좁았고 이마뼈가 눈에 띄게 납작했다는 말을 덧붙였다. 몸집에 비해 지나치게 큰 캔버스 재킷을 입고 있었다고도. 형사 중 한 명이 언니 말을 끊고 물었다. "그 전엔 어디 계셨죠?"

"친구네 집에요."

"그렇게 이른 시간에 밖엔 왜 나갔나요?"

"집에 가고 싶었어요."

"술을 마셨나요?"

"네."

"몇 잔이나 마셨죠?"

나는 속으로 언니에게 제발 거짓말을 하라고 빌었다. "네 잔이요." 언니가 대답을 하자, 나는 숙인 고개를 벽에 댄 채 한숨을 쉬었다. 거짓말이었다. 네 잔이 언니가 생각한 적당량이었던 모양이다. 두 사람은 경찰이었고 의심의 여지없이 음주를 할 만한 사람들이었으니, 오랜 시간에 걸쳐 마신 네 잔으로 판단력이 흐려지지는 않는다는 점을 잘 알고 있었을 것이다.

"또 다른 건요?" 아까 그 형사가 물었다. 두 번째 형사는 말이 없었다. 그 형사의 목소리는 한 번도 못 들었던 것 같다.

"그게 무슨 말씀이시죠?"

"약은 안 했어요?"

"안 했는데요."

"파티에서 누구 싸운 사람 있었어요?"

"아뇨, 없었어요."

"당일 밤에 대한 기억, 확실한 겁니까?"

"확실해요."

"아는 남자였습니까?"

"아뇨."

"전에 지나가면서라도 본 적이 있는 남자일 가능성은 없어요?"

"없어요."

"남자친구 있어요?"

"그 남자, 제 남자친구 아니었어요. 한 번도 본 적 없는 남자였다고요."

"질문에 답을 해주셔야 도움이 됩니다."

"없어요."

"파티에 누구누구 있었는지 알려주시겠어요?"

형사들은 언니한테 몇 번 더 훑어보라고 한 다음 진술서에 서명하라고 했다. 용의자를 찾으면 연락하겠다고 했지만 물론 그 후로 감감무소식이었다.

13

언니가 브리스틀 교도소에 갔었다. 언니는 그날의 분위기에 맞게, 그 남자 때문에 망가지지 않았다는 걸 보여줄 수 있는 차림으로 갔을 것이다. 결국 언니보다 그 남자에게 훨씬 불쾌했을 만남이다. 짙은 의상에 맵시 있는 부츠, 거기다 립스틱을 발랐을 거고, 언니의 담당 변호사처럼 입었을 것이다.

3월, M4 고속도로를 타고 한 시간 반을 달려 브리스틀로 가는 동안, 분노와 승리감 때문에 싸늘하고 경직된 얼굴이었을 언니 모습이 그려진다.

"드디어 찾았군. 언제고 네놈을 찾아낼 줄 알았어."

그 여름 동안 자신은 교도소에 갇혀 있었다는 힐리의 설명을 듣기 전에, 마침내 끝났다는 생각으로 설레었을 시간이 언니에게 몇 분이나 있었을지 궁금하다. 그런 생각을 하는 것 자체가 내게는 너무 힘들다. 브리스틀까지의 운전이 더 쉬울 지경이다.

"최대한 신속하게 끝내도록 노력할 겁니다." 루이스 경사가 진술실에 있던 우리와 합류하면서 말한다. "언니 같은 분이 마구잡이 폭행의 피해자가 되는 건 이례적인 일이에요."

"언니 같은 분이라니 그게 무슨 뜻이죠?"

"성매매 종사자가 아니란 얘깁니다." 모레티가 덧붙인다.

"게다가 폭력범죄 발생률이 낮은 지역에 살고 계셨죠. 조직범죄단이나 마약에 연루되었던 것도 아니고요." 루이스가 말한다.

경사의 말을 굳이 바로잡지 않는다. 경사는 마약 거래를 말하는 것이지 쇼디치에 있는 클럽에서 코로 마약을 흡입하는 걸 말하는 게 아니기 때문이다. 갑자기 마약이 그리워진다. 전에는 뾰족한 힐이 달린 앵클부츠에 가죽 레깅스, 킹스로드에 있는 올세인츠에서 아주 비싸게 산 검은색 면 남방을 입고 다녔었다.

나는 머리를 뒤로 젖혔다. 언니는 혹스턴 광장 뒤에 있는 클럽을 가장 좋아했다. "나가서 몇 곡만 추자." 언니는 이렇게 말하고 잠갔던 화장실 문을 열었고, 우린 화장실 밖으로 나가 껑충껑충 댄스 플로어로 향하는 계단을 올랐다.

테이블 너머에서 형사들이 기다리고 있다. 손가락으로 하얗고 뾰족한 치아를 쓱 문지르던 언니. 그리곤 지폐 한 장을 다리에 대고 동그랗게 말았었다.

모레티가 양복 상의 단추를 풀고 몸을 앞으로 내민다. "중상해죄는 거의 살인이나 다름없습니다." 모레티가 스코틀랜드 억양으로 말한다. "피해자가 사망하면 살인죄가 되니까요. 언니분은 거의 동일한 범죄 두 건의 피해자였어요." 마지막 음절에서 일부러 말을 더듬는다. 내 생각에는 이게 얼마나 믿기 힘든 일인지 강조하려고 그런 것 같다. "최초 사건에 대해서 노라에게 좀 더 질문을 하고 싶습니다. 가해자에 대해 설명해주실 수 있을까요?"

"언니보다 나이가 많았어요. 스물다섯 살 정도였고 키는 180센티미터쯤, 검은 머리에 좁은 얼굴, 이마가 넓고 험상궂었어요. 그 남자였다고 보시나요?"

"레이첼이 도망을 쳐서 화가 났을지도 모릅니다." 루이스가 말한다.

"언니는 도망치지 못했어요. 놈이 일을 끝마쳤을 때, 언니는 거의 걷질 못했거든요."

"놈이 언니분을 강간했나요?"

"아뇨."

"폭행이 중단된 이유가 뭐였죠?" 루이스가 묻는다.

"언니도 몰랐어요. 누군가 본 사람이 있다고 생각했거나 그만하면 때릴 만큼 때렸다고 생각했을지 모르죠. 언니 말로는 그 남자, 비틀거리면서 언니한테 멀어지더니 그냥 가버렸대요."

종종거리는 걸음. 언니처럼 나도 이 형사들 앞에서 놈의 걸음걸이를 흉내 낼 수도 있지만, 무의미할 것이다.

"걸음걸이가 웃겼어요. 뒤꿈치를 쳐들고 걸었대요."

모레티가 받아 적는다. 천장에서 형광등이 윙윙거린다. 언니는 살아 돌아오지 않을 것이다. 루이스 경사가 내가 머리를 문지르는 것을 알아차리고 일어나 형광등을 끈다. 윙 하는 소리가 사라지자 실내가 어둠침침해진다. 악랄한 두통이 밀물처럼 물러나는 동안 빗물이 유리창에 무늬를 만든다.

모레티가 파일을 열며 말한다. "녹화 목적으로, 이제부터 로런스 양에게 사진 세 장을 보여드릴 겁니다. 이 남자들 중에 아는 얼굴이 있나요?"

"네." 두 형사 모두 바짝 긴장한다. 내가 가운데 사진을 손가락으로 톡톡 두드린다.

"어떻게 알고 계신 거죠?" 모레티가 묻는다.

"리즈에서 어떤 여자애를 죽인 남자예요."

"언니분하고 이 남자 얘길 나눈 적이 있습니까?"

"네. 제가 언니한테 이 사진을 보여줬는데 언니가 그 남자가 아니었다고 했어요."

"언제였죠?"

"오래전에요. 언니가 열여덟이나 열아홉 살 때였을 거예요. 그 남자 바로 잡힌 걸로 알고 있어요. 그 남자한테 피가 묻어 있었고 그 여자애의 팔찌도 가지고 있었거든요."

"그 남자 사진을 왜 보여주신 거죠?"

"언니가 알고 싶어 할 것 같아서요."

"하지만 언니분이 앤드루 힐리 면회를 갔다고 했을 땐 놀라셨죠." 모레티가 말한다.

"언니가 올해 3월에 그 남자 면회를 가서 놀랐던 거예요. 언니가 다 잊고 싶다고 말했기 때문에 그런 줄 알았거든요."

우린 그때 로마 여행 중이었고, 외곽에 있는 레몬 과수원에 갔었다. "네 말이 옳아." 언니가 손톱으로 레몬 껍질을 긁은 후 향기를 맡으며 말했다. "이제 그만둘 때야." 그날 밤 우린 파스타와 와인을 마음껏 먹었다. 일종의 축하 의식이었다. 그래서 끝났다고 생각했던 것이다.

"5년 전에 언니가 이젠 그만 찾겠다고 했으니까요."

"찾는다는 게 어떤 식이었죠?" 모레티가 묻는다.

"신문을 읽었어요." 우리는 가까운 과거에 일어난 사건을 포함해 요크셔에서 발생한 모든 강간, 폭행, 살인에 대한 기사를 읽었다. 읽고 나면 머릿속이 복잡해졌다. 기사 하나만 읽어도 혼자서는 택시를 못 타게 된다. "처음엔 리즈하고 헐에도 갔었고요."

"왜 가셨죠?"

"그 남자가 기차로 왔을 수도 있으니까요."

"그건 당신 생각이었나요, 아니면 언니분 생각이었나요?"

"언니 생각이었던 것 같아요."

"왜 그렇게 생각한 건지 아시나요?"

"아뇨. 나머지 두 남자는 누구죠?"

"배우들입니다." 루이스가 말한다. "사진을 통한 범인식별 절차죠."

"그 남자를 범인으로 생각하신 이유가 뭔데요?"

"그 남자는 언니분 사망 3주 전, 화이트무어 교도소를 나왔습니다. 그 남자가 리즈에서 젊은 여성을 죽인 방식이 언니분이 처음 당한 폭행하고 비슷한 데다, 언니분 폭행사건 당시 스네이스 근처 헨살에서 살고 있기도 했고요."

"아뇨, 그 남자 예전에 언니를 공격한 사람이 아니에요." 내가 반박한다.

두 형사가 나에게 그때의 폭행사건에 대해 신문을 계속 이어간다. 폭행당하는 동안 그 남자 얼굴을 볼 수 있었기 때문에 아는 얼굴이 아니란 걸 언니가 확신했었다고 하는데도, 우리 자매가 알던 사람들에 대해 묻는다. 앤드루 힐리가 범인과 아주 비슷하게 생긴 게 분명하다. 언니라면 15년 동안 일어났을 법한 변화들, 이를테면 놈의 얼굴이 갸름해졌는지 아니면 후덕해졌는지, 어떻게 나이를 먹었을지 설명해주었을 텐데. 두 형사가 메모를 한다. 대대적인 수사를 벌이며 기자회견에 등장하는 경찰들이 떠오른다. 그런 경찰들이라면 이런 사건은 이미 해결하지 않았을까?

14

아버지는 캠핑 중은 아니었고 선덜랜드에 있는 친구 집에 머물고 있었다. 그 친구는 아버지가 건설 현장에서 일을 구할 수 있게 도와준 사람이다. 입원 3일째, 마침내 아버지와 통화가 됐을 때 아버지에게는 언니의 발목이 부러졌다고만 말했다. "셸비 병원에 전화해서 동생이랑 같이 퇴원해도 된다고 말씀해주실래요? 병원 번호 알려드릴게요."

그 방법이 먹힐 리 없었지만, 그 병원은 국민의료보험이 적용되는 병원이라 항상 사람이 넘쳤으니 언니가 쓰던 병상이 필요했을 것이다.

언니가 퇴원하던 날, 앨리스가 자기 엄마 차를 빌려서 나와 언니를 데리러 왔다. 병원에서 돌아올 때 언니는 아무 말이 없었다. 내 생각엔 아니라고 하면서도 집에 가는 게 무서워서 그런 것 같았다.

나는 앨리스와 함께 오전 내내 이런저런 준비를 했다. 우리는 영화를 여섯 편이나 빌렸다. 완탕과 볶음쌀국수도 2인분씩 샀다. 위틀리에 있는 이탈리아식 카페에서 헤이즐넛 아이스크림도 쿼터 사이즈로 샀다. 세정제 — 우리 집에 있는 것과는 다른 종류로 — 도 한 병 사서 욕조를 박박 문질러 닦았다. 전엔 한 번도 욕조에서 목욕을 한 적이 없지만, 이번엔 언니가 목욕을 하고 싶어 할지도 모른다는 생각이 들어서였다. 뿐만 아니라 천재적인 발상으로 친구네 크림색 래브라도 레트리버 강아지까지 빌려두었다.

언니는 누구네 개냐고 묻지도 않았다. 나중에 안 사실이지만, 견종을 잘못 골랐기 때문이었다. 가령 도베르만핀셔였다면 어땠을까. 스네이스나 스네이스 주변 농장에서 흔히 키우는 견종인 만큼 도베르만핀셔를 빌려볼 수도 있었을 텐데. 그 개를 보고 언니는 우리 두 사람이 자신을 얼마나 이해하지 못하고 있는지를 뼈저리게 깨달았을 것이다.

언니는 천천히 계단을 올라 침대로 갔다. 블라인드의 한쪽 모서리가 여전히 찢겨 있어서 황금빛 오후 햇살이 언니 팔을 비추고 있었다. 언니는 손으로 이불을 더듬더듬 찾더니 이불을 턱까지 끌어당겨 덮었다. 나는 언니 옆에 가서 누웠지만 시선은 방 쪽이었다. 겹겹이 쌓인 옷 더미, 담뱃갑, 불에 그을린 라이터들이 보였다. 거울은 방바닥 위에서 벽에 기대 세워져 있었고, 거울 옆에는 라디오 한 대와 금색 케이스 립스틱이 두어 개 있었다.

방 안은 너저분했지만 신기하게도 아직 빈 공간이 남아 있었다. 언니는 남한테 보이려고 방을 꾸미는 사람이 아니었기 때문에, 나와 달리 추억이 담긴 물건을 늘어놓는 법이 없었다. 성냥이 필요하지 않는 한 성냥갑은 없었다. 유일한 벽 장식은 코가 부리처럼 굽은 축제용 가면이었는데, 그것도 리즈 길바닥에서 주운 것이었다. 십중팔구 파티가 끝나고 누군가 버린 게 분명했다.

언니가 그 가면을 지금은 어떻게 생각할지 궁금했다. 언니는 침대까지 가는 내내 방에는 눈길 한번 주지 않았다. 우리는 베개를 벤 채, 서로 고개를 반대 방향으로 향하고는 아래층에서 강아지가 낑낑거리는 소리를 들었다.

퇴원한 지 얼마 안 되었을 때 언니는 래피의 형한테서 블랙잭*을 하나 샀다. 래피네 형은 대체 그걸 어디서 구했는지 모르겠다. 경찰용 삼단봉처럼 생겼지만 크기는 더 작았다. "그게 경찰이 총 대신 쓰는 거라면, 총보다 한 단계 아래란 얘기겠지. 그렇지?" 언니가 물었다.

그 첫날 밤 앨리스는 우리에게 헤이즐넛 밀크셰이크를 만들어주었다. 우리는 여우가 나오는 애니메이션을 보면서 그걸 마셨다. 언니는 진통제 때문에 배가 안 고프다고 했다. 언니는 자주 경련을 했다. 우리 중 서로의 얼굴이나 문, 창문을

---

* 곤봉을 가죽으로 감싼 형식의 둔기류.

쳐다보는 사람은 아무도 없었다. 밤이 깊어지는 동안 우린 조그만 화면에서 잠시도 눈을 떼지 않았다.

다음 날 언니가 말했다. "나 지금 헐에 갈 거야. 같이 갈래?"
"거긴 왜?"
"쇼핑할 게 좀 있어서."
내가 알기로 언니는 쇼핑 같은 게 필요치 않은 사람이었다. 우선 돈 자체가 없었다.

우리가 함께 헐에 간 적은 거의 없었다. 우린 리즈에 더 자주 갔다. 리즈에 있는 웨어하우스, 거라지, 민트 클럽 같은 데로. 낮 동안에는 케밥과 메르게즈 소시지 롤을 먹으면서 중앙 광장에서 대학생들을 구경했다.

이럴 때 언니가 해야 하는 건 이런 게 아니라는 생각이 들었다. 언니는 쉬어야 한다. 아직 목욕도 하지 않았다.

나는 헐에서 언니를 따라 여기저기 다녔다. 마권판매소로, 술집으로. 사람들이 우리를 뚫어져라 쳐다보았다. 언니얼굴에 아직 꿰맨 자국이 있는 데다 멍들고 부어 있었기 때문이다. 차장이 어떻게 된 거냐고 물었을 때, 나는 언니가 교통사고라고 거짓말을 할 줄 알고 가만히 있었다. 그런데 언니는 이렇게 말했다. "두들겨 맞았어요. 그 남자는 키가 180센티미터가 조금 넘는데 검은 머리를 턱까지 길렀고 캔버스 재킷을 입고 있었고요. 길고 좁은 얼굴에 이마뼈가 눈에 띄는 사람이에요." 손가락으로 이마 가장자리까지 훑어가며 직접 보여주더니 기차표 영수증 뒷면에 뭔가를 적어서 차장한테 건 냈다. "혹시 그 남자 보시면 연락 주세요."

우리는 하루 종일 헐에 있었고 그다음 날까지 있다가 리즈로 갔다. 몹시 괴로운 여행이었다. 언니가 아직도 걸을 때마다 아파했기 때문이다. 이런저런 매장이나 술집을 절뚝거리며 들어갔다 나오는 언니가 너무나 불쌍해서 숨도 제대로 쉬어지지 않았다.

우리가 놈을 찾지 못할 거란 걸 나는 알고 있었지만, 돌아오는 길에는 나나 언니 모두 잔뜩 실망하고 참담한 심정이었다. 언니는 기차에서 내려 집까지 걸어가는 동안에도 놈을 볼 수 있기를 바란 반면, 나는 놈을 안 보게 해달라고 빌었다.

경찰은 도움이 되지 않았다. 언니는 경찰서에 가서 어떤 경장과 이야기를 했다. 그 경장은 면담 내내 언니에게 마약이 스네이스로 유입된 것과 관련된 정보만 줄곧 물었다. 범인의 얼굴을 제외하고 언니가 믿을 건 놈의 목소리를 들은 것 같다는 언니의 생각밖에 없었다. 놈의 억양이 우리 억양과 비슷하다고 했다. 놈이 지역 주민이란 얘기였다.

우리는 우리가 가난하니까 놈도 가난할 것이고, 그리고 우리 마을에 있을 거라고 생각했다.

우리는 아버지가 갈 만한 곳에 가보았다. 경마장. 술집. 폭력적인 남자, 괴물 같은 남자가 갈 만한 곳. 여자한테 해를 끼치는 걸 즐기는 사람이 좋아할 만한 게 또 뭐가 있는지 우리로서는 알 수 없었다.

15

언니가 죽은 날, 뉴스에서 들었던 실종 여성의 시체가 오늘 아침, 험버강에서 발견되었다. 니콜 셰퍼드라는 이름이었다. 잠수부들이 강에 들어가 헤슬 쪽 교각들을 자세히 살피고 있었다. 그 교량은 보수 기간을 훌쩍 넘긴 상태다. 시신은 경량 콘크리트블록을 매단 침낭 안에 담겨 있었다. 다리 한가운데에서 그녀를 던진 게 누군지 모르겠지만, 헤슬 쪽 강은 그다지 깊지 않아서 수심이 9미터 정도밖에 되지 않는 데다 물살도 세지 않다.

숙소 바깥 테이블에 자리를 잡고 외투 속에서 몸을 잔뜩 웅크린 채, 바람에 날아가지 않게 아래팔로 신문을 누르며 기사를 마저 읽는데 속이 뒤틀린다. 역시나 그녀는 끔찍한 일을 당했던 것이다. 경찰이 침낭이 누구 것이었는지 알아낼 수 있을지 모르겠다.

건너편 신문잡화 판매점 문에 달린 종이 울려 내가 올려다본다. 나는 잠시 기다렸다가, 손을 흔든다.

키스가 개의 목줄을 풀고 길을 건너 내가 있는 쪽으로 다가온다. 그의 그림자가 테이블 위에 드리우자, 고개를 들고 손으로 차양을 만들어 빛을 가린 후 그를 올려다본다. 키스는 오늘도 그날 수도교에서 입었던 외투를 입고 있다. 하지만 이번에는 외투 속에 작업용 셔츠를 입고 단추를 잠그지 않았다. 몸이 탄탄하고 키도 크지만 복부는 무르다.

"안녕하세요." 그에게 인사를 한다. 신문을 접어서 내가 앉은 벤치 옆에 놓는다.

"경찰이 잘 대해주고 있나요?" 키스가 숙소를 가리키며 묻는다.

"네."

키스가 고개를 끄덕인다. 침묵이 길어지자 답답한 마음에 손을 신문 속에 슬며시 넣는다. 숙소 뒤편에서 대형망치 소리가 들려오자 키스가 말한다. "벌써 몇 주째 저 도로를 보수 중이죠."

앞발을 내 무릎에 올리는 개의 귀 뒤를 긁어준다. 개가 자기 고개를 내 가슴에 파묻는다. 그러자 키스가 말한다. "녀석도 다시 만나 좋은가 봅니다. 저희가 할 수 있는 일이 있으면 뭐든 알려주세요."

키스가 한 발짝 물러나 목줄을 잡아당기자 녀석이 벤치에서 떨어져 내 품을 벗어난다.

"실은." 내가 운을 떼자 키스가 멈춘다. "방금 전화를 한 통 받았어요. 경찰에서 언니 차 조사를 마쳤대요. 디드콧에 있는 곳인데 거기로 가는 버스가 없네요."

키스가 무슨 말인지 못 알아듣겠다는 듯 나를 빤히 쳐다본다. 내가 기다리자 키스가 말한다. "문제없습니다. 원하시면 제가 데려다드리죠."

방에서 가죽장갑에 싸놓은 정육용 칼과 호신용 스프레이를 가방에 챙긴다. 출입문을 나서면서 매니저에게 키스 덴턴이 디드콧까지 차를 태워줄 거라고 말한다. 매니저가 미소를 짓는다. "정말 친절하신 분이네요."

키스가 검정색 르노를 몰고 나타난다. "그때 그 밴이 아니네요." 차에 타면서 내가 말한다.

"그건 일할 때만 타는 차거든요. 연비가 너무 안 좋아서요."

주머니 속에서 호신용 스프레이를 꼭 쥐고 있는 손에 힘이 들어간다. 키스는 양손으로 운전대를 붙잡고 있다. 무서울 줄 알았는데 오히려 기대감과 내 힘이 커지고 있다는 생각에 가슴이 부푼다. 키스는 긴장한 모습이다.

우리는 함께 차를 타고 말로를 지나간다. 내 옆의 차 문은 잠겨 있지 않지만 차창을 내린다. 화창한 날이라 차창으로 외풍이 들어오는데도 키스는 아무 말도 하지 않는다. 그리곤 우리 자매에게 이 지역에 가족이 있냐고 묻기에 나는 없다고 답한다. 키스가 라디오를 켠다. 내가 그에게 고속도로 방향을 알린다. 차가 고속도로 진입로에 들어설 때, 내가 말한다. "특히 더 힘드실 것 같아요."

"제가요?"

"사건 직전에 언니를 보셨잖아요."

동그랗게 말아 쥔 그의 손이 운전대 위에서 앞으로 향했다 곧바로 돌아온다. '네놈 짓이라면 가만 안 두겠어.' 속으로 생각한다. 키스가 고속도로에 들어서기 전, 운전석에서 몸을 앞으로 내민 채, 과도하게 조심하면서 옆 차로를 확인한다.

꽤 오랫동안 아무 말이 없던 키스가 입을 뗀다. "범인이 이미 와 있다가 제가 떠나길 기다렸을지도 모릅니다. 눈치를 챘어야 하는 건데."

"여기가 출구예요." 내가 말한다. 우리가 탄 차가 이런저런 쇼핑가, 화물운송 회사, 보관창고를 지나간다. 키스가 차를 천천히 몰면서 도로 건너편 번지를 살핀다. 행인이 하나도 없다. 함께 출발한 이후 처음으로 덜컥 겁이 난다.

"여기예요."

키스가 주차장에 진입한다. 주차장 입구 부스에 경비원이 앉아 있다. 키스가 차창을 통해 내가 받은 인수증을 경비원에게 건네준다. 경비원이 내 기록을 검색하는 동안 우리는 말없이 기다린다. 안절부절못하는 키스를 보자, 언니의 혈흔이 없는지 검사를 맡겼던 자신의 밴을 찾으러 왔던 건 아닐까 궁금해진다.

경비원이 인수증을 돌려주자 정문이 활짝 열린다. 키스가 맨 처음 열을 따라 차를 몬다. 내가 차들을 눈으로 훑으면 키스가 차를 멈춘다. 키스 너머로, 언니의 낡은 지프차가 보인다. 키스가 입을 꽉 다문 채 어색한 미소를 지으며 나를 돌아보고는 내가 언니 차 쪽으로 가길 기다린다.

"감사합니다. 배 안 고프세요?" 내가 묻는다. "제가 어디로 모셔도 될까요?"

우리는 덕앤드커버에서 만나기로 한다. 키스가 떠난 후, 언니 차에 올라타 문을 잠그고 차 안을 살핀다. 차 안에서는 익숙한 냄새가 난다. 따뜻한 먼지투성이 실내. 글러브박스를 열어 작은 금색 립스틱을 꺼낸다. 뚜껑을 열어보니 새빨간 진홍색이다.

언니에게는 못 다한 일이 너무 많았다. 그렇다고 뭔가 원대한 계획이 있었다는 건 아니다. 적어도 내가 알기로는. 사실은 그보다 더 최악이다. 모든 것과 강제로 이별을 당했고, 모든 걸 잃었으니까. 빨간 립스틱을 좋아하는 언니는 앞으로 다시는 손등에 여러 가지 립스틱을 발라보며 약국 진열장 앞에 서 있지 못할 것이다. 영화를 좋아하지만 개봉하면 휴일에 보려고 했던 영화도 못 볼 것이다. 앞으로 다시는 좋아하는 판 콘 토마테를, 퇴근 후 토마토와 마늘을 으깨고 올리브 오일을 뿌린 다음, 구운 빵에 문질러 그걸 부엌에서 선 채로 먹는 일도 없을 것이다.

덕앤드커버에서 키스가 위스키를 주문한다. 실망감에 힘

이 다 빠진다. 이 집에서는 그때 산등성이에서 봤던 것과 똑같은 녹색 캔에 든 테넌츠라거를 판다.

"손님은요?"

"테넌츠 주세요." 내가 캔을 가리킨다. 키스가 아무 반응도 보이지 않는다. 바텐더가 우리가 주문한 음료를 내려놓은 후, 우리에게 등을 보인 채 바에 기대 팔짱을 끼더니 트랙을 질주 중인 그레이하운드들을 본다.

"보통 낮 시간에 위스키를 드세요?"

"아뇨." 키스도 경주 중인 개들을 보며 대답한다.

"그럼 보통 땐 뭘 드시는데요?" 혹시라도 키스가 거짓말을 하면 바텐더가 바로잡아주길 바라는 마음에 일부러 큰 소리로 묻는다.

"보통은 안 마십니다."

그레이하운드들이 안개 속으로 사라진다. 경주가 끝나자 선두를 달리던 두 마리의 코끝 간격과 결승선을 보여주는 정지화면이 나온다. 코가 말처럼 굉장히 길다.

"더 필요하신 건 없나요?" 바텐더가 묻는다.

"전 됐습니다." 키스가 말한다.

"저도 괜찮아요."

바텐더가 선반에서 벤슨앤드헤지스 한 갑을 가지고 파티오로 나가면서 문을 조금 열어놓는다. 내가 소리를 지르면 바텐더가 안으로 다시 들어올 것이다. 키스와 저 바텐더 둘 중 누가 더 힘이 셀까? 맥주를 길게 한 모금 삼키면서 이게 위스키라면 얼마나 좋을까 생각한다.

"아주 열심히 도와주시던데요." 내가 말한다.

키스는 자세를 바로잡지도, 나를 쳐다보지도 않지만 어딘가 긴장하고 잔뜩 굳은 태도다.

"레이첼은 멋진 사람이었습니다. 아주 멋진 여자였어요."

"언니를 좋아하셨나요?"

"전 유부남입니다." 내가 어깨를 으쓱하자 키스가 말한다. "아니, 그런 게 아니고요."

"그럼 어떠셨는데요?"

"태시하고요? 좋죠. 그냥 평범하게 살아요."

"아뇨, 언니하고요."

위스키 잔을 내려놓는 키스를 보니 나를 한 대 칠 것만 같다. "사실 전 레이첼을 안다고 할 수도 없습니다."

아무 일도 일어나지 않고 있지만 확실한 건 키스가 나를 치고 싶어 했다는 거다. "아까 제가 언제 정차해야 할지 알려주지 않았는데요." 내가 말하자 키스가 나를 가만히 쳐다본다. "어떤 게 언니 차였는지 어떻게 알았죠?"

"그 집에서 작업을 한 적이 있었으니까요."

"언니가 당신이 자기한테 집착한다고 했어요."

키스가 바 위에 지폐를 놓더니 나간다. 적절한 말이었는지 잘 모르겠다. 언니는 키스 얘기를 꺼낸 적이 한 번도 없었기 때문이다.

16

모레티 전화다. "집 수색이 끝났습니다. 청소업체 번호를 알려드리죠."

"경찰에서 처리해주는 거 아닌가요?"

"아닙니다."

"그럼 비용은 내주나요?"

"아뇨."

"청소를 꼭 해야 되는 건 아니잖아요. 증거가 훼손되기라도 하면……."

"저희 쪽에서 필요한 건 입수했습니다." 모레티 말에 청소업체 전화번호를 받아 적는다. 쿰 클리너스란 업체다. 직접 문의해보지 않는 한 전문 분야를 알 길이 없다. "집으로 돌아가시기 전에 청소업체 사람들 먼저 들이는 게 좋을 겁니다.

아니면 도착할 때에 맞춰 사람을 보내서 불도 피우고 보일러가 켜지는지 확인해드릴 수도 있습니다. 신부님의 축성을 받고 싶어 하는 가족도 있고요. 잡아드릴까요?"

"사람들이라뇨?"

"노라와 언니의 친구들이요."

"아." 나는 모레티가 말하는 사람들이 전혀 모르는 사람들이나 경비원들인 줄 알았다. 나로선 그쪽이 더 좋은데. "고맙지만 사양할게요."

청소업체를 기다리지 않기로 한다.

언니 집 양쪽에 있는 느릅나무에 노란 잎 몇 개가 매달려 있다. 뭔지 모를 시끄러운 소리 때문에 새들이 나무에서 날아오르더니 공중에서 원을 그린다. 공기에서는 11월이면 으레 시골에 감돌기 마련인 물과 진흙과 건초와 연기 냄새가 난다. 맞은편, 언니네 이웃은 자기 방목장에서 언니가 살해당하던 날 탔던 것과 같은 어룽진 말을 타고 있다.

교수 집 굴뚝에서 연기가 피어오른다. 자동차 두 대가 뻥 뚫린 헛간에 주차되어 있다. 바람에 산등성이 정상에 있는 가시나무가 눌리고, 연기 기둥이 거의 수평이 될 정도로 휘어진다.

집 문을 열자 안에 누군가 있는 것만 같다. 공기도 변하고 마룻널도 가라앉은 느낌이다. 계단에서 귀를 기울이고 기다려보지만 계단이 삐걱거리는 소리도, 문이 닫히는 소리도 들리지 않는다.

정말 못할 짓이다. 바닥과 벽에 묻었던 핏자국이 검게 변했다. 귀가 울리기 시작한다. 하지만 언니가 키스나 언니를 따라다녔던 누군가, 혹은 병원 친구에 관한 단서를 집 안에 남겨놓았을지도 모른다.

온도조절장치의 온도를 올리자 지하실에 있는 보일러가 켜지면서 굉음이 울린다. 그 소리에 온몸이 움찔한다. 계단 난간을 본다. 목줄 때문에 난간이 훼손되거나 하진 않았다. 둥글게 다듬어진 나무 기둥 네 개 중에서 녀석이 매달려 있던 기둥은 얼룩 몇 개만 제외하면 나머지와 다를 것이 없어 보인다. 어처구니없게도, 첼시 프라이어리 워크에서 보았던 집들이 생각난다. 양쪽에 놓인, 찍어낸 듯 똑같은 모습의 흰 미끼새*들이.

지붕을 확인해보니 정말 지붕을 가로질러 기다랗게 금이 가 있다. 키스가 적어도 저것만큼은 사실대로 말을 한 거였다. 거실을 가로지르는데 라디에이터에서 쉭쉭 소리가 난다. 중요한 건 뭐가 됐든 언니 책상 아래 파일에 보관되어 있을 테지만, 아래층부터 시작하기로 한다. 조금이라도 이상한 건 없는지, 경찰이 놓쳤을지도 모르는 건 없는지 방마다 돌아다니며 찾아본다.

표면이란 표면에는 전부 얇게 흑색 탄소 분말이 덮여 있

---

* 사냥감을 유인할 때 쓰는 나무로 만든 새.

다. 손가락으로 그 표면을 문질러 쿵쿵대며 냄새를 맡아보지만 아무 냄새도 나지 않는다. 경찰은 부엌 싱크대에 얼음도 남겼다. 그것 말고 바뀐 것은 아무것도 없다. 가스레인지 위 냄비도, 밥이 담긴 청회색 그릇도 그대로다.

언니의 도끼는 뒷문에 기대 세워져 있다. 그 도끼를 보니 마치 언니한테 이제 기회가 생기기라도 한 듯, 갑자기 희망이 솟구친다.

집에 오니 난롯불이 피워져 있고, 거실엔 사람들이 가득하고, 누군가 부엌에서 저녁을 준비 중이고, 누더기에 불을 붙인 횃불이 활활 타고 있는 모습을 상상해본다. 그렇다고 이 집에 들어오는 게 더 쉬워지진 않았겠지만 말이다. 신부가 방마다 돌아다니면서 시편을 읊는 상상도 해보지만, 떠오르는 문구라고는 시구밖에 없다.

또한 나는 있고자 간구하였네 / 폭풍 오지 않는 곳에[*].

앞창을 통해 계곡을 건너다보다가 나무들 사이에 누군가 뚫어놓은 듯한 구멍을 발견한다. 놈은 여러 날에 걸쳐 언니를 관찰하다가 어느 날 집에 들어왔을 것이다. 언니는 발깔개 밑에 열쇠를 두고 다녔으니 언니가 근무 중이거나 자고 있을 때, 알아서 집에 들어올 수 있었을 것이다. 그런 생각은 그만하려고 애를 써본다. 앞문을 잠그는 게 더 안전한지 그러지 않는 게 더 안전한지 갈피를 못 잡겠다.

---

* 제라드 홉킨스, 「천국-낙원: 베일을 쓴 수녀*Heaven Haven: A Nun Takes the Veil*」.

전등을 켜자 부엌이 희미하게 빛나는 가운데 창문에 맺힌 이슬비가 보인다. 부엌 입구 근처의 목제 원탁, 다 해진 러그, 건너편의 오븐. 파슬리 한 뭉치가 싱크대 옆 물이 담긴 유리병에 꽂혀 있다. 그 위 선반에는 분홍색과 녹색 줄무늬로 된 포장 파스타가 놓여 있는데, 모양이 꼭 삼각 모자 같다. 언니는 로마행 항공권에 알림을 설정해놓았다. 아직도 언니의 메일함에 차곡차곡 쌓이고 있을 여행상품 광고메일과 읽지 않은 메시지가 하나씩 읽음으로 표시되는 모습을 마음속으로 그려본다.

찬장을 열어보니 언제나처럼 향이 난다. 차 상자들, 렌틸콩과 밀가루 봉지들, 레몬사탕과 와인껌, 기다란 감초젤리가 담긴 단지들을 빤히 쳐다본다. 몇 주 전 영화를 보고 집으로 돌아왔을 때, 언니가 조리대에서 감초젤리 통이 빈 걸 보고 내게 물었다.

"너니?"

"아, 미안." 언니는 외투도 벗지 않은 채 곧장 조리대로 가서는 장갑 낀 손으로 단지를 가리켰다. 겁먹은 목소리였는지 내가 그걸 다 먹어서 그저 짜증이 났던 건지 기억나지 않는다. 지금 생각하니 질문이 이상하다. 나 말고 누가 있다고?

비틀거리며 부엌을 나선다. 소리가 흐릿해지다가 아예 사라지더니 시야가 픽셀처럼 점점이 변한다. 조리대 위에 이마를 올려놓고 있자니 비로소 여기저기 집 안에 몰아치는 바람 소리, 자동차가 녹은 눈길을 지나가며 내는 소리, 내가 내는 한숨 소리가 들린다.

계단을 오르는 도중에 계단에 난 언니의 손자국을 오랫동안 뚫어져라 응시한다. 언니의 손가락 마디와 손바닥을 가로지르는 뚜렷한 손금 세 개가 보인다.

난간을 붙잡고 몸을 앞으로 내밀며 층계에 발을 올린다. 살금살금 계단을 오르자 어둡고 텅 빈 복도가 펼쳐진다. 열린 문들 너머, 다른 방들은 창백한 빛으로 물들어 있다. 마지막으로 언니를 보았던 지점에 납작 엎드린다. 다시 일어날 수 있을 것 같지가 않다. 양말을 신은 언니 발이 떠오른다.

언니 침실에서는 아직도 언니 냄새가 난다. 계곡 너머 무선 탑에 켜진 붉은빛 주위로 흐릿한 빛무리가 어리어 있다. 라디에이터가 쉭쉭거리며 방에 증기를 뿜는다.

언니 책상 아래에는 서류보관함이 두 개 있다. 서류들을 자세히 살피기 시작한다. 누군가 언니한테 편지를 썼을지도 모른다. 언니는 똑똑한 사람이었다. 그러니 자신이 스토킹당하고 있다는 사실을 알았다면 그걸 기록해놓았을 것이다.

병원과 은행에서 받은 서류, 주택 구입 시 발생한 서류 등 관청 발급 서류가 잔뜩 쌓여 있다. 오래된 편지들, 요리법들, 집안 관리 목록들. 오랜 시간을 들여 그걸 다 살피고도 아무것도, 키스나 마틴이란 사람에 대한 언급도, 미심쩍은 메모나 편지도 발견하지 못한다.

욕실에 가보니 올리브오일과 바다소금 병이 있다. 가슴이 요동친다. 언니가 저걸 다 쓴다는 건 불가능한 일처럼 보인다. 그럴 시간이 있는 사람이 누가 있을까? 물론 진한 올리브 오일 한 컵을 붓고 소금을 휘저어 푸는 데 시간이 그렇게 많이 들지는 않는다. 이제 보니 이 병은 그 옆에 놓여 있던 과산화수소 병과 똑같은 갈색이다. 과산화수소는 언니가 벤 상처를 소독하거나 수영 후 귀에 들어간 물을 말리려고 썼다.

언니는 여기서 다섯 시간 거리인 콘월로 이사 갈 계획이었다. 그 정도면 충분히 먼 거리였을지 궁금하다. 안전하게는 느껴졌을 것이다. 그 모든 작은 마을들. 나무가 이룬 담장. 수세기 동안 밀수업자들이 숨은 곳*. 세인트아이브스도 큰 마을이니까 무리에 뒤섞여 살 수 있었을 것이다.

나는 그때 그 중국요리점에서 루이스 경사에게 스네이스에서 언니를 공격했던 남자가 언니를 찾는 데 이렇게 오래 걸린 이유가 무엇일지 물었다. "언니의 이름을 몰랐을지도 모르니까요."

언니는 자신이 금방이라도 이 집에서 비틀거리며 나가 도움을 청한 후 어떻게든 살아남을 거라고 생각했던 게 아닌지 모르겠다. 죽으면서도 '셋까지 세고……' 그런 생각을 했던 게 아닐까.

언니 차 트렁크에 짐이 가득 든 여행 가방이 두 개 있었다. 콘월로 이사하기 위해 짐을 싸기 시작했던 것이다.

---

* 과거 콘월에는 밀수업자와 해적이 많았다고 하며, 대프니 듀 모리에도 소설 『자메이카 여인숙 Jamaica Inn』에서 콘월 지방 밀수업자들의 가혹하고 폭력적인 세계를 그렸다.

17

나는 폴페로의 절벽에 난 오솔길에 있었다. 해당화가 피어 있었다. 낑낑대며 우리가 묵고 있는 집으로 식료품을 나르던 중이었다. 토닉워터, 체리, 감자, 시금치, 감자칩, 레몬, 영국해협에서 잡은 가리비. 시내 상점에서는 얼음과 장작을 팔았는데, 콘월에 있는 식료품점은 하나같이 얼음과 장작을 팔았다.

토닉워터병이 무릎을 때렸다. 절벽 아래에서 어선 한 척이 모터 소리를 내며 갈매기 떼를 지나갔다. 새들이 어선 주변을 선회하는 모습이 꼭 무슨 액막이 의식처럼 보였다. 하지만 여기선 그렇게 보이는 게 한둘이 아니었다. 선착장 말뚝들에 씌워놓은 뾰족한 흰색 덮개도, 물밑으로 사라지는 닻줄도 마찬가지였다.

콘월에서 우린 매일 밤 저녁을 함께 먹었고 얘깃거리는 끝이 없었다. 언니는 내가 가장 좋아하는 대화 상대였는데, 언니의 이목을 끄는 건 내 이목도 끌었기 때문이다. 언니는 요리, 나는 장보기를 담당했고, 나로선 불만이 없었다. 항구에 있는 배들이 모두 같은 방향으로 물결에 밀려나는 모습과, 부두에 겹겹이 쌓아놓은 통발을 보는 게 좋았다.

나는 배고파 죽을 것만 같았다. 우린 언제나 배가 고팠다. "바다 공기 때문이야." 언니가 말했다. 나는 거의 매일 식료품점에 다녀와 먹을 걸 채워넣었다. 나는 소금과 식초를 뿌린 감자칩, 그러니까 딱 바닷물 맛이 나는 감자칩을 원했고, 언니는 토피캐러멜 단지를 원했다. "토피가 바다랑 무슨 상관이 있다는 건데?" 내가 묻자 언니가 대답했다. "맛있잖아."

식료품을 가지고 오솔길을 내려갔다. 해당화는 분홍색이었고, 킬번 시내와 몇백 킬로미터는 떨어진 곳이었다. 나중에 내가 장 본 것들을 꺼내놓고 나자, 해가 지면서 기다란 잿빛 구름 띠를 뚫고 수면에 붉은 길이 드리워졌다. "노을 길이네." 언니가 말했다.

18

언니네 집으로 돌아가는 길, 한 신부가 나를 붙잡고는 자신을 소개한다. 삼십 대 정도로밖에 안 보이는 신부를 보니 세인트앤드루스에서 같이 학교를 다녔던 남자애들이 생각난다. 이 신부는 어쩌다 여기 처박히게 된 걸까. 은행에서나 볼 법한 외모인데.

신부가 장례 준비를 묻는다. "경찰에서 언니를 못 묻게 할 거예요." 내가 말한다. 우리는 인공수로 옆에 서 있는데, 이 인공수로는 마을 장식용 개울로 집들과 도로 사이에 위치한 보어 레인을 따라 가느다랗게 졸졸 흐른다. 신부는 그래도 장례식은 열 수 있으며 식을 주관해주겠다고 한다.

"언니는 종교를 믿는 사람이 아니었어요. 모든 종교는 다 사교고, 신부님 종교처럼 자기들 종교가 사교가 아니란 사실을 사람들이 눈치채지 못하게 하는 데 좀 더 노련한 종교가 있을 뿐이라고 생각했거든요."

"일반 장례식도 주관해드릴 수 있습니다." 신부가 말한다. 이렇게 적극적으로 호의를 베푸는 신부 때문에 어찌할 바를 모르겠다. 내 예상과 너무 다른 반응이다. "그렇게까지 절박해진 건가요?" 내가 묻자, 신부가 발끝으로 자갈을 인공수로로 찬다. 우리 둘 다 자갈이 가라앉는 모습을 지켜본다. 신부가 말한다. "도와드리고 싶어서 그러는 겁니다. 장례식은 꼭 필요하다고 생각하기도 하고요. 언니분을 기려야지요. 저희는 100명을 수용할 수 있는 공간이 있습니다. 들어와서 한번 보시겠습니까?"

먼지, 나무, 겨울 햇살, 세로 창살이 검은색인 창문, 에든버러에서 아파트를 같이 썼던 친구가 납화를 그리려고 녹였던 왁스 냄새와 비슷한 촛불 냄새. 성공회 교회다. 언니나 나나 어렸을 때 교회에 다니지 않아도 되었기 때문에, 교회 하면 결혼식하고 앤 불린만 생각난다.

"이 정도면 괜찮겠네요." 내가 말한다.

신부와 함께 텅 빈 교회의 맨 앞줄에 앉아 장례식을 계획하던 중, 신부가 말한다. "저는 언니분을 잘 알았습니다."

"그러셨나요?"

"가끔 페노를 저한테 맡기시곤 했거든요."

신부는 할 일이 그렇게 많지 않으니까 외롭겠다는 생각이

든다. 신부가 걸으면서 페노한테 이런저런 말을 해주는 모습을 그려보니 마음이 아파질 것만 같다.

신부와 함께 여러 군데 전화를 돌린다. 헬렌에게 전화를 걸기 전에, 나 혼자 정원으로 나와 교회 담장을 따라 걷는다. 언니는 헬렌의 가장 친한 친구였고, 헬렌 딸의 대모이기도 했다.

헬렌은 내게 늘 긴장되는 존재였다. 헬렌은 딸, 데이지가 젖먹이였을 때 멜버른에서 옥스퍼드로 이주했는데, 간호사 교육을 받은 후 간호사가 되어 일을 하면서 데이지를 혼자 키웠다. 살림을 하고, 교대근무를 마치고 와서 분유를 데우고, 딸아이를 어린이집에 데려다주고 데리러 가는 헬렌만 생각하면 내가 쓸모없는 사람처럼 느껴졌다. 내 경우 살림과 육아 두 가지는 고사하고 그중 하나도 제대로 못해낼 것 같은데, 헬렌도 그런 내 생각에 동의하는 듯하다.

전화를 받은 헬렌의 목소리가 서먹하게 들린다. 경찰조사 얘기를 주고받은 후, 헬렌이 추도사를 맡는 데 동의한다. 잠깐 동안의 침묵 후 내가 묻는다. "지난주에 언니 어때 보였어요?"

"조금 위축된 것 같았어. 일이 힘들다고 하더라."

"언니가 그 집에서 지냈던 이유가 뭐예요?"

"보일러가 고장 나서. 난방이 안 됐대."

언니가 헬렌에게 거짓말을 했다. 금요일에 집이 추웠다면 내가 알아차렸을 것이다.

"레이첼 언니 이사 간다는 얘기, 언니한테는 했어요?"

"아니. 어디로?"

"콘월로요. 지금쯤이면 거기 가 있었을 텐데."

"아니, 못 그랬을걸. 그만둔다는 말도 안 했는데."

"누가 한 짓 같아요?" 내가 묻는다.

"모르겠어." 헬렌이 뜸을 들인 후 말을 잇는다. "레이첼하고는 아무 상관 없었을지도 몰라. 그냥 집 위치 때문이었던 것 같아."

"그게 무슨 말이에요?"

"외진 데 있잖아. 큰 고속도로하고도 가깝고. 콘월 어디로 이사 가려고 했대?"

"세인트아이브스요."

"난 레이첼이 리저드를 좋아하는 줄 알았는데."

"거긴 우리가 가본 데예요. 언니가 누군가로부터 벗어나고 싶었다면 이미 가본 데로는 이사 안 갔을 거예요. 혹시 언니가 키스 덴턴이란 남자 얘기한 적 없어요?"

"없어."

"확실한 거예요?"

"그럼. 너 정말 그게 레이첼이 이사 가고 싶어 했던 이유라고 생각하는 거니? 콘월 그렇게 안 멀잖아, 다섯 시간 거리밖에 안 돼."

"체감 거리는 더 멀잖아요. 사람 찾는 게 그렇게 쉬운 일도 아니고요. 언니가 이름을 바꾸기라도 하면 더더욱."

"난 레이첼이 자기가 위험에 처했다고 생각했던 것 같지는 않아. 그랬으면 신고를 했겠지."

"누군가 언니네 집 옆 산등성이에서 언니를 지켜보고 있었어요."

헬렌은 내 말을 안 믿는 게 분명하다. 다시 안으로 들어가니 신부가 묻는다. "혹시 염두에 두고 있는 음악이 있으신가요?"

"짐노페디 1번이요."

신부가 피아노 연주자를 알아보겠다고 한다.

"사람들이 신부님에게 비밀을 털어놓기도 하나요?" 내가 묻는다.

"더러 그러기도 하지요."

"신부님 교구민이 신부님에게 나쁜 짓을 저질렀다고 털어놓으면 어떻게 하실 건가요?"

"잘 모르겠습니다. 그 범죄의 경중에 좌우되겠지요."

장례식 전날, 친구들이 헌터스에 도착하기 시작한다. 여간 놀라운 일이 아닐 수 없다. 그 애들이 다들 옥스퍼드에 숙소를 잡을 줄 알았기 때문이다.

나는 사람들 눈에 띄지 않는 층계참에 앉아 친구들이 마주치며 나누는 대화를 듣는다. 상황에도 불구하고 우연한 만남에는 뭔가 사람 마음을 들뜨게 하는 부분이 있다. 꼭 동창회나 결혼식처럼.

"너도 오는 줄 몰랐어." 친구들이 이렇게 말하는 소리가 몇 번이고 들려온다.

아래층에서 들리는 목소리는 모두 낯익지만 어떤 게 누구 목소리인지는 전혀 모르겠다. 저 친구들 중 내 친구라고 할 만한 친구가 없다. 층계참에 웅크리고 앉아, 전에도 그런 적은 없었다는 사실에 깜짝 놀란다.

그때 마사가 계단을 달려 올라온다. 내가 미처 무슨 말을 하기도 전에, 층계참에 도착한 마사가 나를 꼭 안아준다.

언니의 장례식 전날 밤, 잠을 잘 수가 없다. 시시각각 두려운 마음이 자꾸만 커지고 그 때문에 다음 날이 적절한 휴식 없이는 살아남지 못할 무언가로 변질된다. 지금 내게는 수면제도, 진정제도 없지만 언니를 위해 런던에서 산 레드와인이 있다. 이 방에는 와인 따개가 없다. 아래층으로 내려가보아도 바의 묵직한 나무 문은 굳게 잠겨 있다. 다시 위층으로 올라와 레드와인 병을 뚫어져라 쳐다본다. 칼을 이용해서 호일을 벗겨낸 후 코르크 마개를 어떻게 딸까 곰곰이 생각해본다.

욕실 수납장 맨 위 칸에 드라이버가 있다. 누군가 수리 후 깜빡 잊고 두고 간 모양이다.

그 드라이버를 코르크에 찔러 넣고 병목 안으로 밀어 내린다. 요란한 소리를 내며 코르크가 빠지더니 와인이 뿜어져 나온다. 붉은 액체가 배 위로 솟구치다가 가슴으로 뚝뚝 떨어진다.

드라이버를 손에 들고 앉는다. 와인이 핏줄을 따라 팔을 타고 흔적을 남긴다. 물기 때문에 셔츠가 배에 철썩 들러붙는다. 벽에도 붉은색 얼룩이 생겼고 방 안에서는 이미 코를 찌르는 냄새가 난다. 얼룩진 벽 아래, 그 자리에 그대로 앉아 있는데 귀가 울리기 시작한다. 나는 드라이버를 단단히 붙잡는다.

19

장례식이 시작되기 전, 교회 안을 눈으로 훑으며 언니 대신 다른 사람들을 한 명씩 죽여본다. 사람들은 벤치 뒤로 벽을 따라 3열로 서 있다. 도서관과 펍과 수도교에서 보았던 얼굴들도 있다. 루이스 경사와 모레티 경위, 그날 모레티 경위와 함께 언덕을 걸어 올라왔던 여자 경감도 와 있다. 세 사람이 떨어져 앉아 있기에 처음엔 그것도 무슨 수사 기법인가 하고 생각했지만, 아마도 각자 도착 시간이 달랐고 교회가 빠르게 찼기 때문일 것이다.

아버지는 나타나지 않았다. 내가 알기론 경찰에서 아직 아버지 소재를 못 찾아서겠지만, 어쨌거나 이건 자기 장녀의 장례식이다. 아버지도 어떤 식으로든 소식을 들어서 알고 있을 텐데. 지금이라도 절뚝거리며 교회 복도를 올라와 내 옆에 자리를 잡고 앉아 이런저런 추측을 내놓을지도 모른다. 이제 교회 문이 닫히고, 내가 문을 잠그면 싫어할 사람이 있을까 궁금해진다.

내가 못 알아보겠는 사람이 너무나 많다. 정말 뜻밖이다. 낯선 사람이 있으면 내가 알아차릴 수 있을 줄 알았다. 누군지 몰라도 그 짓을 저지른 놈이 오늘 나타날지도 모르는 일이다.

사람들 틈으로 키스 덴턴이 보인다. 루이스 경사가 복도 반대편, 키스가 보이는 자리에 있다. 내가 직접 키스를 볼 수 없으니 얼마나 다행인지 모른다. 그리고 뒷자석에 앉아 있는 어떤 검은 머리 여자. 내가 마사 쪽으로 고개를 돌린다. "여기 기자가 와 있네." 그 검은 머리 여자를 가리키며 말한다.

마사가 마지막 줄 그 여자가 있는 자리까지 복도를 재빠르게 걸어 내려간다. 약간의 실랑이 끝에 여자가 자리에서 일어나 벤치에 앉은 다른 사람들을 간신히 통과한 후 교회 정문으로 나간다. 나가기 전, 여자는 우리가 마치 어떤 장난의 공범이라도 된다는 듯 내게 씁쓸한 미소를 지어 보인다. 교회에 있던 사람들이 고개를 돌려 자신을 빤히 쳐다보는데도 여자는 전혀 창피해하지 않는다. 그런 그녀가 부럽다. 자유로워 보여서.

스티븐이 이미 와 있다. 그걸 알고 나니 두려워진다. 그가 내게 다가와 이마에 입을 맞춘다. 위스키 냄새가 나는데 어젯밤 마신 게 아니라 오늘 아침에 마신 냄새다.

스티븐이 벽에 기대 쉴 수 있게 사람들이 한쪽으로 비켜준다. 굉장히 지쳐 보이는 스티븐을 보니 그도 계속 자리에 앉아 있어야 하는 상태인 건 아닌지 모르겠다.

두 사람은 결혼 직전까지 갔었다. 언니는 코 꿰일 뻔했다고 말했지만, 스티븐은 그래도 결혼하고 싶어 했다. 두 사람은 1년에 두어 번 잠자리를 가졌기에, 스티븐은 언니가 마음을 바꿔 도싯으로 이사한 후 자신과 함께 살 날이 올 거라고 생각했었다. 결국엔 그렇게 했을지도 모른다. 언니가 스티븐을 사랑한 건 사실이었으니까.

스티븐을 흘낏 쳐다본다. 자세나 균형을 잡고 있는 모양새가 이상하다. 벽에서 미끄러져 털썩 주저앉을 것만 같다. 모레티는 스티븐이 자기 식당에 있었다고 했지만 스티븐한테 증거가 있는 건지 모르겠다.

교회 안은 초조함과 극심한 고통에 시달리는 분위기다. 200명이나 되는 사람들이 아무런 소리도 내지 않으려 애를 쓰다 보니 그리된 것이다. 차라리 다들 말을 했으면 좋겠다. 옆문으로 나가면 바깥은 정원이다. 교회 건물 때문에 그늘이 진 부분과 느릅나무 아래에는 아직도 눈이 남아 있다. 오늘 아침 공기는 물로 씻어낸 듯 맑고 깨끗하다.

신부가 설교단에 오른다. 설교도, 추도사도 어울리지 않는다. 우스꽝스럽다. 스티븐을 보니 스티븐도 나와 생각이 같은 모양이다. 지금도 너무 서럽게 우느라 말도 제대로 못하는 형편이지만, 내가 직접 추도사를 할걸 그랬다.

피아노 연주자가 악보를 올린다. 지켜보는데 이미 실망스럽다. 일단 나이가 너무 어리다.

노래가 시작되자 밧줄이 우지끈 끊어지는 것만 같다. 무언가가 여기 모인 사람들을 엄습하는 것 같더니 그들을 진정시킨다. 노래가 슬프지는 않은데, 바로 그 점 때문에 마음이 찢어질 듯 아프다. 보아하니 스티븐도 나와 같은 마음이다. 중요한 건, 언니가 좋아했던 저 음악을 이제 언니는 들을 수 없다는 것이다.

마을에 있는 두 펍 중 어느 것도 모두를 수용할 만큼 크지 않다 보니 자연스레 무리가 나뉜다. 누가 뭐랄 것도 없이 외지인들은 밀러스암스로 가고, 현지인들은 덕앤드커버로 간다. 예외도 몇 명 있기는 하다. 덕앤드커버로 간 스티븐처럼. 교회에서부터 혼자 걷는 스티븐의 모습은 자살하기로 굳게 마음먹은 것만 같다. 형사들 중에 리셉션 장소에 오는 사람은 없다. 형사들은 각자의 차에 올라 애빙던으로 차를 몰고 돌아간다.

밀러스암스에서는 내가 위스키 잔을 들고 다니며 술집 안에 삼삼오오 모인 사람들에게 돌린다. 사람들이 나를 주시하고 있다. 조문객들의 태반이 내게 조의를 표한 다음 내가 대화를 다른 방향으로 이끌도록 유도한다. 그런데 나는 그럴 수가 없다. 눈물 젖은 내 눈이 이 공간에 있지도 않은 수도꼭지와 샤워기를 만들어낸다. 파티에 갈 때마다 늘 힘들어했던 것들이 여전히 힘들다는 게 놀랍다. 화장실에 여덟 번 갔고, 그중 세 번은 담배 때문이었다.

리엄이 오지 않았다는 게 놀랍다. 물론 마사가 오라고 부르지도 않았겠지만 말이다. 리엄과 나는 더 이상 사귀는 사이도 아닌데 마사가 리엄을 뭐 하러 부르겠는가. 리엄이 처음에 늘 연주했던 노래를 떠올린다. '골든 브라운이 있으면 절대 찡그릴 일 없지*.'

언니의 대녀인 데이지가 차양 밑에서 담배를 피우고 있는 나를 발견한다. 데이지는 얇은 줄무늬 티셔츠와 청바지에 외투 차림이다. 데이지가 나를 껴안으며 말한다. "레이첼 아줌마가 보고 싶어요." 나도 고개를 끄덕이며 턱으로 데이지의 어깨를 꼭 누른다.

언니와 헬렌은 약속을 하나 했다. 헬렌에게 무슨 일이라도 생기면 언니가 데이지를 맡게 되어 있었다. 내 마음 한편에서는 그런 일이 생기길 바랐다. 데이지가 지금보다 어렸을 때는 언니가 데이지를 입양해야 할 일이 생기면 나도 같이 살면서 언니를 도와야겠다고 생각했다. 그런 류의 책임을 맡게 된다는 생각만으로 괜스레 마음이 들뜨곤 했다.

"레이첼 아줌마라면 네가 아줌마 물건 중에 뭔가 가지길 바라실 거야." 내가 말한다.

"뭘요?"

---

* 스트랭글러스, 〈Golden Brown〉. 골든 브라운은 헤로인을 의미함.

"난 모르지. 네가 아줌마네 집에 가서 뭔가 고르면 어떨까?"

데이지와 함께 펍으로 돌아간다. 무슨 일이 있었는지, 내가 언니를 어떻게 발견했는지 그런 얘기를 하고 싶어 하는 사람은 아무도 없다. 사람들은 이번 사건을 발생순으로 설명하는 건 우울할 테니, 내가 언니의 인생에 대해 얘기하고 싶을 거라 생각하는 것 같다. 물론 나도 그러고 싶다. 너무나 절실하게. 하지만 나는 사건 얘기도 하고 싶다. 경찰이 아닌 사람하고. 언니에게 얘기할 수 있으면 얼마나 좋을까. 언니라면 하나도 빼놓지 않고 모조리 알고 싶어 할 텐데.

또다시 화장실에 간다. 바를 향해 돌아가면서 보니 사람이 눈에 띄게 줄어 있다. 고개를 푹 숙인다. 마사가 나를 밖으로 데리고 나간다. 우린 아무 말도 하지 않는다. 마사에게 기댄 채 중심가를 내려간다.

방에 들어와서는 눈 화장과 입술을 지운 후, 얼룩진 화장 솜을 쓰레기통에 던져 넣는다. 마사가 침대로 올라온다. 대학 시절 여행을 다니면서 그랬듯, 마사는 이번에도 베개 하나를 침대 가운데에 놓으며 말한다. "너 다칠까 봐 이러는 거야. 내 이불 훔치려고 했다간 얼굴 박살 날 줄 알아."

개가 천장에 매달려 빙글빙글 돈다. 녀석이 낑낑거리는 소리가 들린다. 추락했는데도 목이 부러지지 않았고 대신 목줄이 녀석의 목을 조르고 있다. 침대 위에 서서 양팔을 위로 뻗어본다. 내가 3센티미터만 더 높이 팔을 뻗어 녀석을 잡아주

면 녀석은 숨을 쉴 수 있을 것이다. 녀석에게 손이 닿지 않는
가 싶더니 녀석은 더 이상 그 자리에 없고 마사가 내 이름을
부르고 있다.

20

아침, 마사와 내가 외투를 입고 나와 숙소 옆에 놓여 있는 테이블 중 하나에 자리를 잡고 앉는다. 마사가 담배를 피우는 동안 우리는 함께 기차가 지나가는 걸 지켜본다. 겨울 햇살 속에서 기차의 단단한 무기질 몸체가 번쩍 빛을 발한다.

"수사 팀장이란 사람, 위츠터블에 생선 요리점을 내고 싶대." 내가 말한다.

"나머지 한 명은 어떤 사람이야?"

"그 사람은 똑똑해. 둘 다 똑똑하기는 한데, 수사를 잘하는지는 모르겠어."

봄이 되면 헌터스는 흰색 파라솔을 내놓는다. 그 파라솔은 기차가 역에 들어올 때 내가 늘 찾는 광경 가운데 하나였다. 꿋꿋하게 서 있는 네 개의 파라솔이 보이면 도착했다는 걸 알 수 있었다. 지금은 아무것도 없는 테이블의 가운데 구멍에 커피 컵을 올려두었다.

"사람들한테 널리 알려지도록 도와줄까?" 마사가 묻는다.

"아니." 얼른 대답한다. 마사가 담뱃재를 털며 기다린다. "유명한 사건은 절대 해결되지 않잖아."

"그게 사실이야?"

우리가 유명한 피해자들을 떠올리는 동안 침묵이 흐른다. 깍지 낀 손을 무릎 위에 올린다. 머리 위로 구름이 흘러간다.

마사가 리넨 스카프를 두르고 스웨이드 부츠를 신는다. 마사는 부끄러워하지만 마사네 가족은 사이런세스터에 사유지를 소유하고 있는데, 거기에는 와인 저장고도 있고 총기 보관함도 있다. 내가 가장 좋아하는 마사의 사진은 마사가 야생화가 흐드러지게 피어 있는 언덕 위에 라이플을 한쪽 팔 위에 얹고 서 있는 사진이다.

"사설탐정 구하고 싶지 않아?" 마사가 묻는다. "내가 옥스퍼드에서 믿을 만한 탐정을 하나 찾았거든."

"아니, 아직은. 형사들을 방해하고 싶지 않아. 대신 너한테 부탁할 게 하나 있어. 내 아파트 세놓는 것 좀 도와줄 수 있어?"

"안 돌아올 거야?"

"경찰이 나더러 이 지역에 있으래."

"얼마 동안?"

"그건 말 안 해줬어." 나도 떠날 생각을 안 해봤기에 여기 남으란 말이 납득됐다. "불과 몇 주 전에 언니가 이 마을에 뭔가 이상한 점이 있다고 했어. 그래서 언니는 집을 내놓고 세인트아이브스에 집을 빌렸던 거야. 언니가 누군가로부터 도망치고 싶어 했던 것 같아."

"그게 꼭 말로 사람이란 법은 없잖아." 역에서 땡 소리가 나더니 런던행 기차를 알리는 자동 안내 방송이 나온다. 나도 마사도 안내 방송을 들으려고 고개를 돌린다. 마사는 미팅이 있어서 런던으로 빨리 돌아가야 하는 상황이다. "비용은 어떻게 감당하려고?"

"신용카드로." 숙소 꼭대기에 있는 금색 수탉이 빛을 받아 반짝인다. 내 카드의 한도액은 8천 파운드다. 한도에 다다를 때를 위해 새 카드를 하나 발급받아야 한다.

"와서 나랑 같이 지내자." 마사가 권하지만 나는 고개를 가로젓는다. "그럼 내가 여기 와 있을게."

"그러지 마."

"잠깐 떠나는 것도 괜찮을 것 같아서 그래."

"거짓말."

마사는 로열코트극장에서 상연 중인 카릴 처칠*극에서 연기를 하고 있다. 이번 달 초에 있었던 초연을 보았다. 그 작품은 2인극이고 이제껏 마사가 받은 역할 중 가장 좋은 역할이다.

"아니야, 이게 최선이야. 지금 혼자 안 살면 앞으로 영영

---

* 권력남용을 극화하고 비자연주의적 기법을 사용하여 성 정치와 페미니즘 주제를 탐구하는 것으로 유명한 영국 극작가.

혼자 못 살지 몰라."

마사가 상체를 숙여 여행 가방 지퍼를 잠근다. "나한테 뭔가 말 안 하고 있는 건 없는 거니?" 마사가 묻는다.

"없어."

마사가 내가 묵고 있는 숙소를, 그 크림색 벽돌과 검은색 덧문, 그리고 그 뒤에 줄지어 늘어선 평범한 주택들을 자세히 살핀다. 이 정도 빛으로는 집에 누가 있는지 여부를 확실히 알 수가 없다.

"누구 소행인지 알 것 같아?"

"아니."

우리는 말없이 앉아만 있다. 마사가 담배를 피우며 연기 기둥을 후 불어 옆으로 보낸다. 마사는 나를 믿지 않고 있다. 기차 한 대가 지나가면서 반사된 빛이 헌터스 위에서 일렁인다. "아파트는 어떻게 할까?" 마사가 묻는다.

마사가 기차에 탑승한 뒤, 기차가 역에서 빠져나가는 모습을 지켜보면서 내가 버림받고 있다는 생각을 하지 않으려 애를 쓴다. 마사가 마지막으로 떠나는 손님인 듯하다. 사람들이 더 오래 있다가 갈 줄 알았는데 그러지 않았다는 걸 알고 나니, 아직 낮인데도 사방이 어두워지고 있는 걸 지켜보는 것만 같은 심정이다.

청소업체에 언니네 집 열쇠를 가져다주어야 한다. 그 후에는 나도 런던행 기차를 타고 내 아파트 대청소를 할 것이다.

오늘은 그것 말고 다른 할 일이 없는데도 뭔가 중요한 걸 잊은 것처럼 답답하고 속이 울렁거린다.

스티븐이 튀김전문점 앞에서 차 트렁크에 가방을 쑤셔 넣고 있다. 나도 스티븐도 순간 상대방을 못 본 척하려다, 둘 다 제때 다른 곳으로 시선을 돌리는 데 실패하고 만다. 스티븐 쪽으로 다가가면서 중심가, 밀러스암스의 노란색 차양을 올려다본다. 마치 거기가 진짜 목적지고 지금은 잠깐 가다 들르는 것뿐이라는 듯.

"집으로 가는 거예요?"

스티븐이 고개를 끄덕인다. 스티븐은 두 시간 반 거리인 쥐라기코스트*에 살고 있다. 언니와 스티븐은 그 길을 많이도 드라이브했다. 두 사람이 눈 감고도 갈 정도로 잘 알던 그 길은 이제 더 이상 존재하지 않는다.

길잡이가 되어주었던 그 모든 건물들, 언니가 거리를 가늠할 수 있게 해주던 장소들도 사라졌다. 나선형으로 길게 늘어선 솔즈베리평원의 마을들, 언니가 늘 커피를 마시려고 들렀던 휴게소, 스티븐이 사는 마을 이정표, 스티븐의 이웃집들이 들어선 모양들이 말이다. 거기엔 언니가 있었다. 차 문을 열고, 우두둑우두둑 발로 자갈을 밟으며, 작은 여행 가방을 어깨로 들어 올린 후 스티븐의 집 문으로 향하던, 처음엔

---

* 데번주 동쪽에서부터 도싯주까지 약 150킬로미터 뻗어 있는 해안으로 잉글랜드에서 가장 아름다운 절경 중 하나로 꼽힌다.

한껏 들떴다가 두 사람이 파혼할 즈음엔 관계의 종말을 예감했고, 최근 2년 동안에는 내가 뭐라고 꼬집어 말할 수 없었던 막연한 감정을 느꼈던 언니가.

"식당은 어때요?"

스티븐은 웨스트베이에 멕시코 음식점을 냈다. 비수기에도 라폰디타는 장사가 어마어마하게 잘된다.

"모르겠어요. 괜찮은 것 같아요. 당분간 톰이 맡아줄 거라서." 스티븐이 말한다.

스티븐은 굉장히 잘생겼다. 그것도 문제가 되었다. 언니는 스티븐이 지나치게 운이 좋다고 생각했다. 이젠 아니지만. 이 일 이후, 스티븐은 언니에게 완벽한 짝이 되었을 텐데. 높고 뭉개진 소리가 내 목구멍을 빠져나온다.

"아버님도 오시는 줄 알았어요."

"안 오셨죠." 스티븐에게 아버지를 부르지 않았다는 말은 하지 않는다. 스티븐은 우리 아버지란 사람을 전혀 이해하지 못했다. 하지만 그런 건 이해하기에 쉬운 일이 아니니까.

나도, 스티븐도 무슨 말을 해야 할지 모른다. 함께 보낸 시간이 그렇게 많은데 이러니 이상하다. 몇 년 전, 우리 셋은 쥐라기코스트의 라임리지스에 갔었는데, 거기에 공룡을 발견한 여자가 살고 있었다. 공룡 박물관에 갔을 때 아주 슬펐던 기억이 난다. 내가 쓴 희곡 중에 하나가 그때 막 공모전에서 탈락한 참이었기 때문이다. 공룡을 발견한 여자도 나처럼 자기 인생이 우스꽝스럽기 짝이 없다는 사실을 깨달았을까 궁금했었다.

"노라, 그 여자는 공룡을 발견한 게 아니라 화석을 발견한 거야." 언니가 말했다. 그게 문제 아니었을까?

그 후 우리 세 사람은 피스타치오 아이스크림 색깔의 펍 앞에 앉았다. 그때 나는 코가 비뚤어질 정도로 맥주를 마셨는데, 언니도 나에 대한 의리로 맥주를 고주망태가 될 정도로 마셨다. 그러다 어느 순간 내가 너무 심하게 웃다가 벤치에서 떨어졌다. 해안가를 드라이브하는 동안 나는 절벽이 침식되어 생긴 주름들, 절벽 가장자리까지 자란 풀들, 펠트펜 같은 그 풀들이 해안을 따라 초록색 곡선으로 뻗어 있는 모습을 빤히 바라보았다. 빤히 바라보다 보니 생각이 무한정 확장되면서 힘이 났다. 나처럼 잔뜩 취한 언니도 앞좌석에서 창백한 절벽을 빤히 바라보면서 장엄하고 웅대한 자기만의 생각에 빠진 채, 스티븐의 손을 꼭 잡았다.

"보고 싶어요, 레이첼 언니가." 언니 이름에 이르자 내 목소리가 마치 하품하듯 갈라진다.

스티븐이 중심가를 바라보자 그 말을 입 밖에 낸 것이 부끄러워진다. 소리 내어 말할 필요는 없었다. 스티븐의 긴 의자에서 둘이 잠든 모습을 보았던 기억이 난다. 스티븐은 고개를 아래로 내린 까닭에 이중이 된 턱을 한 채 입술을 내밀어 언니 정수리에 입을 맞추고 있었다.

"경찰이 알려주는 건 뭐든 나한테도 알려줄래요? 경찰에 아무리 전화를 걸어도 나한테는 아무것도 알려주려 하질 않아서요."

"그럴게요."

스티븐이 트렁크를 닫은 후 빙 돌아 운전석으로 간다. 스티븐 때문에 무척 신경이 쓰이지만 그 사실을 애써 무시하려 한다. 경찰이 스티븐의 진술을 확인했을 것이다. 하루 종일 식당에 있었다면 그를 본 사람이 수십 명은 됐을 것이다. 스티븐은 용의자가 아니다. 하지만 경찰이 그에게는 아무것도 알려주지 않으려 한다.

스티븐이 열쇠를 꺼내더니 서서 열쇠만 내려다본다.

"언니 혹시 만나는 사람 있었어요?" 스티븐이 묻는다.

"없었어요."

"지난번에 봤을 때 달라 보이더군요. 10월에 오고 싶다고 했더니 출근해야 한다고 했어요."

"아마 그랬을 거예요."

잠깐 동안 정적이 흐르더니 스티븐의 표정이 바뀐다. "언니한테 나랑 결혼하지 말라고 그랬어요?"

"뭐라고요, 2년 전에요?"

"그래요, 그리고 그 이후로도 쭉."

"어떤 쪽이든 내가 그러란다고 언니가 말을 들었을 것 같아요?"

"그랬단 거군요."

"아뇨." 내가 거짓말하고 있다는 걸 스티븐이 알아차릴 수 있을지 모르겠다. 언니는 불안한 상태였다. 그래서 내가 언니한테 말했다. 지금도 이렇게 불안해하면서 스티븐이랑 결혼하는 건 좋은 생각이 아닌 것 같다고. 하지만 그때는 언니도 이미 마음의 결정을 내린 후였다. "언니한테는 결혼을 하든 안 하든 괜찮을 거라고 말했어요."

"그런데 괜찮지가 않잖아요. 우리가 결혼했으면 언니는 지금도 살아 있겠죠."

"당신 말이 옳아요. 언니가 도싯으로 이사 갔으면 얼마나 좋았을까요."

그리고 몇 년 뒤에, 당신과 이혼을 했다면 말이에요. 그랬으면 지금쯤 언니는 어딘가에 있는 새 아파트에서 즐거운 마음으로 새 출발을 하고 있을 테니까요. 우리 둘 다 옳은 게 아니라면, 누군가 언니를 계속 따라다니고 있어서 언니가 어디를 가든 찾아냈을 게 아니라면 말이에요.

21

아파트 문제를 마무리하기 위해 정오에 런던행 기차에 오른다. 내가 언니네 집에서 나서자마자, 청소부를 데리고 온 남자가 전화를 걸어 도착을 알린다. 언니네 집 벽과 바닥에서 언니의 핏자국이 지워지는 동안, 나는 기차 창문으로 경치를 구경한다. 눈과 낮게 깔린 흰 구름 사이로 지붕이 누렇게 얼룩진 주택들과 들판, 로만 로드*가 있는 마을이 보인다.

청소업자가 바닥을 사포로 문지른 다음 니스를 칠한다고 했다. 한편으로는 놈이 언니한테 저지른 짓의 흔적이 남지 않을 거란 생각에 안심이 되지만, 또 한편으로는 기분이 묘하기도 하다. 그 흔적을 그대로 남겨둬야 하는 건 아닐까. 아

---

* 율리우스 카이사르가 영국에 만든 도로로 지금도 흔적이나 명칭이 남아 있다고 함.

니면 집을 다 태워버리든지.

갈비뼈 아래 박혀 있던 게 아파오기 시작한다. 어떤 자동차가 뒤로 매연을 내뿜으며 기차와 나란히 달리고 있다. 언니가 계단을 기어오른다. 개가 천장에서 빙글빙글 도는 동안 개의 발에서 피가 뚝뚝 떨어진다.

또 다른 기차가 우리 옆을 쏜살같이 지나가자 굉음이 들리더니 공기가 빨려 들어간다. 소리가 잦아들면서 두 기차 사이의 진공으로 사라지는 듯하더니 이내 기차가 지나갔다. 밖을 내다보니 예첨창*이 있는 석조 주택이 보인다.

키스 덴턴은 언니가 살해당하는 동안 연못가에 세워둔 자신의 밴에서 쉬고 있었다고 말했다.

산등성이에서 언니를 훔쳐보던 사람은 테넌츠라이트에일을 마시고 던힐을 피웠다.

언니는 옥스퍼드셔를 떠나기로 마음먹었다.

스티븐은 언니가 자신을 거절한 것 때문에 화가 나 있다.

그런 일이 왜 일어난 건지 알아낼 필요가 있다. 그래야 예방할 수 있을 테니까. 문을 열었을 때 언니네 집은 반짝반짝 빛을 발하기 시작했고, 내 마음속에서 언니도 반짝반짝 빛을 발하기 시작했다. 군인들이 광분 상태에서 전투가 슬로모션처럼 느려지는 것 같은 착각에 빠지면서 자신도 모르게 전투에 도취되는 것과 같다고나 할까.

---

* 폭이 좁고 가느다라며 상단이 뾰족한 창.

7일 전, 그러니까 지난주 일요일 밤에 런던에 다녀올걸 그랬다. 토요일에 우리는 브로드웰로 차를 몰고 가서 아침으로 링곤베리 크레페와 크림을 탄 커피를 먹은 다음 박물관을 돌아다녔을 것이다. 집으로 돌아오면 언니는 와인을 한 잔 마시고, 나는 불을 피우거나 목욕을 했을 것이다. 일요일에 우리는 개를 데리고 수도교에 다녀오고, 책을 읽고, 점심을 해 먹고, 언니가 기르려고 했던 염소 얘기를 했을 것이다. 그런 다음 나는 런던으로 돌아가고 언니는 그날 밤 예정되어 있던 야간 근무를 하러 출근했을 것이다.

우리가 빼앗긴 것이 무엇인지 생각하니 미칠 듯 화가 난다. 모든 걸 한꺼번에 생각하기에는 너무 막연하니 작은 것에 먼저 집중하기로 한다. 일단 링곤베리 크레페가 너무나 절실하다.

기차가 어떤 마을을 통과한다. 마을에 있는 교회 첨탑이 스쳐 지나간다. 창밖으로 눈과 누렇고 칙칙한 집들, 상록수와 인어라고 쓰인 돌출간판을 내다본다. 마을 끄트머리에 작은 묘지가 딸린 교회가 하나 있다. 묘지가 내가 앉은 기차 창문 앞에 머물러 있는 동안 눈밭 위에 서 있는 묘비를 세어보니 12개다. 잠시 후 묘지가 시야에서 점점 멀어지기 시작하더니 움직이는 기차를 따라 풍경도 흔들리면서 완전히 사라진다.

죄책감에 사로잡히고, 죽은 것보단 살아 있는 게 다행이라는 생각에 몸서리치며 두 눈을 감는다. 내 목구멍 안쪽에서 나는 소리를 가만히 들으며 마른침을 삼킨다. 내가 조금만 빨리 갔더라면 언니는 살아 있을 텐데.

대지가 창 옆으로 흘러간다. 돌투성이 언덕 경사면 여기저기에 자리 잡은 양 떼, 그 뒤로 빠르게 밀려드는 구름. 소방서 운동장에서 어떤 남자가 운동을 하고 있다. 철봉 위로 몸을 끌어 올렸다가 다시 낮추는 순간, 남자가 시야에서 사라진다.

내 옆에서 언니가 자고 있다. 내가 몸을 앞으로 내밀면 창문에 비친 언니 모습이 흐릿하게 보일 것이다. 언니의 가슴이 오르락내리락한다. 눈, 송전선, 언니 몸을 뚫고 지나가는 울타리. 검은 머리카락을 한쪽 어깨로 몰아 드리우고 양팔은 배 위에 나란히 올라가 있다. 언니는 카멜색 스웨터 차림이다. 유리창으로 스웨터의 섬유조직이 보인다.

히스로에 가까워진다. 거대한 제트기가 착륙을 위해 활공 중이다. 옅어지는 빛 속에서 제트기 창문은 나란히 늘어선 노란 물방울처럼 보인다. 전에는 이쯤에서 집에 돌아간다는 생각에 마음이 들뜨기 시작했었다.

하지만 최근에는 런던으로 돌아간다는 생각만 하면 기분이 한없이 가라앉았다. 런던을 떠나 있을 때는 리엄 생각이 덜 났다. 하지만 런던에 있으면 우리가 사귀었을 때 다녔던 것과 똑같은 경로를 따라다녔고 똑같은 장소를 방문했다. 그렇게 하면 모든 것이 약간 나빠졌다는 점만 제외하면 예전과 같다는 생각을 하기가 쉬웠다.

일링브로드웨이역을 지나면 풍경이 현대화, 산업화된다.

겨울 외투로 몸을 감싼 사람들이 철로 위 다리를 건넌다. 기차가 웨스트웨이 고가도로 아래로 돌진하는데 모레티에게서 전화가 걸려 온다. "새로운 소식이 있습니다. 아버님을 찾았어요."

골이 쑤신다. 모레티가 아버지를 체포했다고 말하려는 줄 알았다.

"아버님 번호 알려드릴까요?" 모레티가 묻는다.

"아뇨. 산등성이에서 발견한 물건들 검사 결과는 나왔나요?"

"DNA 증거는 채취하지 못했다고 하네요."

손바닥의 아랫부분으로 눈을 아프도록 쑤신다. "하나도요? 어떻게 그럴 수 있죠?"

"지난 몇 주 동안 비가 많이 와서 그렇습니다."

기차가 패딩턴역에 들어선다. 플랫폼에 내려 매서운 겨울 바람과 역에서 나는 빅토리아시대의 익숙한 석탄재 냄새를 들이마신다. 강철 서까래 사이 유리 지붕 위에 눈이 녹아 유리를 통해 들어오는 빛이 누렇다. 아마 수사는 신속하게 진행되지 않을 것이다. 경찰은 언니를 지켜본 사람이 누구인지 모른다. 그리고 키스가 거짓말을 하고 있는지의 여부도 모른다. 15년 전 언니를 폭행한 사람이 누구인지도.

런던은 위협적이고 불길한 도시인 것 같다. 내 소재를 아는 사람이 아무도 없으니 무슨 일이든 일어날 수 있다. 불안한 마음으로 운하와 정박소를 떠올린다. 런던이야말로 세상 그 어느 곳보다 안전하다고 늘 생각해왔다. 잠재적 가해자 한 명 한 명은 잠재적 방어자로 상쇄된다고 믿었다. 하지만 끔찍한 일은 여기서도 여전히 일어나고 있다. 이제는 그런 일이 급증해서 나를 포위할지도 모를 일이다.

메이더베일에 있는 지하철역에서 올라오는데 비가 내리기 시작한다. 우산을 흔들어 펼치면서 이게 아직 내 가방 밑바닥에 있다는 것에 깜짝 놀란다. 9일 전 아파트를 나서며 챙긴 우산이기 때문이다. 우산살 아래로 콘크리트바닥을 바라보다가 길을 볼 수 있게 우산대를 비스듬히 뒤로 기울인다. 한순간 우산이 올라가자 신비롭고 영화 같던 옛날 런던에 와 있다. 빗방울이 도로를 때리는 가운데 주위에서는 우산 꼭지가 위아래로 오르내린다.

공기는 시원하고 싱그럽지만 타르 냄새가 난다. 이미 다리가 축축하게 젖어서 청바지가 피부에 철썩 달라붙어 있다. 고개를 돌려 파이 매장의 진열창을 본다. 지빠귀 24마리*. 언니한테는 에나멜로 만든 지빠귀가 하나 있었다. 언니가 그 에나멜 지빠귀의 핀 부분을 파이크러스트에 찔러 넣었던 게 기억난다. 콘월에서 우린 선원 톰 보콕을 기리기 위해 생선

---

* 스코틀랜드의 동요 〈6펜스의 노래를 부르자〉 가사 중 파이로 구워진 스물하고도 네 마리의 지빠귀 부분.

머리가 보이도록 구운 파이를 본 적이 있었다. 언니와 함께 폴페로에 언제 돌아가게 될지 모르겠다. 곧이어 현실이 다시 날 덮친다.

빗방울이 우산을 후드득 때린다. 그레빌 로드를 건너려고 보드카 간판 아래에서 기다린다. 내가 런던을 떠날 땐 사과주 간판이었다. 또 달라진 게 없는지 보려고 애를 쓰지만 불가능한 일이다. 그레빌 로드를 가로질러 킬번에 접어들자 각종 포스터, 광고판, 전단지가 덕지덕지 붙어 있다. 런던이 빈곤층에 부과하는 시각공해세. 지하철에서 우리 집으로 가는 길에 있는 네 개의 휴대폰 판매 대리점 중 첫 번째 매장을 지나간다.

아파트에 들어와서는 외투를 벗고 우산을 접는다. 아파트가 으스스해 보인다. 싱크대에 커피 머그잔이 하나 있는데 헹구기만 하고 설거지까지 해놓지는 않았다. 금요일 아침, 출근 전에 쓴 컵이다.

거실 끝에 있는 창문으로 가 지붕들에서 피어오르는 수증기를 본다. 맑은 날에는 저 멀리 남쪽으는 브릭스턴을, 동쪽으로는 시티 오브 런던까지 볼 수 있다. 어스름해질 때엔 고층건물들이 빛을 받아 일렁거리고, 해 질 녘에는 창문이 백만 개는 보인다.

지금은 내리는 비 때문에 베이스워터 주변 어딘가의 광경이 흐릿하다. 흰색의 돌림띠 장식이 있는 지붕들이 안개 아래에서 희미해지다가 이내 사라진다. 그쪽에 사람을 보내줄 수 있다고 모레티가 말했었다. 불도 피우고 보일러가 작동되는지 확인도 해준다고.

비가 유리창에 후두두 떨어진다. 아파트를 여기저기 돌아다니면서도 내가 여기에 와 있다는 게 믿기지 않는다. 잠들 때까지 남은 시간을 어떻게 버틸지 모르겠다.

전에는 집에 와서 커피나 차를 끓이고, 신발과 팬티스타킹을 벗고, 팬티스타킹 때문에 배에 생긴 붉은색 자국과 양말 자국을 따라 난 선을 문지르는 걸 굉장히 좋아했다. 지금은 참가하지도 않은 워즈워스 미니 마라톤에서 받은 레깅스와 긴팔 티셔츠를 갈아입으려 움직이는 것도 힘이 든다.

겨우 9일 떠나 있었을 뿐이다. 냉장고 안 음식은 대부분 여전히 상태가 좋다. 쓰레기를 가지고 복도에 있는 쓰레기 투입구로 간다. 샤워 부스에서는 샴푸 냄새에 그만 옴짝달싹 못 하고 만다. 집을 비운 9일이라는 시간이 머나먼 과거에 속한 것만 같다. 김 때문에 로즈마리와 향나무 냄새가 내 곁에 고인다. 새로운 향을 사야겠다.

샤워 부스에서 나오니 비는 이미 그쳐 있고, 옷을 입고 발코니로 나가자 바람이 내 얼굴을 스치고 건물 옆쪽으로 휙 가버린다. 갈매기가 날카로운 소리로 울면서 급하강한다. 피가 다리로 몰려 현기증이 나면서 머리가 띵하다. 안개가 걷혔기 때문에 이제는 베이스워터의 지붕들 너머 하이드파크까지 볼 수가 있다. 하이드파크는 여기서 넓게 깔린 은빛 안개 사이 짙은 녹색 줄무늬로 보인다.

공기에서 파라핀 냄새가 난다. 지평선을 유심히 바라본다. 로츠 로드 발전소의 시커먼 형상. 사우스뱅크에 있는 옥소 타워. 거기서 한 번 저녁을 먹은 적이 있었다. 꼭대기에 있는 식당이었고, 바텐더가 유리잔에 얼음을 담는 소리가 반대편까지 들렸다. 엘더플라워 진토닉, 리엄을 막 만난 참이었고 이런 생각을 했었다. '일이 이렇게까지 될 줄은 몰랐는데.'

다리가 떨린다. 고소공포증이 있지만 다른 것이라고 그보다 무섭지 않은 건 아니다. 지난봄, 낯선 사람과 엘리베이터에 같이 탄 적이 있는데 처음 두어 층을 지나자 갑자기 공포감이 엄습하면서 그 사람이 날 해치고 싶어 한다고 확신하게 되었다. 남자는 엘리베이터 문짝이 닫히는 지점만 뚫어져라 바라보면서 양팔을 옆구리에 늘어뜨린 채, 손가락을 오므렸다 폈다 하고 있었다.

나는 언니가 당한 폭행의 충격에서 우리 자매가 회복될 수 있었을 거라고 생각한다. 그 사건 이후 수개월 동안 범인을 찾으려던 과정에서 다른 폭행사건과 강간사건과 살인사건 수백 건을 조사하지 않았더라면 말이다. 나는 그때 우리가 알아낸 사실들을 우리 둘 다 잊었으면 싶었다. 지난 5년 동안 나는 정말로 우리가 그 사실들을 잊었다는 듯이 굴었고, 그렇지 않다는 징후들은 모조리 무시해왔다. 언니가 저먼셰퍼드를 데리고 왔다는 것도, 내가 혼자서는 절대로 택시에 타지 않는다는 것도.

엘리베이터의 낯선 사람에 대한 내 느낌이 맞았는지 틀렸는지 나는 모른다. 엘리베이터는 8층에서 멈췄고 다른 남자가 탔다. 그러니 그 남자는 설령 무슨 짓을 하고 싶었다고 해도 할 수가 없었을 것이다. 집에 도착해서 고수를 다지고 있던 언니한테 그 얘기를 했더니 옥스퍼드셔의 눈부시게 푸른 하늘을 배경으로 언니는 이렇게 말했다. "너 상상력이 너무 지나치구나."

"아니면 내가 뭔가 알아차린 걸 수도 있지." 와인 잔에 화이트와인을 콸콸 따르는 동안, 늘어뜨린 남자의 팔과 오므리던 손가락을 떠올리며 내가 말했다. 내 목소리가 꼭 내 말이 옳았으면 좋겠다는 것처럼 들렸던 모양인지 언니가 나를 보고 얼굴을 찡그렸다.

언니는 스네이스에서 있었던 일에 대해 내가 자책하고 있다는 것, 내가 마음의 빚을 갚고 싶어 한다는 것을 알고 있었다. 그게 어떤 의미가 됐든. 언니에게 그 얘기를 안 했다면 얼마나 좋을까. 언니는 고수 더미를 칼날에 밀어붙이고 다지기를 계속했다.

파라핀 냄새가 여전히 남아 있다. 우리 집 아래 발코니 중하나가 집 안쪽으로 문을 열어놓았는지 음악 소리가 들린다. 4분의 4박자. 반복적인 박자가 우중충한 하늘 너머로 퍼져간다. 놈이 저 바깥 어딘가에서 자축하고 있는 건 아닐까? 분노가 온몸을 뜨겁게 달구더니 모든 분노가 갑자기 언니에게로 향한다.

지평선을 뒤로하고 발코니에 기댄 언니를 그려본다. 언니가 입고 있는 검은색 점퍼가 어깨에서 스르륵 떨어지면서 노란색 브라 끈이 드러난다. 미소를 짓자, 언니의 광대뼈가 올라가고 눈동자가 초롱초롱 빛난다. 키스가 그 산등성이에서 언니를 지켜보았다면, 아마 언니가 그놈을 부추겼을 것이다. 언니는 아마도 그런 관심을 즐겼을 테니까.

바람 때문에 셔츠가 가슴에 찰싹 달라붙는다. 팔짱을 끼고서 예전에 싸웠던 일들을 하나하나 훑기 시작한다. 지난 9일을 고통에 빠져 허우적대고 나니까, 앙심이 생긴 것이 차라리 기쁘다. 내가 황산을 벌컥벌컥 들이켜고 있는 기분이다.

나한테 게으름뱅이라고 했던 때처럼, 언니가 생각 없이 굴거나 심술궂게 굴었던 때를 하나하나 짚어보며 언니 잘못으로 상황을 몰아간다. "나도 언니 못지않게 큰 꿈이 있거든." 내가 말했었다.

"무슨 꿈? 목표가 뭔데?" 언니가 물었다.

언니가 웃어서 내가 이렇게 말했다. "그러는 언니는? 언니가 죽으면 언니를 기억해주는 사람이 한 명이라도 있을 것 같아? 언니는 간호사고, 사람들은 퇴원하면 간호사는 두 번 다시 생각 안 하거든."

"아냐, 생각해. 근데 그러거나 말거나." 언니는 멋진 서브를 넣고 나서 그 서브를 넣을 때와 같은 동작으로 라켓을 집어던지는 테니스 선수의 분위기를 풍기며 말했다.

언니의 성마름. 언니는 내가 아는 여자들 중에서 남자 가드한테 맞은 적 있는 유일한 여자다. 또 다른 날 밤에는 맥주

두 병을 집어 바 위에서 들고 있다가 바텐더의 발 위로 떨어 뜨리는 모습을 본 적도 있다.

몇 년 전, 해크니윅 근처 피시아일랜드에서 열린 어떤 파티에서 나는 언니를 보며 말했다. "지금까지 다녔던 파티 중에 이 파티가 최고야." 다시 춤을 추기 시작하면서 버닝 맨*이 이런 분위기일까 생각하던 중이었다. 그런데 언니가 어떤 남자의 머리에 주먹을 날리는 바람에 우리는 쫓겨났다.

언니와 놀러 나가기 전에는 일단 우리가 언니에게 운동장을 몇 바퀴 돌게 해야 한다고 앨리스가 말할 정도였다. 윌즈던에 있는 애견 공원에 갔을 때 언니는 손가락질을 하며 말했다. "저년은 저런 일을 당해도 싸." 앨리스도 나도 언니를 분노케 한 원인을 알고 있었지만, 그렇다고 늘 언니한테 공감할 수 있었던 건 아니었다.

해크니윅의 피시아일랜드 파티를 생각하면 짜증이 솟구친다. 옷장 문을 비틀어 열고 옷장 안으로 가방을 휙 던진다. 언니의 플란넬 실내복이 옷장 바닥에 있다. 실내복을 들고 소파로 가서는 무릎 위에서 꼭 쥔다. 손가락으로 옷감을 훑는다. 아직 언니 냄새가 남아 있다. 지칠 대로 지친 몸을 소파에 기댄다.

---

* 미국 네바다주 블랙록 사막에서 8월 마지막 주부터 일주일간 개최되며 공동체, 예술, 자기표현, 자립성에 전념하는 축제.

심리가 진행되는 동안 여기서 기다릴 수만은 없다. 마구잡이 범행이라면 경찰은 놈을 절대 찾지 못할 것이다. 범인이 자백하지 않는 한. 옥스퍼드 외곽 시골에 사는 어떤 여자가 전화를 걸어 '아무 일도 아닐지 모르지만 우리 남편이 밤늦게 왔는데 글쎄 재킷하고 차에 핏자국이 있는 거예요. 한번 와서 보실래요?'라고 말해주지 않는 한.

세입자가 들어올 경우를 대비해 아파트를 청소한다. 문을 잠근 다음 마사의 우편함에 열쇠를 넣어놓으려 얼스코트행 버스를 탄다. 마사네 집 불은 꺼져 있는데, 잘된 일이다. 얼굴을 보면 마사가 런던에 있으라고 나를 설득하려 들 것이기 때문이다. 나는 11시에 또 한 번 패딩턴역에서 나를 다시 데려가줄 기차를 기다린다.

2부
......

말
로

22

한번은 어떤 여자를 지하철에서부터 집까지 미행한 적이 있었다. 그 여자는 모뉴먼트역에서 탔는데, 그 자체가 내 주의를 끌었다. 왠지 그 여자가 거기서 무엇을 하다 왔는지 알고 싶었다. 여자는 이동하는 동안 책을 읽었고 캐넌 스트리트에서 딱한 번 고개를 들었다. 여자가 빅토리아역에서 일어서자, 나는 내가 내릴 정류장까지 가는 대신 여자를 따라 지하철에서 내렸다. 여자는 역에서 나와 강 쪽, 그러니까 핌리코역을 향해 걸었다. 5월 말이어서 조금 늦게까지 밖에 있어도 포근한 봄날의 저녁이었다. 여자는 도로로 내려가 어떤 펍 밖에서 탄산 가득한 라거 잔을 들고 담배를 피우며 서 있던 무리를 빙 돌아 피하더니, 잠시 후 지붕에 흰색 배관이 달리고 노란 벽돌로 지은 연립주택들이 늘어선 작은 길에 들어섰다.

그 누구에게도 한 적 없는 얘기다. 그 여자의 어떤 점을 알고 싶었던 건지 설명하기 힘들었을 것이 분명하기 때문이다.

핌리코 여자는 내 존재를 알아차렸지만 대수롭지 않게 여겼다. 집까지 여자를 따라가 나도 같은 아파트 아래층에 산다고 말을 했다면, 여자는 날 위해 출입문을 열어주며 그런 우연한 만남을 웃어넘겼을 것이다. 물론 엄연한 차이점이 존재한다. 나는 키스가 내가 자길 미행한다는 걸 알아차렸으면 한다. 내가 깨달은 중대한 사실은 내게 악의가 없어 보인다는 점이다. 이건 곧 내가 키스를 스토킹해도 키스 외에는 아무도 알아차리지 못할 거란 의미가 된다. 내가 하루에 두 번 키스 집을 지나가도, 우리가 같은 펍에서 저녁을 먹어도 아무도 알아차리지 못할 것이다. 나는 한 번도 그를 협박한 적이 없고, 그에게는 내가 괴롭혔다는 증거가 없다. 그러니 나는 어디든 키스가 있는 곳에 가기만 하면 될 것이다.

키스는 뭔가를 숨기고 있다. 그렇다고 해도 키스가 언니를 죽였으리라는 법은 없다. 그냥 스토킹만 했을 수도 있다. 또 확신할 수 있는 건 15년 전 스네이스에서 언니를 공격한 건 키스가 아니었다는 점이다. 내가 찾고 있는 건 어쩌면 각기 다른 남성 세 명일지도 모른다. 스네이스에서 언니를 공격했던 남자, 산등성이에서 언니를 지켜보았던 남자, 그리고 언니를 살해한 남자.

언니가 브리스틀 교도소로 면회를 간 게 3월이었는데, 그

건 불과 몇 달 전이다. 언니는 자신을 폭행한 남자를 찾는 일을 한시도 단념하지 않았던 것이다. 언니가 그 남자를 찾아내서 그 남자가 언니를 죽였을 가능성도 있다. 나는 언니가 어떤 식으로 15년 전부터 자기만의 조사를 진행해왔는지 알고 있고, 언니가 무엇을 찾아냈든 그게 아직 유효할 거라는 것도 알고 있다.

헌터스에서 나와 필요한 물품을 사러 신문잡화 판매점으로 향한다. 십 대 시절, 우리 자매는 범죄 기사에서 놈을 찾으며 한 번에 몇 시간은 우습게 보냈는데, 그동안 스네이스 근처에서 발생한 사건 기사를 읽으면서 물고기 모양의 젤리를 몇 봉지씩 씹어 먹곤 했다. 젤리 봉지를 이로 물어뜯으며 강간 기사를 차례차례 읽어나갔다. 이제는 그 젤리 냄새만 맡아도 속이 뒤집힌다.

대신 이번에는 감초젤리 여러 봉지와 생수 한 병을 산다. 뜯어놓은 사탕 봉지를 주변에 아무렇게나 흐트러뜨린 채 침대 위에 노트북을 들고 앉아, 언니를 공격한 남자 검색에 들어간다.

중상해죄, 강간, 살인. 스네이스를 중심으로 리즈, 요크, 헐과 그 사이에 있는 여러 마을들을 포함하는 원을 대충 그린다. 기사를 읽기 시작하자 온몸에 아드레날린이 솟구친다. 기억이 난다. 언니도 나도 새빨갛게 물든 입술로 새우등을 한 채 책상다리를 하고 앉았었다.

15년이 지나니 보도 내용이 달라졌다. 자료도, 사진도 더 많다. 패닉에 가까운 어떤 감정에 휘말려 여러 기사를 재빨리 훑는다. 너무나 낯익다. 나는 내가 변한 줄 알았지만 런던에서 보낸 세월이 일탈이었고, 늘 이런 나로 돌아오게 되어 있었던 것 같다.

하루가 끝날 무렵, 겨드랑이는 땀범벅이 되어 있고 나에겐 명단이 생겼다. 명단의 첫 번째는 리 바턴으로 이틀 후 요크 형사법원에 출석할 예정이다.

23

"언니, 그 옷 입고 갈 거야?"

"응." 언니는 반바지에 깊게 파여 가슴골이 드러나는 검정색 탱크톱을 입고 있었다. 우리는 함께 버스 정류장을 향해 나섰다. 언니가 폭행을 당했던 밤 이후 폭염이 가시지 않고 있었다. 우리 단지 내 집들은 장식이 녹아내린 케이크처럼 금방이라도 무너질 것처럼 보였다. 조만간 모두 철거될 집이긴 했지만 열기가 붕괴를 가속화하고 있는 것 같았다. 땀 때문에 배낭끈이 축축해졌다. 배낭에 들어 있는 것은 언니를 위한 여벌 점퍼였다. 갈 때마다 매번 언니가 안 입겠다고 하기는 했지만 그래도 챙겼다.

언니한테 옷 좀 얌전하게 입으라고 타이를 책임은 누구한테 있는 걸까? 법정의 정리, 아니면 경비원? 그 일을 맡겠다고 나선 사람이 없는 건 누가 봐도 분명했다.

우리는 요크의 법원 청사에 이미 여섯 번이나 방문했다. 언니는 스스로가 범인이 공격한 첫 번째 피해자가 아니며 마지막 피해자도 아닐 거라 믿고 있었다. 언니는 놈이 결국엔 붙잡힐 거라고 생각했고, 우리가 그 법원에 간 건 놈을 찾기 위해서였다.

질문을 받았을 때, 우린 뉴캐슬대학에서 법학을 전공할 예정이어서 재판을 방청한다고 대답했다. "나돈데!" 한번은 우리 또래 남자아이가 이렇게 말한 적도 있었다. 언니는 바닥만 뚫어져라 쳐다보았고 나는 고개를 돌려 그 남자아이를 보았다. 그 아이는 깨끗하지만 싸구려로 보이는 양복에 반들반들한 넥타이를 매고 있었다. "난 더럼대학이지만."

그 아이가 날 보고 환하게 웃으며 말했다. "뭐 흥미 있는 사건 방청한 적 있어?"

"아니, 아직." 내가 대답했다.

우리가 보안 검색을 통과할 때 경비원들은 언니를 안 쳐다보는 척했다가, 언니가 자기들한테 등을 보인 채 양팔을 위로 쳐들고 여성 경찰관에게 몸수색을 받으니까 쳐다보았다. 그 여성 경찰관이 언니에게 뒤로 돌아달라고 했을 때, 언니는 부동자세로 줄 서 있던 남자들을 보고 미소를 지었다. 햇볕을 받아 언니가 입고 있는 탱크톱의 면 소재, 가슴 사이의 삼각 부분이 다 비치면서 그 아래 피부가 훤히 드러났다.

대리석 복도를 언니와 함께 걸으며 나는 헐렁한 점퍼를 입고 머리를 뒤로 넘겼다. 피고가 법정에 온 이유와 피고가 저지른 짓이 무엇인지 나는 알고 있었다.

오늘의 피고는 어떤 여자아이를 술집 화장실까지 따라가 강간한 죄로 기소되었다. 남자는 치안판사 법원 심리에서 동의에 의한 성관계이므로 무죄라고 주장했다.

저 남자는 우리가 찾는 남자가 아니었다. 언니는 보자마자 그 남자가 아니라는 것을 알았지만, 우리 둘 다 법정을 떠날 생각이 없었다. 피해자는 열다섯 살짜리 여자아이였다. 방청석에는 우리 둘밖에 없었다. 여자아이는 증언대에 올라 우리가 누구인지 떠올랐으면 좋겠다는 얼굴로 우리를 빤히 쳐다보았다.

재판 이틀째였다. 첫 번째 날에는 재판이 어떻게 진행됐는지 몰랐으므로, 우린 그 여자아이가 그토록 절망적으로 보이는 이유를 알 수가 없었다. 피고 측 법정변호사는 그 여자아이에게 사건 당일 어디에 누구와 있었냐는 간단한 질문부터 시작했다. 변호사는 사십 대에 동그란 금테 안경을 쓰고 있었고 말투가 사무적이었다. 그 변호사가 우리가 목격했던 일부 다른 변호사들이나 병원으로 언니를 찾아왔던 형사들처럼 공격적이지 않아서 내가 다 마음이 놓일 지경이었다.

여자아이는 덜덜 떨고 있었는데, 피고와 한 공간에 있어서 그런 것 같았다. 피고는 십 대 후반으로 이 방에서 법정변호사와 판사를 빼고 나머지는 깡그리 본체만체하고 있었다.

피고 측 법정변호사가 이름을 하나 대면서 여자아이에게 그 남자를 아냐고 물었다. 여자아이는 그렇다며, 친구 사이라고 대답했다.

"증인이 그 친구한테 본인 사진을 보냈지요?" 변호사가
차분한 어조로 물었다.

여자아이가 등을 웅크렸다. "네."

"어떤 사진이었죠?"

언니가 몸을 앞으로 내밀었다. 변호사를 보려는 게 아니
었다. 판사를 뚫어져라 쳐다보았다. 이 변호사의 행태를 중
단해야 할 사람이 판사였기 때문이다. 판사는 조용히 여자
아이를, 그다음엔 변호사를 응시했다. 판사의 얼굴이 너무
나 창백해서 꼭 파우더나 분필 가루가 한 겹 덮인 것처럼 보
였다.

"제가 찍힌 사진이요."

"이 사진들 속에서 본인은 뭘 하고 있죠?"

배심원단은 지금과 같은 전개에 흥미를 느끼는 것처럼 보
였다. 변호사를 보고 얼굴을 찌푸리는 배심원은 한 명도 없
었다. 그들의 표정에서는 오로지 집중력, 이 새로운 정보를
참작하겠다는 열의만 드러났다.

여자아이는 대답하지 않았다.

"사진 속에서 증인은 알몸이죠?"

"네." 여자아이가 대답했다.

"증인은 이 사진들을 왜 보냈습니까?"

"걔가 좋아서요."

여자아이로 하여금 이 점을 폭로케 하여 마음이 무겁다

는 듯, 변호사는 한동안 말이 없었다. 잠시 후 변호사가 몸을 꼿꼿이 세우며 물었다. "증인은 지금까지 남자친구를 몇 명 사귀었죠?" 변호사의 목소리는 자신만만하고 활기차게 들렸다.

이런 게 한 시간 동안 계속되었다. 배심원 중 몇몇은 급기야 불편한 기색을 내비쳤지만, 대부분은 잔뜩 반감을 품은 듯 보였고, 여자아이에 대한 마음도 정한 듯했다. 판사는 놀라지 않았다. 판사가 놀라지 않았다는 점이 나로선 제일 걱정되는 부분이었던 것 같다. 판사는 중년 남자가 아이에게 섹스를 몇 번 해봤는지, 자위를 자주 했는지, 상의를 탈의한 사진을 찍었는지 여부를 묻는 모습을 지켜보면서도 전혀 불편한 기색을 비치지 않았다. 늘 있는 일인 모양이다.

검사는 병원에서 찍은 여자아이의 손목과 다리의 멍 사진을 보여주었지만, 배심원단의 얼굴에 가엾게 여기는 기색은 전혀 나타나지 않았다. 멍이 들었다고 합의에 의한 성관계가 아니라는 뜻은 아니라고 변호사는 주장했다. 거친 섹스였을지는 몰라도.

법정을 나서면서는 언니도 나도 아무 말도 하지 않았다. 피고는 무죄를 선고받았다. 나중에 우린 그 여자아이를 찾아보려고 했지만, 그 아이가 미성년자였기 때문에 법원 기록이 별표로 가려져 있었다.

그날 저녁 우리는 차를 타고 집에 가면서 아무 말도 하지 않았다. 우거진 나무들과 송전선들 위로 하늘은 여전히 밝았다. 공기는 향긋하고 부드러웠다. 카우파슬리*가 도로를 따라 높다랗게 자라 있었다.

"언니가 떠나고 나면 나 혼자는 못 해." 내가 언니한테 말했다. 언니는 간호사 과정 때문에 9월에 맨체스터로 이사할 예정이었다.

"왜 못 해?"

"나도 너무 바쁠 테니까. 입시 공부 해야지."

언니는 나를 보지 않았다.

---

* 작은 흰 꽃이 많이 피는 유럽산 야생화.

24

도서관은 말로 중심가에 있는 페인트칠한 목조건물 중 하나다. 지난번에 언니에게 빌린 도서관 카드를 지금도 가지고 있는 데다, 밤에 헌터스에서 뭔가 할 일도 있어야 한다. 서가에서 아무 책이나 뽑는다. 『연인*The Lover*』, 『발타자르*Balth-azar*』, 『리어 왕*King Lear*』.

결코, 결코, 결코, 결코, 결코. 죽여라, 죽여라, 죽여라, 죽여라*.

정확하게 인용한 건지 기억이 안 난다. 계속해서 책을 뽑아보지만 그 어느 책도 이해할 수가 없다. 전에 읽었던 책조

---

* 리어왕이 막내딸인 코딜리아의 비극적 죽음을 겪은 후 비통함과 복수심에 차 읊는 대사.

차도. 문장들이 아귀가 맞지 않는다. 좁다란 계단을 올라 아동서 쪽으로 가서 아름다운 컬러 삽화가 들어간 독일 동화집 한 권을 고른다.

"연체 도서 두 권이 있네요." 도서대출창구에서 사서가 말한다. 사서는 젊은 남자로 검은 머리에 동그란 안경을 끼고 있다. 이 남자는 말로에 살지 않는다. 가방을 무릎에 얹은 채 옥스퍼드행 버스를 기다리는 걸 본 적이 있다.

"어떤 책인데요?"

"네스뵈하고 레크베리요." 남자가 기다린다. 언니의 마지막 책. "대출 기한을 연장해드릴까요?"

"네. 감사합니다."

도서관에서 나와 애빙던으로 차를 몰고 간다. 경찰서 복도에 조기퇴직제도 홍보 포스터가 붙어 있다. 내가 포스터와 동화책을 번갈아 본다.

"은퇴하시지 그래요?" 모레티에게 묻는다.

"아하, 저희 명예퇴직 프로그램을 보셨군요." 모레티가 잠시 멈춘 사이 나는 기다린다. 모레티가 안경을 벗고 눈꺼풀을 비빈다. "그게 좀 복잡해서요."

"위츠터블에 집도 있으시잖아요."

"오두막이 하나 있긴 하죠." 모레티가 말한다. 어부가 되어 노란색 가슴장화를 입고 배를 조종해서 암초 사이를 빠져나가는 모레티를 상상한다.

"병원에서 마틴이라는 이름을 가진 사람은 못 찾았습니다. 언니분이 병원에서 알았다는 게 확실한 건가요?"

"언니가 병원 친구라고 했어요. 정말 아무도 없었나요? 마틴이면 흔한 이름 아닌가요?"

"연락하고 지냈던 사람 중에서도 없었고, 같은 병동에 있던 직원이나 환자 중에서도 없었어요. 언니가 정확히 뭐라고 그랬죠?"

"전화 끊어야겠다고 그랬어요. 마틴이라는 병원 친구를 만날 거라면서요."

"그게 언제였죠?"

"일요일 저녁이요."

"그 남자는 어디서 만나기로 했대요?"

"저도 몰라요."

"차를 타고 갈 예정이었나요, 아니면 걸어갈 예정이었나요?"

"그건 언니가 말 안 해줬어요."

"전에 그 두 사람이 저녁을 먹을 거라고 했었잖아요. 왜 그런 생각을 한 거죠?"

"시간 때문에요. 6시 반인가 그 정도 됐을 때였거든요."

"사실 말이에요." 모레티가 말을 꺼낸다. "우리가 레이첼의 전화기하고 이메일을 살펴봤습니다. 모르는 사람이나 마틴이란 사람하고 최근 통화한 기록이나, 메시지를 주고받은 기록이 없었어요. 그러니까 언니가 그 마틴이란 남자하고 구

두 약속을 했을 확률이 크단 얘기죠."

"그게 이상한 일인가요?"

"노라가 저보다 잘 아실 겁니다. 언니가 평소에는 약속을 어떤 식으로 잡았죠?"

"문자로요. 그런데 약속에 매번 늦어서 미안하다는 사과 문자를 늘 보냈어요. 마을에도 마틴이란 이름을 가진 사람이 없나요?"

"있기는 한데 아홉 살짜리 남자아이입니다." 모레티가 넥타이 끝을 들어 올리고는 아무 데도 집어넣지 않고 다시 내려놓는다. "아버님께서 노라가 어디서 묵고 있냐고 물어보시더군요."

"그래서 알려드렸나요?"

"아뇨."

"아버지는 블랙풀에 있는 호스텔에서 살고 계세요. 번호 알려드릴까요?"

"아뇨. 언니한테 집이 있단 얘기, 아버지한테 하셨나요?"

"직접적으로는 안 했어요."

아버지가 그 집으로 이사 가고 싶어 할 수도 있다. 아니, 이미 그 집에 들어가 언니 물건을 쓰면서 언니 특유의 분위기를 자기 분위기로 바꿔놓고 있을지도 모른다. 오래전 어떤 재활원이 나에게 아버지의 소지품을 보관해달라고 했었다. 쓰레기봉투 세 개였는데, 아파트로 돌아와서 열어보니 철사 옷걸이와 서류, 그리고 뻣뻣하고 꾸깃꾸깃한 청바지 한 벌이다녔다. 아버지의 전 재산.

우리가 자랄 때 아버지는 대부분 우리를 모른 체했다. 그때도 술은 계속 마셨지만 그래도 건설 현장에서 이런저런 일거리를 찾아 집을 그럭저럭 살 만한 상태로 유지하기는 했다. 우리가 집을 나온 직후, 아버지는 그 집을 잃고 술을 더 많이 마시면서 친구들의 집을 전전하기 시작했다. 아버지의 음주가 왜 더 심해진 건지 모르겠다. 계기가 된 사건이 있었던 건지, 아니면 오랫동안의 가장 노릇에 아버지가 나가떨어진 건지.

우리도 아버지를 구제해보려고 노력했었다. 둘이 함께 헐에 있는 집이나 리즈에 있는 철로에 찾아가곤 했으니까. 일을 시작하자마자 언니는 정기적으로 아버지에게 돈을 보냈다. 하지만 우리가 무슨 짓을 해도 소용이 없었기에, 안타까운 마음으로 모든 노력을 접었다.

모레티에게 언니의 주소를 아버지한테 알려주지 않겠다는 다짐을 받은 후, 우리는 한 시간 동안 더 이야기를 나눈다.

"노라의 마지막 연애는 왜 끝났나요?" 모레티가 묻는다.

"남자친구가 한눈을 팔았거든요."

"언제 끝난 겁니까?"

"5월에요."

모레티가 이런 질문을 하는 게 이상하게 생각되지도 않는다. 게다가 경찰 업무처럼 보이지도 않는다. 우리는 아까 런던에서 일어난 정치 스캔들에 대한 이야기를 나눴는데, 아무래도 모레티가 그에 관해 아직 아무와도 의견을 나눠보질 못해서 자세한 얘기를 나누고 싶어 하는 눈치였다. 화이트홀* 스캔들은 누가 뭐래도 사건과는 무관했다. 지금도 리엄이 그립다. 그가 생각나지 않는 날은 나 자신이 아주 대견한 날이다.

"한눈판 여자가 누구였는데요?"

"남자친구도 그 여자 이름을 몰랐어요. 일 때문에 맨체스터에 갔다가 바에서 만난 여자였거든요. 그 뒤로 계속 만난 건 아니었어요."

"그 사실은 어떻게 알아냈어요?"

"남자친구 가방에서 검정색 레이스 팬티를 발견했거든요. 남자친구가 호텔에서 나올 때 남자친구 옷에 섞인 거겠죠. 그 팬티는 분명 제 것이 아니었어요. 들어본 적도 없는 브랜드였으니까." 레이스가 고급이었는데, 너무 정교해서 하늘하늘한 거미줄 같았다.

---

* 런던에서 관공서가 다수 위치하는 거리로 영국 정부를 뜻하기도 함.

25

나는 요크에 있는 그때 그 법원 복도 벤치에서 기다린다. 15년 동안 변한 게 하나도 없다. 경비원들, 사무변호사들, 피고들, 증인들이 내 앞을 지나간다. 아무도 나에게 왜 왔냐고 묻지 않는다. 투명한 사법제도. 단, 금언은 프랑스어로 쓰여 있으며 판사들은 거의 옥스브리지* 출신이다. 듀 에 몽 드르**. 찾아보고 나서야 그게 무슨 뜻인지 알았다.

법정 정리가 "리 바턴"이라고 호명하자 나는 방청석에 앉는다. 나 빼고 이 재판을 방청 중인 사람이 딱 한 명 있는데, 중년 여성이다. 문이 열리고 배심원단이 줄지어 들어온다.

---

* 옥스퍼드대학과 케임브리지대학을 함께 일컫는 말.
** Dieu et mon droit. 신과 나의 권리란 뜻으로 영국 왕실 문장의 방패 하단에 쓰여 있는 문구.

배심원단은 이미 예의 그 표정을 짓고 있다. 우리에게 자기들이 이런 막중한 책임을 질 자격이 있다는 점을 확신시켜주려는 듯 확고하고 냉정한 표정.

정리가 피고를 호송하며 입장한다. 몸을 앞으로 내미는데 목이 메어온다. 스네이스에서 언니를 공격한 놈일 수도 있기 때문이다. 갈색 눈, 좁은 얼굴. 여기선 놈의 키를 가늠할 수가 없다. 놈은 군중을 눈으로 훑지만 나는 본체만체한다. 놈과 방청석에 있던 여자가 서로 미소를 주고받는다. 속으로 생각한다. '어머니로군.'

검사와 피고 측 변호인 모두 여자다. 둘 다 사십 대로 사무적이고 단정한 모습이다. 둘 다 말이 빠르지만, 배심원단이 못 알아들을 정도로 빠르게 말하는 법은 없고, 어느 정도 절박함을 담고 있다. 보다 보니 두 여자 다 마음에 든다. 저 두 여자는 오늘의 재판이 모두 끝나면 어디로 갈까? 사무실로 돌아갈까, 아니면 동료를 만나 한잔하러 갈까.

차라리 저 두 여자를 보고 싶지만, 리를 유심히 살펴야 한다. 놈은 타이어 지렛대로 여자를 구타한 죄로 기소되었다. 언니가 그 기사를 읽고 놈한테도 면회를 다녀왔을지도 모른다. 놈은 재판 전까지 보석으로 석방 상태였으므로 언니가 살해당하던 날 자유의 몸이었다.

법정변호사가 리를 훈련했다는 육군 부사관을 증인석에 앉히고 심문한다. 질문은 리의 기질, 인성, 일병 시절과 국경수비대 때의 보직에 관한 것들이다. "피고의 병역 기간이 어떻게 되죠?" 법정변호사가 묻는다.

"리는 1996년부터 1999년까지 요크셔 연대에서, 1998년 부터 2000년까지는 영국령 버진아일랜드, 토르톨라에서 국경수비대로 복무했습니다."

그렇다면 리는 언니가 폭행당했을 당시 해외에 있었다는 말이다. 힘이 빠져 방청석 의자에 몸을 기댄 후 손으로 눈을 비빈다.

휴정 시간에 보니 방청석의 중년 여자가 밖에서 담배를 피우고 있다. 담뱃불을 부탁하면서 내 소개를 한다. "저는 앨릭스의 여자친구, 케이틀린이라고 해요. 앨릭스가 일이 있어서 저한테 대신 가보고 무슨 일인지 자기한테 말해달라고 해서요."

예전 억양이 너무 쉽게 다시 튀어나오는 걸 보면 나도 매번 놀란다. 마치 세력을 키우고 보강하면서 기다리고 있었던 것만 같다. 다른 데 정신이 팔린 여자가 고개를 끄덕인다. 내가 이름을 제대로 찍은 건지 알 순 없지만, 이 여자의 아들이 앨릭스라는 사람을 모른다고 해도 지금은 너무 정신이 없어서 내게 따질 수도 없을 것이다.

"리가 버진아일랜드에 파병된 줄 몰랐어요." 내가 말한다. 여자가 젖은 원형 교차로를 바라본다. 건물 기둥이 우리 위로 우뚝 솟아 있다. "리가 집엔 자주 갔었나요?"

"아뇨. 딱 한 번, 크리스마스에만 왔었어요." 여자가 말한다.

여자가 다시 안으로 들어간 후, 나는 담뱃불을 비벼 끈 다음 얼룩진 기둥들 사이를 지나 보슬비 속으로 들어간다. 법원 꼭대기에 눈가리개를 한 채 칼과 천칭을 들고 있는 여신상이 있다. 눈가리개 때문에 그 여신상은 이제 곧 처형당할 것처럼 보인다.

26

요크에서 돌아와보니 그때 그 기자가 숙소 안 바에 있다. 열린 문을 황급히 지나가는데 뒤에서 덜커덕거리는 소리가 들린다. 세라가 앉아 있던 스툴에서 내려와 로비까지 나를 따라온다.

"와인 어때요?" 세라가 묻는다. 나는 계단을 오르기 시작한다. "노라, 전 8년 동안 중앙형사법원에서 서기로 일했어요. 경찰조사 수백 건이 재판으로 가는 걸 지켜봤죠. 제가 도울게요."

계단을 내려와 세라를 따라 바에 앉는다.

"지금은 기록을 남기지 않을게요. 뭐든 물어봐요."

"피해자 가족은 어떻게 되죠?"

"피해자가 아동이면 부모가 이혼을 해요. 피해자가 다 큰

자식이더라도 마찬가지고요. 빚더미에 올라앉는 가족도 많죠. 직장을 계속 다니기가 힘들 수 있거든요, 특히나 초반에는. 피해자가 배우자인 경우 살아남은 쪽은 재혼하는 경우가 많아요. 재혼을 안 하면 일찍 사망할 위험이 크고요." 세라가 내 얼굴을 보며 말한다. "자매인 경우에는 대개 회복해요. 자식을 잃는 거랑은 다르거든요."

"재판이 열리면, 저도 범인하고 대화할 수 있게 되나요?"

"어느 정도는요. 범죄 피해 영향 진술을 할 수도 있지만 피고가 어떤 식으로든 꼭 거기에 응해야 하는 건 아니에요. 범인이 교도소에 들어가면 면회는 갈 수 있어요. 범인이 동의할 경우에요."

세라가 와인을 한 잔 주문한다. 빨간색 립스틱을 바르고 헐렁한 카울넥스웨터를 입었다. 다리 옆 고리에 걸어놓은 가죽 새첼백에는 도리이* 무늬가 있는 스카프와 검은색 노트가 있다.

"키스 덴턴이 그날 아침 언니네 집에 있었어요."

"저도 알아요. 그 사람 조사를 좀 해봤거든요. 전과는 없어요. 여기서 얘기해본 사람들은 하나같이 덴턴을 굉장히 좋아하더군요."

나도 눈짓으로 바텐더를 불러 버번을 한 잔 주문한다. 세라는 사실을 말하고 있는 것이다. 덴턴의 흑막을 하나라도 캤다

---

* 전통적인 일본 문. 일반적으로 신사 입구에서 볼 수 있다.

면, 지금쯤 이미 신문에 내고도 남을 사람이기 때문이다.

"경찰이 언제 수사를 중단하게 될까요?"

"템스밸리 경찰서 범죄수사과 말로는 새로운 증거가 더 이상 안 나올 때까지 수사를 계속한다고 해요. 하지만 그건 사실이 아니에요. 언니분에 관한 정보는 무엇이든 증거로 간주될 수 있는 거니까요. 사실 경찰은 신규 사건이 너무 많아지면 수사를 중단해요."

"그게 언제가 될까요? 여긴 범죄가 별로 없는 데니까, 몇 달에서 1년 정도는 갈 것 같은데."

"이 지역에선 오래 안 가요. 지금이라도 중단될 수 있어요."

"뭐라고요?" 작년 이 주에서 일어난 살인사건은 네 건밖에 없었다. 언니 기사에서 읽었던 게 기억난다.

"경찰은 살인, 과실치사, 강간, 실종, 중상해, 아동학대 수사를 해요. 노라가 생각하는 것보다 사건이 많답니다."

"언니 수사를 재개하기는 할까요?"

"그럼요. 이 지역에서 유사 사건이 일어나거나 누군가 자백을 하면요. 아니면 미결 사건 검토팀 누군가가 그 사건을 집어 들거나. 하지만 그 사람들한테는 검토할 다른 사건이 수백 건이나 있죠." 우리는 아무 말 없이 앉아 있다. 세라가 자신의 팔찌 고리를 똑바르게 정리한다. "뭐 좀 여쭤봐도 될까요?" 세라가 말한다.

일단 고개는 끄덕이지만, 세라도 저 멀리 아득한 곳에 있는 것 같고, 바도 저 멀리 아득한 곳에 있는 것 같다. 지금이라도 중단될 수 있다니. 그때 세라의 표정이 눈에 들어온다. 세라는 지금 자신이 범인으로 짐작하는 사람이 누군지 내게 말하려는 것이다.

"개는 어디 있죠?" 세라가 묻는다.

"네?"

"마을 사람들 다수가 언니분이 어떤 개랑 있는 걸 봤다는 말을 했어요. 그 개는 어디 있죠?"

"도망갔어요."

세라가 고개를 끄덕이며 와인을 한 모금 홀짝인다. "언제 요?"

"언니가 살해당한 날에요. 누구 짓인지 몰라도 그 사람이 문을 열어놔서 개가 빠져나간 것 같아요."

저먼셰퍼드는 도망치지 않는다. 세라는 이 말을 입 밖에 내지 않는다. 의기양양한 심정을 드러내지 않으려 노력은 하지만, 뭔지 몰라도 자기 목적에 근접하고 있는 모양이다. 모레티가 했던 말이 있다. '이번 일이 전국에 보도되고 나면 어떤 일이 벌어질지도 장담할 수 없고요.'

27

아침을 먹으러 밀러스암스로 간다. 언니에게만 덕드앤커버를 더 좋아하는 척했었다. 파르메산 치즈 갈레트와 커피를 주문한 다음 머릿속에서 언니와 논쟁을 벌인다. '소시지 뱁[*] 하고 인스턴트커피는 싫단 말이야.' 그럼 언니는 이렇게 말할 것이다. '너 돈 쪼들리잖아. 그게 돈 쪼들리는 사람들이 먹는 거란다.'

"출세주의자." 열여덟 살에 요크셔 억양을 버렸더니 언니가 했던 말이다. 사실이기도 했지만 내겐 변화가 필요하기도 했다. 그해 여름, 아버지가 정신 줄을 놓는 바람에 대학에 입학할 즈음 나의 분노는 극에 달해 있었다. 그래서 덫에서 빠

---

[*] 햄버거 빵이랑 비슷한 모양의 빵에 소시지를 넣은 음식.

져나가기 위해 다리를 물어뜯는 심정으로 억양을 바꾼 것이었다. 세련되고 단조로운 내 억양을 들을 때마다 생각했다. '그래, 난 집을 떠난 거야. 난 사라진 거야.'

어렵진 않았다. 나랑 같이 대학을 다닌 사람들은 대부분 지역을 특정할 수 없는 표준 발음을 썼다. 언니는 남쪽으로 거처를 옮긴 뒤에도 계속 억양을 유지했지만, 대신 언니한테는 톡톡 튀는 저음의 아름다운 목소리가 있었다.

기자와의 대화 내용을 떠올리지 않으려 애를 써보지만, 그녀에게 했던 말이 모두 후회된다. 과거 내 행동들을 이리저리 재다가는 후회 때문에 죽을지도 모를 일이다.

언니한테는 더 앞 시간 기차를 탈 거라고 말했었다. 퇴근 후, 패딩턴역에서 원래는 1시 50분 열차를 탈 예정이었으니까. 대신 2시 50분에 런던에서 출발했다. 그 틈에 서프라이즈에 가서 점심을 먹었다. 연어가 들어간 페이스트리에 화이트와인을 곁들였다. 그 음식과 술을 생각하니 구역질이 난다. 그게 나만의 호사 같았다.

어젯밤 언니 친구가 개를 데리고 갔다고 말할걸 그랬다. 세라가 화장실에 간 틈에 세라의 노트를 읽어보고, 키스 덴턴 얘긴 꺼내지 말걸 그랬다. 언니라면 이런 일에 더 잘 대처했을 텐데. 더 끈기 있고 노련했을 텐데.

밀러스암스 주인이 토스트와 마멀레이드, 갈레트와 프렌치프레스로 내린 커피를 가지고 온다. 나는 내가 앉은 테이블과 이 공간을 눈여겨본다. 바로 이게 내가 밀러스암스를 더 좋아하는 이유다. 갈레트는 바삭하고 달콤하다. 조리대 위에 연분홍색 루바브 줄기가 보인다. 매년 여름 분홍색과 흰색 줄무늬가 있는 야생 루바브가 보어 레인에서 자란다. 나는 독일 동화집을 펼친다.

「여섯 마리 백조」 속 소녀의 남자 형제들이 6년 동안 백조로 변한다. 소녀가 말을 하거나 웃기라도 하면, 형제들은 죽을 때까지 백조로 살 것이다. 소녀는 형제들에게 셔츠를 지어주고, 자기 자식들을 죽였다는 비난을 받을 때조차 아무 말도 하지 않는다. 만 6년이 되는 마지막 날, 백조들이 소녀에게 날아온다. 소녀가 자기가 지은 셔츠를 백조들한테 던지자 백조들이 남자로 변한다. 여섯 번째 형제의 그림이 나온다. 소녀가 그 형제의 소매를 완성하지 못하는 바람에, 그는 한쪽 팔 대신 백조 날개를 갖게 된다.

마사의 전화다. 바깥 노란색 차양 아래에서 통화를 한다. "어떻게 지내? 일과가 어떻게 되니?" 마사가 묻는다. 장례식 이후 닷새가 지났다.

"일과 같은 거 없어."

"그럼 거기서 매일 뭐 하는데? 시간을 어떻게 보내고 있는 거야?"

햇볕을 받아 빛나고 있는 반투명 차양을 가만히 바라본다. 마사한테 아직은 키스 얘기를 하고 싶지 않다. "조사 중이야. 언니가 여태껏 자기를 공격했던 남자를 찾고 있었더라고. 그래서 내가 언니가 중단한 데부터 이어서 조사를 시작했어."

"그게 도움이 되니?"

"모르겠어."

"경찰은 네가 거기서 지내는 것에 대해 어떻게 생각해?"

"경찰은 내가 이 지역에 남아 있길 원해. 종종 대화도 하고."

"전화로?" 마사가 묻더니 내 대답을 기다리지도 않고 또 묻는다. "경찰에서 몇 번이나 널 신문한 거니?"

"서너 번, 경찰서에서. 전화로 두어 차례 얘기하긴 했지만 그건 신문은 아니었어."

"무슨 얘길 하는데?"

"수사 얘기."

"그게 정상이 아닌 건 너도 알지? 너한테는 가족 연락 담당 경찰관이 있어야 하는 거야."

"있기는 해." 사건 다음 날 메시지를 남겼지만, 내가 회답을 하지 않았다.

"담당 수사관들은 대개 가족한테 진행 상황을 알려주지 않아."

"네가 그걸 어떻게 알아?"

"모르는 사람이 어디 있다고. 너를 요주의 인물로 신문한 거야?"

"아니야."

"노라, 경찰이 네가 좋아서 너한테 시간을 투자하고 있다고 생각하는 거니? 경찰은 네가 용의자거나 네가 뭔가 알고 있으면서 말을 안 한다고 생각하는 거야."

"내가 무슨 용의자야. 피해자 인적 사항 때문에 언니 정보를 물어보려고 나를 필요로 하는 거야." 길 건너편, 숙소의 검은색 덧문을 바라본다. "게다가 마을 사람 중에 이상한 짓을 하는 사람이 없는지도 보고 싶어. 내가 여기 있다는 것 자체로 놈이 초조해할지 모르잖아."

"놈이 거기 있다는 전제하에 말이지. 십중팔구 없을 것 같지만." 마사가 말한다.

"왜 그런 말을 하는 거야?"

"면식범이었다는 보장도 없잖아."

"놈이 언니 개를 죽였어. 언니한테 벌을 주고 싶은 게 아니었다면 뭐 하러 개까지 죽였겠어?"

"나야 모르지." 목소리를 들으니 마사는 지금 울고 있으면서 안 우는 척하려고 애를 쓰는 중이다. "미친놈이면 모를까. 정신이 제대로 박힌 사람처럼 들리진 않는다."

방으로 돌아와보니 이제 겨우 10시 반이다. 할 일이 너무나 많다. 언니네 집 청소도 해야 하고 언니네 주택담보대출금과 이런저런 청구서도 정리해야 하며 장례식에 꽃다발과 화환을 보낸 사람들한테 감사 편지도 써야 한다. 돈도 벌어야 하고 내 카드가 한도에 다다르기 전에 새로운 한도대출도 받아야 한다. 치료사나 범죄피해자 지원 서비스 담당자와 상담도 해야 한다. 마사가 살인 범죄 피해자의 가족이 모인 단체 목록을 보내주었다. 옥스퍼드에도 하나 있으니, 모임이 언제 열리는지도 알아내야 한다.

이 일들 대신 일단 수도교로 산책을 가기로 결심한다. 부츠를 신는데 그릇장 옆에 흰색 가루가 쌓여 있는 게 보인다. 그릇장 위에 올려놓았던 피처의 손잡이와 밑바닥의 일부분이 큰 파편으로 가루 속에 남아 있다. 한밤중 어느 때엔가 내가 박살을 낸 모양이다. 전혀 기억나지는 않지만. 내가 전에 뭘 망가뜨렸는지 나는 모른다. 전에는, 그러니까 언니가 집을 떠나던 해 아직 스네이스에서 아빠와 함께 살았을 때는 내게 몽유병이 있었다. 다시, 나도 모르는 어떤 변화가 일어나고 있는 건지 모르겠다.

28

키스의 집을 지나가지 않기 위해 안간힘을 쓴다. 수도교에
가기 전과 후, 이미 두 번이나 지나갔기 때문이다. 키스의 집
은 내가 예상한 것과 다르다. 키스도 우리가 자란 집과 비슷
하게 생긴, 그러니까 전쟁 후에 지어진 작고 네모난 회반죽
집에 살 거라 생각했지만 브레이 레인 11번지는 지붕널이 있
는 목조주택이다. 지붕널은 가리비처럼 생겼고 담녹색 페인
트가 칠해져 있다. 덴마크나 스웨덴의 어느 항구에서 볼 법
한 집처럼 생겼다.

　어려운 부분은 천천히 움직이는 것이다. 키스가 나더러 자
기를 미행했다고 고발이라도 할 경우, 반드시 미친 쪽, 집착
이 심한 쪽이 키스 쪽인 것처럼 보이게 해야 한다. 내 움직임
하나하나가 자연스럽게 보이면서, 오로지 죄책감 있는 사람

만이 알아차릴 수 있어야 한다.

말로에 있는 식료품점에 가기로 한다. 그곳은 키스와 우연히 마주칠 가능성이 조금이라도 있는 곳이다. 실용적이기도 하다. 식당이나 테이크아웃 음식만 사 먹을 형편은 안 되기 때문이다. 헌터스 여자에게 말을 잘하면 식당 냉장고에 몇 가지를 보관해도 좋다는 허락을 받을 수도 있다.

사건 이후 쭉 쇼핑을 하지 않았다. 몇 주 전에 킬번에 있는 테스코에 갔던 게 기억난다. 나 외의 다른 사람들은 다들 지하철에서 방금 내린 사람들이었다. 막 퇴근을 해서 배고픈 상태로, 저녁 장을 보면서 하루를 잘 버텨낸 보상 삼아 뭔가를 사고 있었다.

어떤 여자가 내 팔에 자기 손을 얹는다. 헌터스 여자가 가스 불을 쓰게 해줄지 궁리하면서 살까 말까 고민 중이었던 파스타 상자에서 시선을 내린다. 여자는 머리카락이 길고 부드러우며 녹색 헌팅재킷을 입고 있다. 수도교를 산책할 때 본 적 있는 얼굴이다. 커다란 뉴펀들랜드 두 마리를 키우는 여자다.

여자의 이름을 기억해내려 노력한다. 뭔가 감미롭고 비를 머금은 듯하면서 런던 주변의 지역 이름 같았는데. 탐신이었나? 언니에게 물어본 적이 있던 여자다. "그 여자는 참 발랄하고 활동적으로 보여." 내가 말했었다. '활짝 핀 꽃 같다'가 딱 맞는 표현이었지만, 언니한테는 일부러 말하지 않았다.

언니는 코웃음을 치며 말했다. "활동적인 게 아니라 부티

나는 거겠지."

언니가 알려준 바로 그 여자는 아이가 셋이고 조지 왕조 풍의 석조주택에 살고 있는데, 빽빽한 산울타리 뒤로 수도교 일부가 보인다고 했다.

여자가 내 바구니를 흘낏 내려다보자 답답한 느낌이 좀 가시는 기분, 일종의 안도감이 든다. 이게 바로 내게 필요한 것이다. 여자는 나를 저녁 식사에 초대할 것이다. 어쩌면 저녁 식사를 마친 후에 나에게 헌터스 대신 자기네 집에서 머물지 않겠냐고 권할지도 모른다. 나도 그 집에 도움이 될 테니까. 아이들을 봐주거나 개를 산책시켜주는 식으로. 정원 가꾸기는 말할 것도 없고. 카드 빚에 대한 걱정도 사라질 것이다. 몇 주 전, 저 여자네 집 쪽 산울타리 사이로 노란 사과가 잔뜩 열린 나무를 본 게 기억난다.

"경찰이 하루빨리 범인을 잡아야 할 텐데요." 여자가 말을 건넨다. "내 집에 있는데도 밤이 무섭다니 정말 넌더리가 난다니까요. 범인은 혹시 언니분이 헐에 살 때 알던 사람이 아닐까요?"

"저희 언니는 헐에 살았던 적이 없는데요."

여자가 내가 거짓말을 하고 있다는 듯한 눈빛으로 나를 쳐다본다. "그럼 거기가 어디였죠?"

많이 들어본 목소리다. 런던에 사는 고객들이 자기들 정원에서 어떤 식물이 죽었다거나 폭풍에 쓰러졌을 때 쓰는 바로 그 목소리다. 자기들이 돈을 얼마나 많이 냈는지 내 입으로 말하게 해서 그 사실을 상기시킬 때 내는 목소리다.

"저흰 스네이스에서 자랐어요."

"거기 헐 근처잖아요, 그렇죠?"

내가 웨건 휠즈* 상자를 기울여 내 바구니로 툭 떨어뜨린다. "밤엔 왜 무서우신데요?" 내가 묻는다.

"그야……."

"우리 언니는 오후 4시에 죽었거든." 내가 짚어준다. "이 멍청한 년아."

여자를 빙 돌아 쇼핑한 물건을 계산대로 가져간다. 여자를 두고 복도를 걸어 내려가면서 생각한다. '당신들 중 우리 언니를 지켜준 사람은 아무도 없었잖아. 범인이 당신들 중 한 사람이었는데 당신들이 못 알아봐서 일어난 일일 수도 있다고.'

주방 문은 잠겨 있고, 여자는 프런트에도 지붕 아래 자기방에도 없다. 열쇠를 찾으려고 문틀이란 문틀 위를 모조리 더듬어본다. 식료품을 냉장고에 넣고 나서 저녁을 해 먹고 싶은데.

쇼핑백 때문에 팔이 아프다. 배도 고프고 현기증도 난다. 급기야 뒷문을 열고는 판석 위에 우유와 달걀과 치즈를 놓는다. 지금은 공기가 그다지 차갑지 않지만 밤엔 영하로 떨어질 것이다.

---

* 초코파이와 비슷한 파이형 과자.

얼었다 녹은 우유를 써도 될지 모르겠다. 너무 창피해서 이 식료품을 반품할 수도 없다. 돈도 없는데 이걸 사느라 10파운드나 썼다. 식료품을 노려보고 있자니 모든 게 너무 벅차다. 괴로워 죽겠는데 이런 어처구니없는 걱정거리까지. 외투를 악문 채 울부짖기 시작한다.

헌터스의 크고 어두침침한 주방에서 파스타를 요리하다가 혹시라도 정상으로 돌아온 것 같다는 느낌을 받는 대신, 침대에서 위스키를 마시고 일찍 잠들려고 애를 썼다.

에메랄드게이트와 튀김전문점이 문은 닫은 지금, 내가 아까처럼 어리석게 굴지 않았다면 무엇을 먹을 수 있었을지 생각 중이다. 완탕. 자두 소스를 곁들인 무슈 팬케이크. 부추 만두.

너무 피곤하다. 지금 같아선 수사관이 전화를 걸어 "이번 사건은 가망이 없는 것 같습니다. 그래서 수사를 중단했습니다"라고 한다면 오히려 마음이 놓일 것만 같다.

29

아침에는 주유소에 딸린 카페로 차를 몬다. 주유소는 말로에서 몇 킬로미터만 가면 나오는 브리스틀 로드에 있다. 외관은 다른 휴게소와 다를 것 없지만 음식만은 맛있다. 왜 거기음식이 맛있는지 언니한테 물어본 적이 있었는데, 그때 언니는 포크로 흰색 주방장 옷과 모자 차림의 남자를 가리키며 "안데르스가 만드니까"라고 대답했다. 헌터스에는 먹을 게아무것도 없다. 우유는 밤중에 얼면서 병이 깨져버렸다. 아직 치우지 못했다.

브리스틀 로드 양쪽으로 촉촉하게 젖은 시골 마을이 흘러간다. 여기가 언니가 말한 캘럼과 캘럼의 여자친구 루이즈가사고를 당했다던 바로 그 지점이다. 루이즈가 카페에서 일을할 때였으니까, 십중팔구 캘럼이 루이즈를 데리고 차를 몰고 나왔다가 사고가 났을 것이다.

작은 흰색 십자가를 지나자마자 곧바로 도로에서 벗어난다. 휴게소는 에소 휘발유를 판다. 에소를 상징하는 붉은색 구체 간판이 텅 빈 시골 마을 위로 우뚝 솟아 있다. 루이즈가 아직도 여기서 일을 하는지 모르겠다. 언니 말에 따르면 루이즈는 나를 닮았다고 한다.

루이즈를 보자 웃음이 나온다. 우리가 놀랍도록 닮았기 때문이다. 갑자기 기분 좋은 친밀감이 마구 솟구치는 바람에 루이즈 쪽으로 방향을 틀려는 나를 말려야 했다. 루이즈는 어깨까지 오는 갈색 머리에 광대뼈가 높고 넓다. 움직임이 빠르고 덜렁거리는 것, 한쪽 발을 살짝 바깥쪽으로 향한 채 걷는 것도 나와 비슷하다.

내가 앉을 자리를 찾고 있는 중에 루이즈가 담배를 피우려고 밖으로 나간다. 팔짱 끼듯 수평으로 든 한쪽 팔의 손목 위에 반대쪽 팔꿈치를 올린 채 담배를 피운다. 나이는 스물다섯 쯤. 담배 연기가 스멀스멀 위로 올라가는 동안 엄지손가락으로 입가를 긁는다.

나를 보자 루이즈도 우리가 닮은 꼴이라는 걸 알아차린 것 같다. 루이즈가 눈을 찡그리고 입을 한쪽으로 비스듬히 내린다. 우리가 닮은 꼴이란 점을 언급하지 않으려 자제하려는 듯. 감색 티셔츠에 검정색 캔버스 스커트를 입고 그 위에 앞치마를 두르고 있다. "뭐로 하시겠어요?"

"커피하고 에이블스키버* 주세요."

루이즈가 미소를 지으며 메뉴판을 가져간다. 몇 분 후 컵과 컵받침을 내려놓을 때, 창문으로 들어온 눈부신 햇살을 받은 루이즈의 손목과 아래팔을 본다. 담뱃불로 지진 듯한 검붉은 자국이 여러 개 나 있다. 물론 드라이버로도 그런 자국이 날 수 있다고 어디선가 읽기는 했다. 가슴과 목은 찢어지거나 화상을 입은 적이 있는 듯, 유난히 하얗고 오글오글한 흉터가 보인다. 한쪽 귀는 아래로 접혀 있다. 오른손의 손가락 몇 개는 골절된 적이 있기라도 한 것처럼 마디가 혹처럼 튀어나와 있고 뻣뻣하다.

루이즈는 더 이상 흉터를 감출 필요가 없는 것이다. 모두들 그 흉터를 교통사고 때문이라고 여길 테니까.

"캘럼이 루이즈를 때렸어." 언니가 말했다. "충돌사고 직후 병원에 실려 왔을 때, 두 사람 다 상태가 말이 아니었거든. 그런데 루이즈가 당한 부상은 교통사고 때문이 아닌 거야. 아주 오래된 거였지. 캘럼 짓이었던 거야."

그날 밤, 덕앤드커버 안에 남자들 몇몇이 모인 것이 보인다. 벌써 문을 닫고도 남았을 시간인데 아직 있는 걸 보니 술집을 전세라도 낸 모양이다. 술집 안 남자들이 바에서 웃는다. 그중 한 명은 얼굴까지 손에 묻고 있다. 바로 그 남자 옆에서 키스가 고개를 절레절레 저으며 술병을 입가로 올린다.

• 덴마크의 전통 케이크로 폭신하고 둥글게 부풀어 오른 모양이 특징이다.

나는 술집 맞은편, 마을의 사무변호사 사무실 앞 벤치에 앉아 담뱃갑 비닐을 벗기는 중이다. 담뱃불을 붙이느라 양손을 동그랗게 모아 쥐어 성냥을 감싼다. 잠시 후, 휴대폰을 꺼내 휴대폰 위로 등을 잔뜩 구부린 채 담배를 피운다. 오랫동안 꾹 참고 일부러 고개를 들지 않다가 들어보니, 키스가 창을 통해 나를 노려보고 있다.

무표정한 키스의 얼굴에서 입은 아래로 처져 있다. 그의 시선을 맞받지는 않는다. 대신 내 거래 은행의 전화번호를 누르고 휴대폰을 귀에 붙인다. 여전히 등을 잔뜩 구부리고 불붙인 담배를 들고서. 다시 힐끗 올려다보니 이제는 키스 옆에 앉은 남자도 나를 보고 있다. 남자는 어깨를 으쓱하더니 다시 바 쪽으로 몸을 돌린다.

몇 분 더 있다가 담배를 신발로 비벼 끄고 공원으로 향한다. 주목 사이로 파도가 치는 듯한 소리가 난다. 키스가 나를 따라올지도 모를 경우에 대비해서 그 나무 아래서 기다린다. 주목 위로 마을 시계가 시간을 알린다. 솔트밀 레인을 걸어 내려가 캘럼의 추모 장소로 향한다. 모든 촛불에 불이 붙어 있다. 마치 꽃들에서 끌어온 듯한 촛불의 주홍빛이 짙은 웅덩이를 이루어 제단을 아름답고도 아련하게 만든다. 촛불이 내 얼굴 위에서 흔들거린다. 놓인 카드를 다시 한번 읽어보지만 루이즈가 쓴 카드는 보이지 않는다.

헌터스로 돌아왔을 때 바는 잠겨 있지 않았고, 나는 안락의자를 기차역이 보이는 창가로 끌고 간다.

6월에 여기서 열흘을 보냈다. 그땐 마을이 지금과 달랐다. 런던보다 바다와 더 먼데도 마치 바닷가로 놀러오는 기분이었다. 나는 맨발로 여기저기 돌아다녔다. 미팅하우스 레인에서는 자전거도 탔다. 블루베리 슬럼프*도 만들었다. 언니는 거의 대부분의 시간에 일을 했지만 병원에서 퇴근하면 우리가 마실 화이트와인을 두 잔 따라서 함께 집 뒤뜰을 통해 수도교로 나가곤 했다.

언니가 무엇 때문인지 웃다가 와인을 쏟지 않기 위해 애를 쓰면서 동시에 페노한테 막대기를 던져주었던 일이 기억난다. 방울새가 나무 사이를 날아다녔다. 페노가 유니콘 태피스트리 연작**에 나오는 개처럼, 아름다운 숲을 배경으로 한 쪽 앞발을 들어 올린 실루엣을 연출했다. 이런 순간은 역사상 최초의 순간이 아니라 최고最古의 순간이겠지만, 희미해지기는커녕 날로 또렷해질 거란 생각을 했었다.

언니 생각을 하는 건 너무나도 쉬운 일이다. 추억 하나가 꼬리를 물고 다른 추억으로 이어지고, 시간은 전혀 흐르지 않는 것만 같다. 몇 시간이고 추억을 곱씹으며 앉아 있으려니 마침내 첫차를 타는 직장인들이 죽상을 지은 채 하나둘 나타나 어두컴컴한 플랫폼에서 새벽 기차를 기다린다.

---

* 과일을 시럽으로 끓이다가 그 위에 비스킷 반죽을 올려 익히는 음식.
** 16세기 유니콘의 사냥 스토리로 구성되어 있으며 고딕 예술의 최대 걸작으로 알려져 있는 직물 공예품.

30

차를 몰고 조애너 콜을 만나러 병원으로 향한다. 언니와 교대근무를 거의 매번 같이했던 동료니까, 병원 사람을 만날 거라던 언니 말에서 그 병원 사람이 누굴 말하는 거였는지 알지 모른다.

존 래드클리프 병원은 옥스퍼드 끝에 위치하며 말로에서는 자동차로 가까운 거리다. 최고의 외과의사들과 설비를 갖춘 부속병원이다. 언니를 만나러 한 번 온 적이 있었는데, 그때 언니가 비닐봉지에 앰풀 하나를 툭 떨궜다. 그리곤 윗부분에 있는 단어를 형광 분홍색으로 강조해놓은 차트에 뭔가를 적었다.

"그 색이 의미하는 건 뭐야?"

"아무것도 아냐. 난독이란 뜻이야."

"진짜?"

"아니."

응급실 문을 주시하면서 언니가 나오길 기다린다. 다크서 클이 잔뜩 드리운 눈에 머리는 뒤로 바짝 당겨 묶고 수술복 위에는 겨울 외투를 꽁꽁 싸맨 채 얼굴을 찡그리며 나올 언니를. 언니는 병원을 등지고 있는 특정 벤치에 앉아 있는 걸 좋아했다. "저 안에선 있을 만큼 있으니까."

템스밸리 경찰서 웹사이트에서 알게 된 사실이 하나 있는데 그걸 언니한테 말해줄 수 있으면 좋겠다. 글쎄, 보물은 신고해야 한다는 규정이 있다는 것이다. 그 얘길 하면 언니는 굉장히 재미있어할 텐데. '요새 보물을 찾는 사람이 누가 있다고? 찾더라도, 바보냐? 그걸 신고하게?'

언니가 지금 여기 있으면 무슨 얘길 하고 싶어 할지 열심히 상상해본다. 최근 언니는 수영에 꽂혀 있었다. 언니 말에 따르면 너무나 피곤하지만 이제는 잠을 자도 풀리지 않고, 수영을 해야만 풀리는 것 같다나.

도저히 가만히 앉아 있을 수가 없다. 수일 전에 일어난 일이 아니라 언제라도 곧 일어날 일 같다. 놈이 언제나 그 언덕을 오르고 있는 것만 같다.

응급실 문이 열리더니 조애너가 나를 발견하고는 손을 흔든다. 검은 정장 위에 의사 가운을 걸치고 있다. 몇 번밖에 만난 적은 없지만, 언니가 조애너의 얘기를 자주 했었다. 조애너가 다리를 꼰 후 벤치에 기댄다. 붉은색 응급실 간판이 입구 위에서 빛을 발한다.

"경찰에선 아직 아무도 체포한 사람이 없는 거니?" 조애 너가 묻는다.

"네."

"범인을 찾으면 범인한테 어떻게 해줄까, 계속 그 생각을 하게 돼. 빨리 잡히진 않겠지만."

조애너는 맨체스터 출신이라서 억양이 언니 같지는 않지 만, 그래도 최소한 북부 억양이기는 하기에 익숙하고 마음이 편해진다. 조애너는 마흔이 넘었는데, 언니가 한번은 이런 말을 한 적이 있었다. 조애너를 보면서 앞으로 10년 후 자신의 모습을 그려본다고. "하지만 조애너 언니는 간호사가 아니라 의사잖아." 내가 말하니까 언니가 오랫동안 나를 노려보았다.

"직원 중에 마틴이란 사람 혹시 있어요?"

조애너가 얼굴을 찡그린다. "우리 병동에는 없는데."

"환자는요?"

"떠오르는 사람이 없네. 그건 왜?"

"언니가 최근 그 이름을 처음으로 언급했거든요. 그 사람 만나러 갈 거라고 했었어요."

"뭐라도 생각나면 너한테 알려줄게."

"우리 언니 최근에 좀 어땠어요?"

"평소 같았어." 조애너가 병원을 응시한다. "레이첼이 없으니 얼마나 끔찍한지 몰라. 저 안에서 레이첼 빼고 나머진다 바보 아니면 멍청이거든."

"헬렌 언니는요?"

"멍청이지."

10년 뒤면 언니는 수석 임상간호사가 되었을 것이다. 언니가 옥스퍼드에 남았을지, 다른 병원으로 갔을지 궁금하다.

"몇 주 전에 우리가 엄청 마시고 취했었거든. 내가 레이첼한테 바람을 피우고 있다고 말하니까, 자기는 열일곱 살 때 폭행을 당한 적이 있단 얘길 하더라고."

"언닌 그 얘기 지금까지 아무한테도 한 적이 없어요. 아마스티븐한테도 안 했을걸요."

"우린 친구였잖아." 조애너가 친구라는 단어를 길게 발음한다.

"두 사람 그때 어디 있었는데요?" 두 사람이 함께 있는 모습을 그릴 수 있었으면 좋겠다. 그럼 행복해지니까. 언니가 외로울까 봐, 언니가 죽어라 일만 할까 봐 걱정이 될 때가 있었다.

"펠리컨에."

조애너가 한숨을 쉰다. 나처럼 마음이 무거워졌을 것이다. 머리 위로, 맞닿은 구름에 가려 보이지 않는 비행기가 굉음을 낸다.

"펠리컨엔 왜 갔어요?"

언니는 퇴근 후, 병원 근처에 있는 화이트하트에만 갔었다.

"레이첼이 교대 끝나고 날 보러 왔었어. 난 이미 옥스퍼드에 있었고."

"왜요?"

"검시관 요청 때문에."

"그게 언제였는데요?"

"10월."

"힘들었겠네요."

"아니, 수십 번도 더 해본 일인걸. 입원 48시간 이내에 죽는 사람이 있으면 늘 검시를 하거든. 검시관이 증인들하고 얘기를 나눠본 다음 사인을 알려줘. 운 좋으면 우린 오후에 쉬게 되는 거지."

나는 조애너의 연애에 대해서도 묻는다. 두 사람이 펠리컨에 함께 있는 모습을 더 구체적으로 그려보고 싶기 때문이다. 조애너가 바람을 피운 상대는 아들의 수영 강사다. 조애너에게 언니의 반응이 어땠는지 털어놓게 했다. 조애너 말로는 막상 둘은 당시에 재미있어했다고 한다. 검은 머리를 늘어뜨리고 테이블에서 박장대소하는 언니 모습이 눈에 선하다.

말로로 돌아오니, 할아버지 네 명이 공공 운동장에서 셔플보드*를 하고 있다. 내가 너무 추워서 안 나가면 언닌 출석하다시피 매일 나오는 노인들과 게임을 했었다. 이름도 모르고

---

* 가늘고 긴 막대로 원반을 코트 위에서 밀어서 득점하여 점수를 겨루는 스포츠.

말도 거의 나눈 적이 없었는데도, 그중 한 사람이 휴가를 다녀왔다며 언니에게 우조* 한 병을 준 적이 있었다.

"그 할아버지가 언니한테 우조를 왜 준 거야?"

"그리스에 다녀오셨으니까."

이 노인들 중에 언니한테 우조를 사다 준 사람이 있는지 궁금하다. 팔십 대는 되어 보이므로 이 노인들은 용의선상에서 제외해야겠다. 사실 이건 편견일 수 있다. 저들이 젊었을 때 어떤 사람이었는지는 모르는 법이니까.

노인들이 적포도주색 원반을 코트 아래로 미는 걸 보다 보니 저들이 언니를 알았는지, 알았다면 얼마나 잘 알았는지 궁금해진다. 지난주 공원에서 루이스가 나 때문에 당황했던 게 기억난다. 언니는 나한테 앤드루 힐리 얘길 한 번도 꺼내지 않았다. 경비견을 들였다는 얘기도 하지 않았다. 언니는 내가 그 일들이 모두 끝난 것처럼 굴 수 있도록 해준 거였다.

* 그리스의 전통주.

31

비닐봉지 두 개를 들고 중심가에 있는 식료품점을 나선다. 이제 헌터스 매니저와 합의가 되어 주방을 온전히 다 써도 좋다고 했다. 비바람이 몰아치고는 있지만 눈이 내리기엔 대기가 지나치게 춥고 건조하게 느껴진다. 손이 아파져 비닐봉지를 반대쪽 손으로 바꿔 든다. 숙소 출입문에 도달해서 뒤를 돌아보니, 예상대로 키스가 자기 밴 옆에 서서 나를 지켜보고 있다.

아까 계산대 줄에서 나는 키스 뒤에 서 있었다. 다소 늦게 빠지는 줄이기도 했다. 키스는 점점 심란해지는 듯 보였지만, 나를 보고 자리를 뜨지는 못했다. 적어도 다른 사람들이 보는 앞에서는. 중요한 건 언니와 내가 닮았다는 사실이다.

침대 위에 노트북을 놓고 새우등을 한 채, 감초젤리 봉지를 비워가며 조사를 재개한다. 명단에 이름을 몇 개 더 추가한 다음 그 이름들을 자세히 살피면서 언니가 폭행을 당했던 날이나 살해당했던 날 교도소에 있던 사람일 경우 이름을 지우고, 별표를 달아 중요도를 표시해 몇 시간을 조사한 끝에 폴 윌러란 이름을 발견한다.

이렇게 오래 걸린 데에는 6년 전 기소된 이후 폴 윌러 관련 뉴스가 하나도 없었기 때문이다. 윌러는 리즈 내에 있는 주^州인 브램리에서 아침 7시에 젊은 여자를 폭행했다. 기사 첫 줄을 읽자마자 몸에서 열이 나기 시작한다.

놈의 사진을 보는 건 잊고 있던 이름을 기억해내는 것과 같다. 마치 내내 놈이 범인이란 걸 알고 있었다는 듯이. 놈의 생김새는 딱 언니가 묘사한 대로다.

침대에서 벌떡 일어나 수도꼭지에 입을 대고 물을 마신다. 언니한테 너무 전화가 하고 싶어서 전화기를 집어 들고 언니 이름을 찾는다. 그 몇 초 동안은 언니하고 통화가 될지 모른다는 착각에 빠져 있어도 괜찮을 것이다.

폭행 유형도 언니가 당한 것과 일치한다. 피해자는 전혀 모르는 사람이었고, 폭행은 무자비하고 돌발적으로 이루어졌다. 두 시간을 더 조사한 끝에 피해자의 이름, 폴이 살았던 마을, 그의 담당 변호사 이름을 알아낸다. 폴은 요크형사법원에서 재판을 받은 후 웨이크필드에 수감되었다. 폴의 담당 변호사에게 전화를 걸어 폴에게 연락 부탁한다는 메시지와 함께 내 번호를 남긴다. 이름은 《텔레그래프》지의 세라 콜리어라고 했다. 몇 시간 후, 전화가 울린다.

우리는 리즈에 있는 카페에서 만날 약속을 잡았다. 제 아무리 밑져야 본전이라지만 놈이 나와 선뜻 대화를 하려고 한다는 게 놀랍다. 브램리 폭행 건으로는 이미 형기를 마쳤다. 사건이 아직 재판으로 넘어가지 않았다거나 교도소에서 가석방을 기다리고 있었다면, 절대 나를 만나주지 않았을 것이다.

놈은 머리를 다 밀어버렸다. 체포 사진에선 장발이었는데. 놈이 아직 나를 보지 못했기에 입구 쪽으로 한 발짝 물러난다. 이런 상태로 놈 가까이 갈 수는 없어서 어쩔 수 없이 밖에서 몇 분 더 기다린다. 놈은 지금 가석방 중이다. 그 가석방 조건이 뭔지, 그걸 어기면 어떤 일이 벌어질지 나는 안다.

놈은 나를 보자 미소를 짓는다. 저놈이다. 저놈이라는 걸 확신할 수 있다. 테이블 위의 설탕 단지를 의자 모서리로 반으로 쪼갠 다음 놈의 얼굴에 박아 넣고 싶다.

"안녕하세요, 폴. 이렇게 나와주셔서 감사합니다." 세라 콜리어 흉내를 낸다. 세라처럼 시원시원한 목소리로 말하고, 자신감 있고 단호하게 움직인다. 커피가 도착하자, 숟가락으로 컵 옆면을 한 번 가볍게 두드린 다음 컵받침 옆에 놓는다. "《텔레그래프》기사를 작성 중인데 당신에 관한 내용이에요. 재판에 오심이 있었던 것 같더라고요."

감정을 드러내지 않으면서 또박또박 말을 하려니까 많은 노력이 들어간다. 한순간이라도 표정 관리가 안 되면 이 만

남은 결렬될 것이고, 나는 놈에게 응징 계획을 말해버리고
말 것이다.

놈이 능글맞은 얼굴로 내 시선을 맞받는 걸로 보아 내 위
장이 먹히지 않은 모양이다. 하지만 어쩌면 놈은 기자든 검
사든 판사든, 만나는 여자마다 저런 표정을 지어 보이고는
속으로 옷을 벗기고 점수를 매길지 모른다. 돈 많고 유능한
여자라도 놈은 놀라지 않을 것이다. 놈은 그런 여자들이
어떤지 꿰고 있다. 여자들이 겁을 먹으면 어떤 모습이 되며
어떤 말을 하는지 다 안다.

놈에게 반감을 보여주고자 진짜 기자들처럼 표정의 변화
를 고스란히 드러낸다. 잠시 서로를 노골적인 표정으로 노려
보다가 대니시 페이스트리를 주문한다. 다 계산된 행동이다.
놈 앞에서 먹지도 못할 만큼 겁먹지 않았다는 걸 보여주려는
것이다.

"뭐 좀 드시겠어요?"

"아뇨." 대답하는 놈을 자세히 살펴본다. 네가 우리 언니
다치게 했니? 네가 우리 언니 죽인 거야? 브램리 여자를 생
각한다. 놈이 범행을 마쳤을 때, 그 여자의 어깨 관절은 양쪽
다 빠져 있었다.

"애나 카트라이트라고 들어보셨나요?" 내가 묻는다.

"아뇨."

"애나 카트라이트는 미국의 법의학자였어요. 몇 년 전에
증거를 위조했다가 걸렸죠. 그 여자의 작업이 수천 건의 평

결에 쓰였는데, 그 평결은 전부 재심을 받아야 해요. 그 비슷한 일이 요크에서도 일어나고 있는 것 같습니다."

"누군데요?"

"아직 말씀드릴 순 없어요. 하지만 그 사람이 당신 재판에서도 증거를 다뤘어요."

"이젠 너무 늦은 거 아닌가요? 이미 5년이나 살고 나왔으니까."

"오명을 씻을 수도 있어요. 취직하기 힘드실 텐데요."

"아니, 힘든 적 없었는데요."

"어느 쪽이든 기사는 나갈 겁니다. 실제 벌어진 일을 말할 기회를 원하시면 그냥 저한테 말씀하시기만 하면 돼요." 웨이터가 대니시 페이스트리를 내려놓자 나는 달콤한 크림과 페이스트리를 꾸역꾸역 삼킨다. 대니시 페이스트리는 너무 싫지만, 좋은 음식을 망치고 싶진 않았다.

"내가 받을 돈은 얼마죠?"

"인터뷰 대상에게 금전적 보상을 해드리지는 않지만, 평결이 번복되면 배상금을 받으실 수도 있을 겁니다." 곧 나올 말은 듣기 힘든 말이라는 듯, 잠시 뜸을 들인다. "그 사람 굉장히 성공했어요. 내무성에서 고속 승진 했거든요."

우리는 30분 더 이야기를 나눴다. 폴은 헐에서 자라 파운틴 로드에서 종합중등학교에 다녔다. 기소 전까지 헐에 살았고, 알아낸 바에 따르면 언니가 폭행당한 여름에도 헐에 살았다. 웨이크필드 교도소에서 5년 복역했고 가석방되기 전,

형이란 사람이 아파트를 사서 살림살이까지 들여주었다.

"형 되시는 분이 석방 당일 데리러 와주셨나요?"

"아뇨. 형은 독일에 살고 있습니다."

순간 움찔한다. 폴의 형은 폴이 유죄라고 믿고 있다. 비행기를 타고 영국까지 와서 아파트도 사주고 살림살이도 들여놔주었는데 정작 동생은 만나지 않았다. 동생이 교도소에 있는 동안 면회 한번 오지 않았을 것이다.

우리는 경찰의 대우에 대해서도 의견을 나눈다. 불만이 있기는 하지만 폴은 전반적으로 정중한 대접을 받았다. 자신의 보호관찰관 이름을 언급한다. 가석방 상태와 지금 하는 일 얘기도 들려준다.

대화가 끝날 즈음, 내가 《텔레그래프》의 기획편집자 이름을 언급한다.

폴이 미소를 짓는다. "런던에 살아요?"

"네."

"런던 어디요?"

"클래펌이요." 억지 미소를 지으며 대답한다. 폴이 고개를 갸우뚱한다. 폴은 내가 거짓말을 하고 있다는 건 알고 있으면서도 내가 자신에게 사는 곳을 알리고 싶어 하지 않는다는 사실에 즐거워하는 것 같다. 노트를 가방에 챙겨 넣는다. 가방 끈을 어깨로 당겨 메고 일어서려는데 폴이 말을 꺼낸다. "우리 구면 아닌가. 기억 안 나요?"

"안 나는데요."

"크로스키스에서였는데."

"한 번도 가본 적 없는 곳이군요. 이 근처인가요?"

"근처 맞지. 당신이 십 대였을 거야. 밤에 대화도 했는데, 우리 대화가 기억이 안 나요?"

"네. 무슨 말씀을 하시는 건지 전혀 모르겠네요."

32

차는 카페 앞에 두고 앨비언 스트리트까지 걸어간다. 몇 년
전, 마지막으로 왔을 때 후로 상가가 많이 바뀌기는 했지만
여긴 내게 익숙한 곳이다. 아까 그 술집 이름은 귀에 익질 않
는다. 한 번도 가본 적 없다는 말은 거짓말이 아니었다. 십 대
시절, 우리는 종종 우르르 리즈로 놀러 나가곤 했었고 그때
갔던 바와 클럽 이름도 기억하고 있지만 크로스키스는 그중
에 없다. 우산을 쓰기에는 비가 너무 부슬부슬 내려서 사람
들은 그저 옷깃을 세우며 나를 스쳐 지나간다. 나는 방향을
바꿔 레드라이언 광장에 들어선다.

　술집 정면은 평범하기 짝이 없지만 ― 담쟁이덩굴이 담긴
바구니 화분, 문가에 세워놓은 칠판 ― 그 술집을 보자마자
바는 들어가서 왼쪽에 있으며 사각형 돌을 깔아놓은 파티오

가 흡연 구역이란 게 단번에 떠오른다. 화장실은 계단을 내려가면 보통 문의 반 정도 높이에 빨간색인 칸막이 문짝 뒤에 있다.

손님 두어 명이 있는 술집 안에는 퀴퀴한 공기가 맴돌고 경마 방송이 틀어져 있다. 계단 맨 아래에서 여자 화장실 문을 밀어 연다. 지금도 내가 틀렸기를 바라는 심정이다. 화장실에서는 소독제와 쏟은 술 냄새가 난다. 빨간색에다 높이도 보통 문의 반인 칸막이 문이 보인다.

칸막이 중 하나에 들어가 걸쇠를 잡아당겨 문을 잠근다. 광택 나는 빨간색 페인트 위로 내 모습이 시커먼 얼룩처럼 비친다. 심장이 너무 두근거려서 내려다보자 셔츠가 들썩거리고 있다.

다시 계단 위를 올라오니 바텐더와 술을 마시고 있던 사람들이 고개를 돌려 나를 쳐다본다. 내가 숨을 헐떡이고 있다는 사실을 알아챈다. 뭔가 끔찍한 일이 벌어졌던 곳, 누군가 죽었거나 시신이 매장되었던 곳에라도 다녀온 기분이다. 저 아래서 무슨 일이 있었는지 실은 알지도 못하면서. 레드라이언 광장을 떠나 따져보니 그 술집은 민트 클럽에서 몇 블록 거리밖에 안 된다. 우린 클럽에 들어가기 전까지 술을 마시려고 그런 술집에 종종 가곤 했다. 우리가 페트병에 테킬라를 담아 가서 얼음이 담긴 컵에 부어도 아무도 눈치채지 못했다. 아마 언니랑 같이 갔던 것 같다. 리즈로 놀러 나가는 건 노력이 필요한 일이라 우리가 각자 한 적이 거의 없었으니까.

폴이 나와 언니를 혼동했을 수도 있다. 폭행사건 전, 언니가 필름이 끊겼던 어느 날 밤에 언니와 얘기를 해봤을지 모른다.

폴은 컴퓨터 수리점 직원으로 일한다고 했다. 수리점 매니저에게 전화를 걸어 나를 폴의 보호관찰관, 루스 폴리라고 소개한 다음 그가 진술한 행적을 확인해달라고 한다. 폴이 11월 19일에 출근했는지 묻자, 매니저가 잠깐만 기다려달라고 하더니 잠시 후 대답한다. "일했네요, 10시부터 6시까지."

매니저는 폴이 자리를 비울 수가 없었노라고 단언한다. 계산대에 있었기 때문에 대체할 사람이 필요했을 거란다.

메리온 스트리트에 있는 공원에서 모레티에게 전화를 건다. "스네이스에서 언니를 폭행했던 남자를 찾으면 어떻게 하실 건가요?"

"살해 용의자로 검토하겠죠."

"그 사람한테 알리바이가 있다면요? 폭행사건만이라도 조사하실 건가요?"

"아뇨."

"왜요? 폭행사건에 공소시효 같은 건 없잖아요."

"피해자가 증언을 못 하는데, 증인도 없었으니까요. 그자를 기소하더라도 검사가 절대로 재판에 부치지 않을 겁니다."

차를 몰고 집으로 오면서 높이가 일반 문의 반 정도 되는

빨간 문을 생각한다. 그 문은 해선 안 될 짓을 막기 위해 고안
된 문이었을 것이다. 그걸 대차게 비웃어준 기억이 난다. 그
화장실 중 하나에 남자와 들어갔던 것 같다.

33

말로로 돌아와 도서관으로 향한다. 도서관 층계참에는 예배당 그림이 하나 있는데, 널따란 잔디밭 위 하얀 오두막이 그려져 있다. 예배당 주랑현관에는 기둥과 차양을 씌운 구역, 마을 방향으로 놓인 벤치가 있었다. 예배당이 전소되면서 죽은 사람이 있었던 건지 모르겠다.

"어째서 예배당을 재건하지 않은 걸까?" 언니에게 물었다.

"다 떠났으니까. 미국으로 갔잖아."

계단을 올라 아동서 코너로 간다. 표지가 녹색인 이탈리아 동화집 한 권을 골라 숙소로 가져온다. 계단을 오르다 층계참에 놓인 의자에 발가락을 찧는다. 통증이 종아리를 타고 올라와 동화책을 떨어뜨린다. 그 의자를 들어 올려 벽을 난타한다. 층계참 반대편에 걸려 있는 묵직한 금색 거울이 덜컹거린다. 회반죽벽에서 먼지가 풀풀 인다. 얼굴은 땀범벅이 되고 입은 헤벌린 채 힘을 쓰며 끙끙댄다.

다시 한번 방에서 나서려는데 아까 그 이탈리아 동화집이 펼쳐진 채 방문 앞에 놓여 있는 것이 보인다. 층계참에서 무릎을 꿇고 손으로 회반죽 가루를 쓸어낸다. 헌터스의 외벽 재료는 돌이다. 따라서 회반죽벽에 움푹 팬 자국을 아무도 눈치채지 못할 수도 있다. 부서진 의자는 누군가 이미 치운 후였다.

그날 밤, 방에서 이탈리아 동화책을 읽으려는데 동화조차 이해가 안 된다. 오랫동안 무릎 위에 책을 올려놓고 지끈거리는 머리를 뒤로 기울인 채 앉아만 있다. 마침내 침대로 가려고 일어서는 찰나 무릎 위에 펼쳐진 동화책 속 그림이 눈에 들어온다.

숲으로 이어지는 잔디밭 위에 서로 가지가 엮인 서어나무가 두 줄로 서 있다. 모자 달린 로브를 입은 한 여자가 그 서어나무 사이로 곧장 숲을 향해 걷는다. 그레이하운드 한 마리가 여자 앞에서 종종걸음을 친다.

머리가 그림 쪽으로 푹 수그러진다. 오늘 같은 날을 보내고 나니 이 그림이 당황스럽다. 이런 게 존재할 수 있다는 게 믿기지 않는다. 그림도, 그 그림 속 사물도. 그레이하운드와 후드 달린 로브라니. 여자가 어디로 가고 있는 건지 알고 싶고, 여자가 있는 곳에 있고 싶기도 하다. 이 절박함이 나도 놀랍다. 이젠 나이가 들어서 그렇게 절박할 일은 없을 거라 생각했는데.

양손에 아직 흰색 회반죽 가루가 묻어 있다. 언니 장례식 전날 밤 터져버린 와인병에서 뿜어져 나온 시커먼 점들도, 여전히 벽에 남아 있다.

34

언니와 테이트 미술관에 간 건 작년이었다. 나는 테이트모던을 더 좋아한다. 테이트모던에 있는 바에서는 화이트와인이나 생수를 마실 수도 있고, 구름 낀 템스강, 그리고 세인트폴 성당과 템스강 다리 위의 사람들도 내려다볼 수 있기 때문이다. 언니에게는 굳이 이런 설명을 하지 않았다. 언니라면 생수만 고집했을 것이다. 나는 생수를 사는 일이 거의 없는데 그럴 때마다 매번 나한테 실망감이 든다.

'생수가 어울려.' 언니한테 말해주고 싶었다. 거기는 생수가 어울리는 데라고.

우린 중세 플랑드르파 그림을 구경했다. 그중 하나는 성지순례 3연작이었는데, 순례길이 곡선을 그리며 그림 속 들판 저 멀리까지 나 있었다. 그 그림을 보면 관찰자도 순례길에 오른 것 같다는 느낌을 받게 되어 있다고 설명에 나와 있었지만, 나는 그게 과장이라고 생각했다. 하지만 마음을 빼앗기기에 충분한 그림이었고, 알고 보니 나도 정말 여기가 아니라 거기, 그림 속에 있고 싶은 마음이 들긴 했다. 걸으면서 보니 온갖 게 다 있다. 여관 안뜰에 있는 히드라, 깡충깡충 뛰는 수사슴을 쫓는 개들, 연못 속 기둥 위에 있는 선술집.

언니가 다가왔고 나는 언니에게 몸을 기대며 말했다. "저기 참 좋을 것 같지 않아?"

"흠."

언니를 따라 다음 전시실로 갔더니 유디트와 홀로페르네스 유화가 있었다. 홀로페르네스는 침략군의 장군이었다. 유디트는 그를 유혹해 자기 막사로 유인했다. 그리고 와인을 먹인 후 목을 잘랐다.

"그다음엔 어떻게 됐어?" 내가 물었지만, 설명에도 안 나와 있었고 언니도 이미 다음 전시실로 간 후였다.

35

다음 날, 공원을 따라 차들은 이중으로 세워져 있고 중심가 상점은 모두 문을 닫았다. 덕앤드커버도 밀러스암스도 마찬가지다. 유일하게 문을 연 사무실은 마을 사무변호사 사무실인데, 그의 설명에 따르면 오늘이 캘럼 홀드의 장례식 날이다.

달리 할 일이 없어 공원 벤치로 간다. 여기선 교회 안에 모인 200명 인파의 흔적이 보이지 않는다. 교회의 나무 문이 닫혀 있기 때문이다. 가끔씩 굴뚝에서 굽이진 연기가 피어오른다. 참느릅나무 아래 납작한 비석들이 있는 교회 옆 정원은 조용하다. 기름처럼 시커멓게 번들거리는 스테인드글라스 때문인지 교회는 춥고 텅 비어 보인다.

머리 위로는 주목이 바람에 삐걱거린다. 이 마을은 언니를 위해서는 멈추지 않았다. 어쩌면 상점은 문을 닫았을지 모르겠다. 그랬어도 나는 못 알아차렸겠지만 말이다. 바람이 매서운 날이라 양손을 주머니에 끝까지 넣고 스카프를 입까지 끌어올린다.

크로스키스와 반 높이의 붉은 화장실 문을 생각한다. 거기서 무슨 일이 있었는지 아직도 기억나지 않는다. 그 생각을 할 때마다 뭔가 부끄러운 일을 기억할 때처럼 가슴이 철렁 내려앉는다.

성문을 내릴 때 나는 것 같은 소리와 함께 교회 문이 열린다. 제일 먼저 나온 사람들은 고인의 가족으로 보인다. 마을 사무변호사 말로는 저 가족들이 저 아래 스토크 출신이라고 한다. 관은 없다.

캘럼은 9월에 죽었다. 사무변호사 말로는 가족들이 캘럼과 가장 친한 친구가 아프가니스탄 여행에서 돌아올 때까지 장례식을 미뤘다고 한다. 그 친구가 누군지는 모르겠다. 어떤 면에선 신랑 들러리나 마찬가지다. 캘럼 또래 남자들이 많은데 다들 하나같이 참담한 모습이다.

점점 더 많은 사람들이 교회에서 나온다. 그 사람들이 공원의 내가 앉아 있는 곳 근처로 우르르 쏟아져 나온다. 빨간색 스카프 때문에 내가 너무 튀는 것 같아서 스카프를 풀어 주머니에 쑤셔 넣는다. 이런저런 목소리가 들린다. 모두 낮고 침울하다. 남자고 여자고 지금까지 목 놓아 울고 있는 이들이 있다. 열린 교회 문 근처에도, 잔디밭에도, 교회 옆 도로 한가운데에도 사람들이 삼삼오오 모여 있다. 루이즈는 보이지 않는다. 내가 루이즈라도 오지 않았을 것이다.

장례식 리셉션은 브라이트웰에서 열린다. 누군가 매너 로지를 대여해놓았다. 나도 아는 건물인데 길고 낮으며 망루가 세 개 있다. 결혼식이 열릴 땐 망루에서 흰색 삼각기를 날린다. 오늘도 깃발이 있을지, 무슨 색일지 궁금하다.

시간이 지난 후에 다시 밖에 나와보니 지금까지도 상점과 술집 문이 닫혀 있다. 주인들이 브라이트웰에 갔기 때문이리라. 아까 교회 밖, 잔디밭에 서 있던 젊은 남자들은 매너 로지 앞에 서서 담배를 피우고 있겠지.

36

키스는 몸이 불었다. 수도교에서 나한테 접근했던 사람과 다른 사람처럼 보일 지경이다.

우린 점점 가까워지고 있다. 오늘, 키스는 뒤에 내가 서 있던 계산대 줄에서 나갔다. 식료품이 가득 든 쇼핑 바구니를 내려놓고 도망치듯 가버렸다. 사람들이 눈치채기 시작했다. 키스가 나가고 나자 꽤 많은 사람들이 나를 빤히 쳐다보았는데 마치 방금 무슨 일이 일어났는지, 어떤 의미인지 묻는 듯한 얼굴이었다.

이른 저녁, 미팅하우스 레인에서 루이스와 우연히 마주쳤다. "산책 어떠세요? 저도 좀 쉴 겸." 루이스가 권한다.

고개를 끄덕인다. 물론 그에게는 이게 정말 휴식은 아닐 것이다. 나한테 말을 할 때마다 근무의 연장일 테니까. 대체 뭘 더 새로 알아낼 수 있을 거라고 생각하는 건지 궁금하다. 루이스는 다리가 나보다 더 길지만 정말 산책 때문에 나왔다는 듯 천천히 걷는다.

"고향이 어디예요?" 내가 묻는다.

"브릭스턴요."

"전 브릭스턴이 좋아요."

"브릭스턴이 인기가 참 많은 데죠•."

"닥쳐요." 그런데도 루이스는 웃고만 있다. 그러다 우리 자매가 어떻게 자랐는지 그가 알고 있다는 게 떠오른다. 어떻게 해야 할지 내가 마음을 정할 때까지 루이스한테 폴 윌러 얘길 해선 안 된다. 루이스 얼굴을 그만 볼 수 있으면 좋을 텐데.

"브릭스턴 어디가 좋은데요?"

"러프버러요."

"내 아파트에서 러프버러가 보인답니다."

"그게 러프버러인지 어떻게 알았죠?"

"내가 보고 있는 게 뭔지 알고 싶었거든요."

지금은 꽁꽁 얼어붙은 개울을 지나간다. 개울 위에 놓인 판자 다리 대신 개울 위로 걸어도 될 정도다.

• 브릭스턴은 런던 남부 지역으로 100여 개의 다문화 인종 이주민들이 유입되어 외부인들이 방문하기 꺼리는 지역이다.

"왜 경찰이 되었나요?"

"본업은 음악가였어요. 순경 땐 시간이 많거든요. 걸을 시간도 많고. 그 시간을 작곡하는 데 쓰려고요."

"브릭스턴에서 자라신 건가요?"

"아뇨, 아무 일도 일어난 적 없는 반스에서 자랐어요." 루이스가 말한다.

"성이 뭐예요?"

"윈스턴."

"찾아보면 당신 음악이 나올까요?"

"아뇨. 그럴 리 없을 거예요."

이 얘길 해준 대가로 내가 뭘 털어놓을 걸로 기대하는지 모르겠지만, 난 털어놓을 게 없다. 있으면 좋을 텐데. 우리 둘 다 알고 있다. 그는 나에게 그런 말을 해선 안 되는 거였고, 대신 사람들을 돕고 싶었다고 말했어야 한다는 걸.

"런던이 그리우세요?" 내가 묻는다.

"네. 당신은요?"

"모르겠어요." 중심가 쪽으로 걷기 시작한다. "전 여기 사는 언니가 부러웠어요. 런던이 끔찍이 싫을 때가 있거든요."

"런던을 싫어하는 사람들이야 쌔고 쌨죠." 루이스의 낮은 목소리가 높아졌다 다시 낮아진다.

마을은 쥐 죽은 듯 고요하다. 볼일을 보는 사람 몇이 다다. 조용히 상점을 나선 후 자기 차로 향하거나 보도를 걷는다. 우리 뒤로 교회 탑이 장밋빛으로 빛난다.

"당신은 어떤데요?" 내가 묻는다.

"난 아니에요." 우리는 제과점을 지난다. 제과점 안에는 빵과 케이크를 사려는 줄이 있다. "난 여기가 끔찍이 싫어요." 와인숍과 주택금융조합도 지나친다. "개성도 없고, 문화도 없고. 따분하기 짝이 없어요."

우리는 기차역까지 왔다가 다시 북쪽에 있는 공원으로 돌아간다.

"조용하잖아요."

"바로 그게 문제예요."

우리는 튀김전문점을 지난다. 튀김전문점 진열창 안을 들여다보다가 다시 길을 내려가며 나는 소스라치게 놀란다. "여긴 스네이스, 꼭 우리가 자란 마을 같아요."

"우린 늘 같은 실수를 반복하죠."

"전엔 깨닫지 못했어요. 스네이스 같지만 훨씬 남쪽에 있을 뿐이란 걸."

"그리고 이 마을엔 돈이 있고요." 루이스의 말에 내가 고개를 끄덕인다. 유일하게 다른 점이 있다면, 시간의 흐름이 이 마을엔 우호적이었지만 스네이스에선 그렇지 못했다는 것이다.

"언닌 왜 여기로 이사를 왔을까요?"

루이스는 대답하지 않는다. 어떻게 보면 그는 이미 답을 알고 있다고 볼 수 있다. "런던의 어떤 점이 그렇게 끔찍이 싫은데요?" 루이스가 묻는다.

"소음이요."

"소음이 런던의 핵심인데요."

이번엔 밀러스암스를 지난다. 이 정도 밝기에서 밀러스암스의 차양은 종이처럼 바래 보인다.

"킬번에선 아니거든요."

"헤드폰을 끼면 되잖아요. 진짜 답 없는 게 뭔지 알아요? 그건 바로 비예요." 비라는 단어가 오랜 여운을 남기며 위협적으로 들린다.

루이스가 경찰서로 돌아간 뒤 나는 다시 한번 마을을 걸어 지나간다. 스네이스가 그립다. 바이킹스와 제과점도. 노르만 양식의 교회도. 건물 위로, 마당의 포플러 위로 눈이 내리는 겨울의 교회가 특히 그립다.

진즉 알아차리지 못했다는 게 믿기지 않는다. 공원을 돌아 다니면서도 스네이스의 공원이 보인다. 두 마을이 마치 쌍둥이 같다.

2주 전 루이스와 밥을 먹었던 중국요리점을 지나간다. 스네이스에도 중국요리점이 있었다. 하지만 스네이스에서의 이름은 어이없게도 오리엔탈참수이였고, 여기 이름은 에메랄드게이트다.

내가 아는 사람 중 작은 마을로 이사를 간 사람은 언니 말고 없다. 언니는 병원 가까이 살고 싶다고 했지만 옥스퍼드가 병원과 더 가까웠을 것이다. 마치 언니는 애초에 우리 마을을 떠난 적이 없는 것만 같다. 플랫폼에 서자 스네이스의

플랫폼이 눈에 선하다. 스네이스의 리즈선※ 기차가 최신화
됐을지 모르겠다. 우리가 스네이스에 살 땐 좌석이 파란색
카펫이었고 창문도 열 수 있었는데.

37

자전거를 타고 캘럼의 사고지점을 표시해놓은 흰색 십자표를 지나 브리스틀 로드로 내려가 휴게소로 향한다. 앞에는 붉은색 에소 구체가 밋밋한 시골 풍경 위로 우뚝 솟아 있다.

루이즈는 아직도 그 카페에서 일한다. 지난번과 마찬가지로 감색 티셔츠와 검정색 캔버스 스커트를 입고 위에 앞치마를 두른 차림이다. "또 오셨네요. 손님 자전거인가요?" 루이즈가 묻는다.

"그런 셈이죠." 이 자전거를 아쉬워할 사람은 없을 듯하다. 숙소 뒤에 있는 창고에서 발견한 자전거인데 기어는 녹이 슬어 있고 바퀴 두 쪽 다 바람이 빠져 있었다.

"비에 젖지 않게 자전거를 뒤쪽에 놓으시겠어요?"

비는 그쳤지만 구름이 낮고 들쑥날쑥하게 깔려 있다. 루이즈가 나를 바깥으로 안내해 건물을 빙 돌아 자전거를 지붕이 있는 주차구역으로 끌고 간다. 여기선 사고지점의 흰색 십자표가 안 보이는데 모르긴 몰라도 그 편이 나을 것이다. 언니는 몇 주 전에 그 십자표를 나에게 보여주었다. 디드콧에 가는 길이었는데, 언니가 그 지점을 가리키며 "저기가 캘럼의 차가 핑그르르 돌다가 사고가 난 지점이야"라고 말했다. 커브나 장애물도 없는데 참 이상하다고 생각했던 기억이 난다. 직선 코스였다. 길에서 여우 같은 동물이라도 봤다고 착각한 게 틀림없다.

화물차의 화물칸에서 도로 냄새가 난다. 자전거 스탠드를 내린 다음 루이즈를 따라 건물을 빙 돌아간다. 차들이 쌩쌩거리며 브리스틀 로드를 내려간다. "고마워요." 내가 인사한다.

"별일 아닌데요 뭐."

'그 남자, 자기 여자친구를 때렸어.' 언니가 말했었다.

루이즈가 문을 활짝 연 다음 나를 위해 잡아준다. 문을 통과하면서 루이즈 바로 옆을 지나가는 바람에 루이즈가 뿌린 향수 냄새까지 맡을 수 있다. 베티베르가 조금 들어간 향이다.

"그 여자가 남자친구 때문에 다친 건지 어떻게 아는데?"

"그 여자가 말해줬으니까." 언니가 말했다.

루이즈가 아침 식사 메뉴를 들고 테이블까지 나를 따라온다.

"이 근처에 사세요?"

"키들링턴이요." 루이즈가 말한다. 무슨 말인가 더 하기를 기다려본다. 루이즈가 조만간 이사를 가지 않을까 싶다. 식당을 가로지르는 루이즈를 보면서 그녀가 캠던의 어떤 방에서 친구와 있는 모습을 그려본다. 왜인지 모르겠지만 내가 그린 이미지는 약 40년 전으로 시간을 되돌린 것 같은 모습이다. 가스풍로와 전축이 있고, 두 사람은 모퉁이에 있는 작은 이탈리아 식당에 가서 1리터짜리 레드와인과 부카티니를 먹는다.

'당신, 캠던으로 이사 가야 해요.' 루이즈에게 말하고 싶다. '1973년도의 캠던으로 이사 가야 한다고요.'

우리가 대화를 나누는 사이라면 좋겠다. 루이즈한테 캘럼과 그 사고에 대해서 묻고 싶다. 언니를 개입시키지 않고는 도무지 방법이 없어 보인다. 언니가 있다면 기꺼이 언니를 개입시킬 텐데. 두 사람의 만남이 어땠는지 알 수 있으면 좋겠다. 하지만 그건 곧 언니의 비밀유지의무 위반 사실이 폭로된다는 의미가 될 것이다. 언니는 루이즈의 상처나, 어쩌다 그 상처가 생겼는지를 나한테 말해선 안 되는 거였다.

잼이 가득 든 일종의 팬케이크인 에이블스키버를 다 먹고 계산한다.

"비가 그칠 때까지 기다리시겠어요?" 루이즈가 묻는다. 폭우가 교외 시골에 떨어져 내린다. 우리 둘 다 바람 때문에 빗줄기가 불투명한 곡선을 그리며 길 건너편으로 밀려가는 걸 지켜본다.

"별로 안 멀어요. 말로에 있는 헌터스에 투숙 중이거든요."

"그래도요." 루이즈는 만류하면서도 말로엔 왜 있는 거냐고 묻지 않는다. 루이즈는 내가 언니의 동생이란 걸 모르는 것 같다.

루이즈에게 말해주고 싶다. 집 문을 열고 무슨 일이 일어났는지 이해하기까지의 짧은 순간에 대해. 내가 느낀 감정이 설렘이었던 순간에 대해. 약에 취한 듯 행복했던 놀라운 느낌이었다. 어쩌면 차가 처음 덜컹거렸던 순간, 루이즈도 그런 감정을 느껴보았을지 알고 싶다. 평생을 그 짧은 찰나에, 어찌된 일인지 규칙들이 다 뒤바뀌어버렸다는 걸 알았던 그 순간에 머물 수 있으면 좋겠다. 지금만 아니면 좋을 텐데.

페달을 밟아 브리스틀 로드를 내려간다. 앞으로 다시는 루이즈를 볼 일이 없을 것 같다. 루이즈에게 왜 진작 그만두지 않았느냐고 묻고 싶다. 하루에 두 번씩이나 차를 타고 사고 지점을 지나다니기 힘들 텐데. 어쩌면 뭔가를 잊지 않으려고 일부러 그러는 걸지 모르겠다.

말로 사람들은 자기들 문에 화환을 걸기 시작했다. 월계수 잎과 호랑가시나무를 엮은 네모난 화환도 있고 동그란 화환도 있다.

정비소에는 팔려고 내놓은 트리가 있다. 작년엔 언니가 주현절 전야에 트리를 치웠다. "홀리 맨*을 화나게 할 수야 없지." 언니가 말했다.

누군가 흰장미 꽃다발을 내 방문 앞에 세워놓았다. 무릎을 꿇어 꽃다발을 안아 방으로 가지고 간다. 보드라운 크림색 꽃잎이 방 안을 향기로 가득 채운다. 흰장미는 받아본 적도, 내가 직접 사본 적도 없는 꽃이다. 어두침침한 방 안에서 흰장미는 드물고 귀한 존재처럼 보인다. 꽃을 꽂으려고 유리잔에 물을 채운다. 누군가 조의를 표했다. 아마도 마사네 가족이겠지. 카드는 옥스퍼드에 있는 화원에서 보낸 것이다.

카드에 쓰여 있다. '또 봐서 반가웠어요. -폴.'

나는 정육용 칼을 쥔 채 까치발을 하고 침대에 앉는다. 공포심에 온몸이 굳는다. 관리인은 내 방 아래층에서 잔다. 여기서 나는 소리가 그녀에게 들릴지 모르겠다. 건물이 흔들리면서 나는 파이프 소리일 뿐이야. 아무것도 아니야. 거기엔 아무도 없어. 언니가 금요일에 했을 혼잣말을 상상해본다.

38

모레티가 다음 날 아침 전화를 걸어 경찰관들이 언니의 집으로 다시 가서 건물 수색을 할 예정이라고 한다. 정확한 이유는 말하지 않으려 하지만, 아마도 범행 도구 때문이 아닌가 싶다. 아직 범행에 쓰인 칼을 찾지 못했기 때문이다.

"그날 스티븐이 도싯에 있었던 거 확실한가요?"

"왜요? 언니분이 스티븐 때문에 무섭다는 얘기를 한 적이 있었나요?"

"아뇨."

"스티븐이 언니분한테 난폭하게 굴었던 적은요?"

"없어요."

"스티븐은 살인사건 당일 7시까지 근무했습니다. 전화를 건 곳도 식당이었고, 보안 영상에도 찍혔어요."

"언니 장례식 후에, 스티븐이 언니가 아직 살아 있으면 결혼했을 거라고 그랬어요."

"그걸 스티븐이 자백했다고 보시는 건가요?"

"아뇨. 그냥 너무 이상한 말 같아서요."

모레티에게 장미꽃 얘기를 하지 않으려 안간힘을 쏟는다. 카드는 필기체로 쓰여 있었는데 마치 누군가 불러주는 말을 받아쓴 듯했다. 꽃집에 확인해본 결과 주문을 한 사람은 폴이었고 배달은 배달원이 했다고 한다. 그렇다고는 해도 폴이 내 소재를 알고 있다는 뜻이다. 말로에서 나를 찾으려면 언니 이름을 알아야 한다. 내 이름은 언니 관련 신문 기사 그 어디에도 나오지 않기 때문이다. 헌터스는 마을에 있는 유일한 숙소니까 폴은 내가 헌터스에 있을 것으로 추측한 것 같다. 물론 다른 방법으로 알아냈을 수도 있다. 나를 미행했다든지.

모레티한테 조언을 구할 수는 없다. 대신 이렇게 묻는다. "형사님은 형제나 자매가 있으신가요?"

"형제가 하나 있습니다."

"가까운 사이인가요?"

"아뇨." 모르긴 몰라도 모레티가 1년에 딱 한 번 글래스고까지 가는 이유는 의무감 때문이고, 거기서 보내는 1분 1초도 끔찍이 싫어하리라. 가족 행사에서 빠지려고 자기 일을 써먹을 게 분명하다. 글래스고의 달마녹이나 로이스턴에 있는 고향 집에서 전화를 받고는 "죄송해요, 그만 가봐야 할 것 같아요"라고 말하는 모레티의 모습이 눈에 선하다. 그의 가족은 캐물을 정도로 어리석지 않을 것이다. 중요한 일일 수 있으니까.

"패딩턴역에 있는 위슬스톱에 간 적이 있으신가요?" 모레티가 묻는다.

"네."

"거기서 물건을 구입하셨나요?"

"언니네 집에 가는 길에 가끔 와인을 사곤 했어요. 왜요?"

"그냥 미진한 부분 확인차 여쭤본 겁니다."

39

언니는 이 마을이 어딘가 이상하다고 했다. 그 말이 무슨 의미였는지 나는 지금도 모른다. 마을 중심가를 거의 벗어나보지 않아서 오늘은 골목길과 중심가에서 멀리 떨어진 북쪽 테니스장 쪽으로 걸어본다. 그 테니스장은 숲밭 속에 있는 이상하게 생긴 빈 상자 같다. 정문에는 통자물쇠가 채워져 있고 테니스코트에는 금이 여러 개 가로질러 나 있다. 울타리에 매달아놓은 클럽보드에는 지난 시즌에 테니스를 친 사람들 이름이 아직 남아 있다. 더 가까이 다가가본다. 종이는 뻣뻣하고 쭈글쭈글해졌고, 검은색 잉크는 이제 적갈색으로 변했다. 손가락으로 언니 필체가 보일 때까지 페이지를 쭉 훑고는 휘청거리며 울타리에서 멀어진다.

우리가 테니스를 친 건 8월이었다. 언니가 우리 이름을 적은 다음 우리는 함께 코트가 빌 때까지 기다렸다. 우리는 다른 사람들의 경기를, 네트 위로 호를 그리며 오가는 테니스 공을 지켜보았다. 코트는 바닥에 분필로 선이 그어져 있고 스크럽소나무에 둘러싸여 있다. 그래서인지 우리가 해변에 나와 있는 것 같은 기분이었다. 코트 위로 청록색 하늘이 있었고 소나무 끝은 사이프러스처럼 꼬부라져 있었다.

그곳에서 서둘러 나온다. 다시 뒤돌아보니 길이 구부러져 있어 테니스코트는 보이지 않는다. 최근에 여기까지 차를 몰고 온 사람은 없었다. 잡초가 길을 뚫고 나 있는 데다 길 한가운데에는 엉겅퀴, 동자꽃, 빌어먹을 이질풀이 자라 울타리를 이루고 있다.

기억하기로 언니는 라켓을 빌렸었다. 내가 헌터스 옆에서 기다리고 있는 동안 언니가 라켓을 빌리러 다녀왔다. 뜨거운 날이라 흰색 캔버스 파라솔들이 헌터스 옆에 펼쳐져 있었다.

"그거 어디서 난 거야?" 내가 물었다.

"키스한테." 언니가 말했다. 그땐 그게 누군지 물어보지 않았다. 욕지기가 난다. 그걸 이제야 기억해냈다는 게 믿기지 않는다.

중심가를 내려갔던 언니가 돌아올 땐 라켓 두 개를 들고 있었다. 나는 헌터스 바깥에 있는 나무 테이블에 앉아서 언니를 기다렸다.

키스는 언니를 잘 몰랐다고 말했다. 공원에 도달할 때쯤 비가 내린다. 철물점 안에 쌍둥이 중 한 명이 보인다. 브레이

레인으로 내려가 지붕널이 있는 집 앞에서 멈춰 선다. 언니가 저 집 안에 들어가본 적이 있는지 모르겠다.

키스의 밴은 진입로에 세워져 있지만 집 안은 어둡다. 아이들 방 가운데 하나인 위층 방 창문에 소방관 스티커가 붙어 있다. 기다리고는 있지만 키스의 아이들이나 부인 앞에서 키스와 이야기를 하고 싶지는 않다.

언니가 라켓 돌려주는 일 관련해서는 뭐라고 했었는지 기억이 안 난다. 라켓을 당일에 돌려줬는지도. 그랬다면 언니가 나중에 키스를 보러 갈 예정이었다는 의미가 된다. 정말 전혀 모르겠다. 그날 오후에 우리가 뭘 먹었는지는 기억난다. 부드럽게 녹은 치즈와 빵, 스윙탑 병에 담긴 민들레와 우엉 맛 탄산음료를 마셨다.

언니는 나의 이런 면을 굉장히 싫어했다.

덕앤드커버는 아스날 대 첼시 경기 때문에 만원이다. 인파속을 뚫고 나아가 키스를 찾아낸다. "밖에서 얘기 좀 할 수 있을까요? 1분도 안 걸릴 거예요."

키스의 눈이 흐릿하다. 나한테 꺼지라고 말하고 싶지만 주변 사람들이 듣고 있어 하는 수 없이 나를 따라 밖으로 나온다. 페인트칠한 목조건물들이 바람에 삐걱삐걱 소리를 내고 덕앤드커버의 돌출간판이 앞뒤로 흔들거린다.

"언니가 당신한테 라켓을 빌렸죠." 내가 말한다.

"그랬나요?" 키스는 전에 만났을 때 입고 있던 바로 그 롱코트와 챙이 말린 오렌지색 모자 차림이다.

"지난여름에요."

"레이첼이 그 라켓을 결국 썼는지 안 썼는지는 몰랐어요. 가져가라고 뒷문 옆에 놔두기만 했지."

"왜요?"

"테니스를 치고 싶다고 하길래 내가 언제든 라켓을 빌려주겠다고 했거든요."

"어디서요? 두 사람이 어디 있을 때 언니가 그 말을 한 거죠?"

"언니네 집이요. 외부 배관 견적을 내달라고 해서요."

"뭐 때문에요?"

"옥외샤워장 때문에요. 동생한테 생일선물로 해주고 싶다고 했어요."

웃음이 나온다. 캄캄한 거리가 움직이는 듯싶더니 무너져 내리는 것 같다.

"레이첼에겐 라켓이 필요했고, 난 우리 집엔 그런 게 늘 여기저기 널려 있다고 말했을 뿐이에요."

라켓은 새 거였다. 새 물건 냄새와 최근에 라벨을 긁어낸 듯 접착제 흔적이 직사각형 모양으로 남아 있던 게 기억난다.

40

어젯밤에는 술을 마셨다. 옥스퍼드에 있는 마이터라는 바에 혼자 있는 남자를 골랐다. 바보 같은 짓을 저지르지 않도록 주의를 다른 데로 돌리기 위한 예방조치라고 스스로 둘러댔다. 바에서 함께 진토닉을 마시면서 얘기를 나눴는데, 그동안 나는 상대를 유혹하는 법, 딱 알맞은 만큼 상냥하게 굴고 딱 알맞은 만큼 쌀쌀맞게 구는 법을 기억해냈다. 바 위에 있는 은색 그릇에는 뿔 장식이 그려진 노란 라벨이 붙은 까바 cava병들이 얼음과 함께 담겨 있었다. 그 남자는 잘생겼고, 그 우연한 만남은 초현실적이고 기분을 들뜨게 했다. 마치 폭설이 내려 우리 빼고 모두들 일을 하러 간 것만 같았다. 그는 결혼식 때문에 런던에서 이 마을에 왔는데, 친구들 중 자기가 제일 먼저 도착했다고 했다. 친구들끼리 주말 동안 있으려고 서머빌칼리지 근처에 집을 하나 빌려놓았다고. 우리는 계단에서, 그리고 침실에서 섹스를 했다. 술도 마실 만큼 마시고 섹스도 오래 간 덕분에 내가 어디 있는지 완전히 잊는 게 가능했다.

아침에 남자가 말했다. "내일 밤 결혼식에 같이 갈래요?"

내가 웃기만 하니까 남자가 말했다. "빈말 아닌데."

"일이 있어서요." 내가 말했다.

41

공원에 들어선 홀리데이 마켓에서 말로 주민들이 눈 때문에
질척해진 길을 걷는다. 주목 위 하늘은 잿빛이다. 빠짐없이
문을 연 노점들의 상하 분리 문짝이 활짝 열려 있다. 줄지어
들어선 노점상을 따라 이동한다. 대개 비누와 양초다. 마을
회관에 걸린 배너가 홀리데이 기금 행사임을 알리고 있다.

"무슨 기금을 모으는 거죠?" 배 술을 잔으로 팔고 있는 어
떤 여자에게 묻는다.

"다리요."

"다리에 무슨 문제가 있는데요?"

"무너지고 있대요."

이 정도 비누와 양초면 평생 써도 다 못 쓸 게 뻔한데도 이
렇게 사람들은 나와서 비누와 양초를 판다. 그래도 먹을 걸

파는 노점도 있다. 첫 번째 노점에서는 파이를, 두 번째 노점에서는 사이런세스터에 있는 농장에서 만든 잼과 클레어리 와인을 판다.

그다음 노점은 프랑스의 수녀들이 만든 테이퍼 양초를 팔고 있어서, 뜨거운 밀랍이 담긴 큰 솥에 심지를 담그는 수녀의 모습을 그려본다. 수도회에서는 무엇을 만들지 또는 무엇을 훈련시킬지 어떤 식으로 정하는 걸까? 생테밀리옹, 샤르트뢰즈, 생베르나르. 발레의 수도원에서는 개들을 둘씩 짝지어 인명구조 훈련을 시킨다. 생베르나르^{Saint Bernard}를 떠올리는 동안 페노* 생각을 안 하려고 안간힘을 쓰고 있는데 어떤 여자가 내 팔을 가볍게 두드린다.

"레이첼은 진정한 미인이었어요." 여자가 말하더니 내가 그 말을 어떻게 받아들일지 살핀다. 나는 한숨을 쉰다. 나는 언니를 질투했었지만 모두들 짐작하는 그 이유 때문이 아니었다. 여자는 여전히 방금 그 표정으로 나를 지켜보고 있다. 비교도 안 되게 매력적인 여자를 자매로 둔 사람이라면 너무나 익숙한, 야비함이 살짝 섞인 호기심 어린 얼굴이다. 무슨 말을 해야 할지 떠오르지 않는다. 주목 가지가 바람에 흔들리더니 나부낀다.

"레이첼이 살아 있는 편이 차라리 나을 텐데."

내가 게임에서 속임수라도 썼다는 듯, 여자가 못마땅한 얼

---

* 생베르나르의 영어식 발음이 인명구조견으로 유명한 세인트버나드이다.

굴로 나를 쳐다본다. 여자와 테이퍼 양초로부터 물러난다.

신부가 교회 문을 열어놓고 고정시켜놓았는데, 혹시라도 사람들이 꽉 찰 경우에 대비하려는 것 같다. 교회 안이 굉장히 썰렁한 모양이다.

종이컵에 담아 파는 글뢰그*를 산다. 이래서 사람들이 작은 마을로 이사 오는구나. 뒷담화를 나누고 다리 기금을 모으려고.

공원 맞은편에서 키스 덴턴이 어린 소년과 대화를 나누고 있다. 둘이 대화하는 모습으로 보건대, 소년은 그의 아들이고 그는 다정하고 유쾌하고 좋은 아버지인 듯하다. 소년이 쪼르르 달려가 노점 뒤에서 놀고 있는 아이들 무리에 끼자, 키스가 어떤 여자에게 팔을 두른다. 공원 맞은편을 보던 키스가 내 쪽을 보더니 나를 못 본 체하고는 몸을 돌린다. 그 바람에 그의 품 안에 있던 여자가 한 바퀴 돌면서 그에게서 멀어진다.

속이 허전하다. 계속 쳐다보지만 키스는 두 번 다시 돌아보지 않는다. 잠시 후, 그의 부인이 그의 볼에 입을 맞추더니 그의 팔에서 슬쩍 빠져나와 다른 여자 둘이 있는 자리에 합류한다. 저 여자는 나에 대해 모르고 있다. 키스가 자기 부인에게 털어놓지 않은 것이다. 키스는 좀 더 남아 철물점 주인과 몇 마디 주고받더니 자기 부인한테 다가가 무슨 말인가를

---

* 주로 겨울과 크리스마스 시즌에 마시는 따뜻하게 데운 와인.

하고는 자리를 뜬다. 길모퉁이가 나올 때까지 그가 중심가를 걸어 내려가는 모습을 지켜본다.

나는 그와 반대 방향, 레드게이트로 향한다. 키스는 그날 언니네 집에 있었다. 알리바이도 없다. 언니네 집 정리를 도와주겠다고 했다. 우리 쓰라고 테니스 라켓도 샀다. 언니는 유부남과의 바람은 자기 사전엔 없다고 했었다. 그 말인즉슨, 설사 그런 일이 있었다고 해도 언니는 나에게는 말하지 않았을 거란 얘기다. 언니는 헬렌에게도 말하지 않았을 것이다. 데이지를 임신했을 때 헬렌의 남편이 다른 여자랑 잔 적이 있었기 때문이다. 그래도 헬렌에게 전화를 걸어본다.

"우리 언니 최근에 누구 만나는 사람 있었어요?"

"이따금 스티븐을 만났지."

"누구 다른 사람은요?"

"나도 모르겠어." 헬렌이 말한다. 내가 사과나무가 있는 마당을 지날 때다. 추위에 빨갛게 상처 입은 사과 여남은 개가 헐벗은 가지에 아직 매달려 있다.

"언니가 혹시 마을 사람 얘기한 적 없어요?" 내가 묻는다.

"없어."

"유부남 얘기는요?"

"한 적 없었어."

실망감에 기분이 씁쓸해져 레드게이트 끝에서 멈춰 서는데 헬렌이 말한다. "너 마침 전화 잘했다." 맞은편 정비소를 보다가 이제 기다리던 순간이 오는 건지, 헬렌이 사건의 진상을 깨달았다는 건지 궁금해진다. 그때 헬렌이 말한다. "네가 우리 데이지한테 레이첼 집에 가보라고 했니?"

속이 뜨끔하다. 밀러스암스에서, 장례식 후에 데이지에게 그 집에서 뭐라도 고르라고 말했던 게 기억난다.

"너 그 집이 어떤 상태인지 아는 거니? 아직 아무도 청소를 안 했잖아. 애가 일주일 동안 잠을 못 잤어. 성범죄나 검색하고."

"데이지는 왜 그게 성범죄일 거라 생각할까요?" 내가 묻자 헬렌이 빽 소리를 지른다. 전화기를 귀에서 떨어뜨린 채, 정비소 옆에 길게 늘어선 포플러를 쳐다본다.

"우리 애한테 한 번만 더 말 걸었다가는 네가 우리 애를 추행했다고 경찰에 신고할 줄 알아."

웃음만 나온다. 헬렌이 전화를 끊은 후, 나는 벌벌 떨며 전화기만 빤히 바라본다.

"키스 덴턴은 왜 취조했어요?"

"그 배관공이요?" 모레티가 되묻는다. "왜요?"

나는 기다린다.

"그 사람이 레이첼이 살아 있는 걸 마지막으로 본 사람이었으니까요." 모레티가 말한다.

"그 두 사람 사귀었대요?"

"내가 알기론 아닌데요. 나한테 뭐 말할 게 있나요, 노라?"

"아뇨."

경찰은 3주 전 키스를 신문했고, 모레티가 나한테 말해준
바로 경찰에서는 법의학적 증거물이 없는지 키스의 밴과 집
도 수색했다. 그 집 창문에 붙어 있던 소방관 스티커가 떠오
르면서 경찰이 그 집을 수색하는 동안 그 사람 부인이 애들
을 어디로 데려갔을지 궁금해진다.

"그 사람 부인 이름이 뭐예요?"

통화가 끊긴 듯 조용하다. 모레티로서는 나한테 알려주기
가 꺼려지겠지만, 그렇다고 알려주지 못할 이유도 없다. 작
은 마을이니 알아내려면 얼마든지 알아낼 수 있을 것이기 때
문이다.

"알려주세요. 언니가 그 여자 이름을 언급했을지도 모른
단 말이에요."

"나타샤예요." 모레티가 말한다.

내가 인공수로에 서 있으려니 키스가 중심가에서 벗어난
다. 홀리데이 마켓에서 나는 소리는 들리지만 어쨌거나 우리
둘밖에 없는 상황이다. 최근 가지고 다니기 시작한 일자 면
도날을 손가락으로 만지작거린다. 전에 점원이 와인병에서
스티커를 긁어내는 데 쓸 때밖에 본 적 없는 그런 종류의 날
이다.

"당신이 우리 집 지나갈 때, 어딘가 실내로 나를 따라 들어
올 때, 빼놓지 않고 다 기록하고 있어." 키스가 말한다.

"그것 참 이상하네요. 작은 마을인데 서로 우연히 마주치

는 거야 당연하지 않나요."

키스는 전보다도 더 몸이 불었다. 남은 평생 교도소 밥만 먹어야 할지도 모른다면 나라도 지금 많이 먹어둘 것이다.

"당신, 잡히게 될 거야." 키스가 말한다.

"뭘로요?"

"스토킹."

"그럴 일 없을걸요." 그에게서 등을 돌려 인공수로 쪽을 보며 양손을 주머니에 넣고 곰곰이 생각한다. 부츠 곁에 묻은 눈을 신발 앞코로 털어낸 다음 다시 키스 쪽을 돌아본다. "당신 부인은 당신이 한 짓을 아는 것 같아요?"

키스가 내 따귀를 때린다. 손힘이 워낙 세서 골이 흔들릴 정도다. 머리가 지끈거리기 시작하지만 자국은 별로 안 남을 것이다. 본 사람이 없는지 확인한 키스가 다시 중심가 쪽으로 성큼성큼 걸어간다.

얼마 후, 알아보니 나타샤 덴턴은 바스와 옥스퍼드에 지점이 있는 스파에서 일을 하고 있다. 노스옥스퍼드 지점에 전화를 거니 접수 담당 직원이 나타샤는 일요일에만 나오는데, 내일은 오전 9시부터 예약이 꽉 찼다고 말한다.

42

"뭐 좀 여쭤볼 게 있어요."

그다음에는 뭐라고 해야 할지 모르겠다. 전에는 누군가의 부인을 문가에서 붙잡은 적이 없기 때문이다. 고마워, 다 언니 덕분이야.

지난 한 시간 동안 스파 밖 주차장에서 계속 그녀를 기다렸다. 어리둥절한 얼굴로 나를 바라보면서 내가 고객인지 마약 중독자인지 알아내려 애를 쓰는 모습이다. "같이 어디 좀 가실까요?"

나타샤의 얼굴이 변하기 시작한다. 서서히 처지더니 두려움에 점점 여려진다. "아뇨, 일해야 해서요."

"남편분 일이에요."

굳이 말할 필요도 없어 보인다. 이미 알고 있는 것이다. 나타샤가 코웃음을 치더니 뒤로 물러난다. 나를 보는 표정에서 나타샤가 무슨 생각을 하는지 알 것 같다. 취향도 가지가지군.

"저희 언니랑 바람을 피웠던 것 같아요."

"누군데요?"

"레이첼 로런스요."

안도감이 나타샤의 얼굴을 훑고 지나간다. 나타샤가 시선을 떨군다. "아니, 당신이 잘못 알고 있는 거예요. 그이는 이미 경찰한테 다 말했다고요."

"지금 내가 묻고 있는 건 당신이잖아요. 눈치가 이상했다든지, 이상하게 굴었다든지, 자꾸 어딜 가거나 누굴 만났다든지 그런 거요."

"그런 거 없었어요."

"그럼 날 봤을 때, 방금 전에 왜 날 내연녀 보듯 본 거죠?"

"그런 적 없어요." 나타샤가 웃으며 말한다. "난 당신이 나한테 강도질을 하려는 줄 알았을 뿐이에요."

이 말을 믿는 건 아니지만, 내가 마지막으로 샤워를 한 게 언제인지, 거무죽죽한 다크서클에 뭐라도 발랐던 게 언제인지 나조차 기억나지 않는다.

"우리 언니는 스무 번째 생일날 자살했어요. 도와줄 수 있는 일이 있으면 도울게요, 진짜로." 나타샤가 말한다.

"남편분한테 중간 이름이 있나요?"

"있어요." 나타샤가 헛기침을 하며 목을 가다듬는다. 초조한 모습이다. "토머스예요."

마사가 로열코트극장에 있는 드레스 룸에서 전화를 받는다.

"사람이 바람을 피우면 어떻게 되지?" 내가 묻는다.

"예뻐지겠지. 이런저런 데 돈을 쓰고. 그 전엔 잘 안 가던 곳에서 시간을 보내고."

어느 때고 런던에서 막을 올리는 연극 중 절반은 불륜을 중심으로 돌아간다며 마사가 전에 나에게 불평한 적이 있었다. 마사 자신도 10여 편의 작품에서 간통 상대나 정부 역을 맡았다. 지난번에는 〈배신〉이라는 작품을 했는데, 작품 속 연인들은 킬번에 아파트를 하나 산다. 언니가 그런 짓을 한다는 건 상상이 가지 않는다. 불륜을 하려고 아파트를 산다거나 가스레인지를 들여놓는 건 구식이기도 하지만 재정적으로 불가능해 보이기도 하기 때문이다. 보통 사람들은 그럴 수가 없다. 아파트를 통째로 살 만한 자금을 융통할 수가 없단 얘기다.

"뭐 또 다른 건 없을까?"

"전화기로 뭔가 할 수 있겠지. 전화기를 하나 더 구한다든가, 통화 시간이 전보다 길어진다든가." 마사가 말한다. "잘 지내?"

"응. 이제 일과도 생겼어." 생긴 게 이곳에서의 일과라기보다는 이곳에 있을 이유여서 딱히 맞는 말이라고 할 수는 없지만 어쨌든 그렇게 말한다.

"집으로 와. 너한테 주려고 우리 집 열쇠 한 벌 복사해놨어."

"못 가."

"언니가 지켜보고 있는 것도 아니잖아, 노라. 언니한테 보상해줄 수 있는 것도 아니고."

"선물은 어때? 바람피우는 사람들이 하는 게 그런 거 아닐까?"

언니는 죽기 전 일요일에 마틴이란 친구를 만날 거라고 했다.

키스의 중간 이름이 마틴은 아니지만 마틴이 키스를 지칭하는 이름일 가능성은 여전히 존재한다. 모레티는 언니 휴대폰에 알 수 없는 번호도 없었고 일요일에 누굴 만날 약속을 잡은 흔적도 없다고 했다. 그게 키스였다면 두 사람은 마을에서 우연히 마주친 다음 일요일 저녁에 만날 약속을 잡았을 수도 있다. 그러면 굳이 전화를 하거나 메시지를 보낼 필요가 없었을 것이다.

그 후 이틀에 걸쳐 비가 내린다. 은행 건물 위 괴물 석상들이 젖은 대기를 향해 비명을 지른다. 폴 윌러는 다시 연락해오지 않았다. 경찰이 15년 전 폭행사건으로 그를 조사할 일은 없을 것이다. 폴 윌러가 다른 누군가에게 그런 짓을 못하게 막을 방법을 생각해내야 한다. 어떻게든 그의 손발이 묶이게 해야 한다. 나에겐 시간이 있다. 그의 형이 그에게 리즈에 아파트를 사주었고, 그에겐 직업이 있으며, 가석방 요건이 있다. 놈이 거길 떠날 것 같지는 않다.

종종 브레이 레인으로 걸어 내려가지만 키스의 집에 뭔가 이상이 있어 보이지는 않는다. 나타샤가 나한테 전화해주기를 기다리고 있다. 그 여자도 궁금할 것이다. 내가 의심하는 이유가 뭔지 알고 싶을 테니까.

43

루이스가 처웰에서 보자고 한다. 사건에 진전이라도 생겼냐는 질문은 하지 않는다. 만약 그런 거라면 굳이 오늘 오후까지 기다렸다가 알릴 리 없기 때문이다. 그렇다고는 해도 옥스퍼드를 지나 처웰강까지 걷는 동안, 금방이라도 무슨 일이 일어날 것처럼 맥박이 빨리 뛰고 걸음이 빨라진다.

"문을 닫았네요." 술집 밖에 있는 루이스가 나를 보자 말한다. 별다른 상의 없이 우리는 보트 창고를 빙 돌아 예선로로 향한다. 그런 다음 맥덜린 쪽, 강가를 따라 들어선 술집 가운데 한 곳으로 걸어간다.

"오늘은 정장 차림이 아니네요."

"네." 오늘 루이스는 통 좁은 바지에 흰색 방한 티셔츠를 입고 모자 달린 캔버스 재킷을 걸친 모습이다. 길이 좁아 그가 내 앞에서 걷고 있다. 양어깨 사이로 늘어뜨린 모자를 보자 마음이 편해진다. 뭔가가 연상되는데, 그게 뭔지 모르겠다.

줄지어 놓여 있는 짧은 곡선교 아래로 강물이 흘러간다. 다리 아래에서는 우리가 내는 발자국 소리가 자박자박 우리 곁을 맴돈다. 맨 먼저 나온 술집에 들어가지만 그 술집은 럭비 토너먼트를 끝낸 학생들로 이미 만원이다. 선반 위에 민들레와 우엉 맛 탄산음료 병이 일렬로 놓여 있다. 테니스장과 마을 위로 쏟아져 내리던 햇살이 기억난다. 그날, 언니가 날 숙소 옆 야외 테이블에 두고 키스의 집에 들어가면서 무슨 생각을 했는지 알고 싶다.

"이쯤에서 그만 갈까요?" 루이스가 묻는다.

"아뇨, 계속 걸어요." 안개가 맞은편 강기슭의 나무들을 감싸고 있다. 맥덜린 다리에서 떨어지는 물이 수면에 동그라미를 그린다. 동그란 물결무늬 하나가 점점 커지는 걸 보다가 루이스의 어깨에 부딪친다.

우리는 다른 손님이 한 명도 없고 의자가 백만 개는 될 법한 카페에서 커피를 마신다. 카페를 반쯤 가로지르던 루이스가 양손을 자기 허리에 얹은 채 말한다. "여차하면 의자에 갇히겠어요." 마침내 내가 고른 창가 테이블에 도달했을 때, 우리는 뒤돌아 모든 의자들을 보다가 너무나 웃겨 한다. 이제 보니 루이스는 웃음을 전혀 못 참는 사람이다.

"당신 음악 들어봤어요. 정말 좋던데요." 내가 말한다.

밴드 이름이 '이지 타이거'였다. 사실 루이스 혼자 여러 가지 악기를 연주한 것에 불과했기 때문에 밴드라고 보기는 어려웠다. 그 노래들을 듣고 비치 하우스와 블러드 오렌지가 떠올랐다. 루이스가 안됐다는 생각이 든다. 그가 그 노래들을 녹음한 게 10년 전인데 그런 밴드들을 앞지르지는 못하더라도 어깨를 나란히 했을 수도 있었을 테니 말이다.

"보컬은 누가 맡았어요?"

"여동생이요."

사랑스러우면서 쉽사리 잊히지 않는 목소리였다. 듣다 보면 그리운 마음에 가슴이 너무 벅차 듣기 힘든 노래들이었다. 그중 한 곡은 밤늦게 웨스트웨이를 드라이브하면서 느낄 법한 감정을 자아냈다.

우리는 강가를 따라 내려갔다가 다시 올라와 옥스퍼드대학을 통과하면서 그날 하루를 온전히 함께 보내다가 결국 페터 레인에 있는 이탈리아식 식당에 다다른다. 까르보나라 파스타와 링귀니 파스타를 나눠 먹으며 레드와인을 곁들인다. 우리가 앉은 자리는 자갈 깔린 좁다란 골목을 내다보는 내닫이창 옆이다.

해가 뉘엿뉘엿 질 때 도착했는데 어두워진 지금 우리 사이에는 격식이 전혀 존재하지 않는다. 자리에 앉는 사이 잠깐 어색하긴 했지만. 둘 다 너무 배가 고픈 나머지 첫 번째 음식이 도착하자 아무 말이 없다.

"이제 곧 떠나시겠네요?" 루이스가 묻는다.

"아직은 떠날 수 없어요."

우리 사이에 뭔가가 파문처럼 번진다. 나는 의자에서 몸을 더 꼿꼿이 세우고 루이스는 고개를 뒤로 젖힌다. 침묵이 점점 팽팽해져도 루이스는 가만히 있을 뿐이다.

하마터면 내가 망칠 뻔했다. 수일 동안의 노력과 기다림을. 키스도 이제 머지않았다. 알 수 있다. 지금 그가 나를 보는 표정은 며칠 전과 확연히 다르다.

"돌아갈 준비가 안 됐거든요." 마지못해 말한다.

"그 남자인지 모르는 거잖아요."

루이스에게서 고개를 돌려 유리창에 비친 내 모습을 본다. 우리 맞은편에 있는 담당 웨이터가 들고 있는 와인병에서 와인이 붉은 밧줄처럼 떨어지고 있다.

"그때 그 경감님 얘기 좀 들려주세요."

"아주 똑똑한 분이시죠."

계속 이런 식으로 대화를 나누다 보니 우리가 마치 동료였던 것처럼 기분이 좋다. 나올 땐 바람이 식당 문을 닫아 우리 뒤를 봉인해버린다. 루이스가 집까지 자기 차를 타고 가겠냐고 묻지만 언니네 마을이 아닌 여기서 작별하고 싶은 마음에 근처에서 친구를 만나기로 했다고 둘러댄다. 루이스가 꼭 껴안는다. 그 상태에서 내가 그에게 축 늘어져버린다. 그러자 그가 한 손으로 내 뒤통수를 지그시 누른다. 뭔가 구겨졌던 것이 펴진 듯 마음이 편안해진다. 그리곤 모든 게 끝나, 루이스는 강가에 세워놓은 자기 차로 가고 나는 세인트올데이츠에 버스를 타러 걸어간다.

44

말로로 돌아오니 8시 반이다. 습관적으로 브레이 레인까지
걸어 내려간다. 키스네 집 앞에 경찰차가 여러 대 서 있다. 몸
이 부풀기라도 한 듯 내 걸음걸이가 바뀐다. 긴장으로 어깨에
힘이 잔뜩 들어간다. 현관문이 열려 있고, 제복을 입은 경찰관
두 명이 복도에 서 있다. 그중 한 명이 앞으로 나와 들어가려
는 나를 제지한다. 그가 내 두 팔을 잡아 꼼짝 못 하게 하더니
길 쪽으로 끌고 간다. 이 사람보다 젊은 나머지 경찰관이 따라
나오며 말한다. "그 사람 당신 말 못 들어요, 저기 없어서."

나이가 더 많은 경찰관이 키스네 집 *끄트머리*에서 잡았던
팔을 놓아준다. 두 사람 다 아는 얼굴이다. 애빙던에서 나온
경장들인데 나를 얼마나 귀찮게 여기는지, 내 질문에 답하는
걸 얼마나 부질없게 여기는지도 알고 있다.

"그 사람 여기 없습니다." 젊은 쪽이 말한다. "엄한 데다 화풀이하고 계신 거예요." 그를 밀친다. 그가 돌아섰을 때 다시 뒤에서 밀쳤더니 휘청거린다. 나이가 더 많은 쪽이 자기 파트너가 키스의 집에 들어갈 때까지 내 양팔을 허리께에서 꽉 움켜잡는다.

브레이 레인이 끝나는 지점의 주목들이 내가 걸음을 내딛을 때마다 위아래로 몸서리를 친다. 혀로 입술을 핥는다. 호흡소리가 너무 커서 내 귀에도 들릴 정도다. 내 발이 내 몸에 붙어 있지 않은 것처럼 불안정하게 걷다가 마침내 헌터스 복도에 도달한다. 다리에 힘이 빠져 계단 아래에서 털썩 무릎을 꿇는다.

"지금이 굉장히 민감한 시기입니다." 모레티가 말한다. "아직도 몇 시간을 더 신문해야 할지 모르거든요. 우리한테 체포할 만한 근거가 있어서 체포한 거지만, 이제 당신한테는 더 이상 정보를 줄 수가 없어요."

"그 사람을 왜 체포했는지 나한테 안 알려주면, 신문사하고 인터뷰를 하겠어요. 《텔레그래프》 기자 전화번호가 있으니까요."

"용의자를 체포했다고 우리 쪽에서 이미 언론에 알렸습니다. 지금쯤이면 언론도 그 용의자가 누군지 알고 있을 거고, 우리도 살인사건 관련해서 제보할 게 있으면 나서달라고 요청할 참이에요."

"누가 그러겠어요?"

"우리가 국립기소청으로 사건을 넘기면 곧바로 사무변호사가 용의자한테 불리한 증거를 당신한테 건넬 겁니다."

"언제요?"

"빠르면 지금부터 일주일 정도 후가 될 거예요. 우리 쪽 신문하고 지속적인 수사에 달려 있습니다."

야간 막차까지 런던행 열차가 한 대 더 남았다. 중심가에는 아무도 없지만, 신문잡화 판매점에는 아직 조명이 켜져 있다. 순전히 계산대까지 들고 갈 게 필요해 생수를 한 병 고른다.

"덴턴 씨네 집에 경찰이 왜 있는 거예요?"내가 묻는다.

"그 사람 부인이 경찰을 불렀대요." 자일스 영감이 말한다. 목소리가 거칠고, 말하는 걸 힘들어하는 듯하다. "그 여자가 레이첼 사진을 발견했다는데요."

"그래서 그 부인은 지금 어디 있대요?"

"자기 엄마네 집에 갔대요."

"그게 어딘데요?"

"마게이트요."

45

마게이트에 가려면 런던행 기차를 탄 다음 지하철로 런던 시내를 가로지른 후, 킹스크로스에서 한 번 더 환승을 해야 한다. 운전을 하기엔 내 자신이 미덥지 않다. 킹스크로스까지는 다섯 정거장이다. 하나하나 다 아는 정거장이어서 정거장에 도착하기 전 매번 이번에 내려야지 하는 생각을 한다. 사실상 다 끝난 일이다. 경찰에서 누군가를 체포했다. 내가 할 일은 끝났다. 이제 나는 무엇이든 할 수 있다. 가령 에지웨어 로드에서 내려 버스를 타고 풀럼 브로드웨이로 갈 수도 있다. 아니면 기차를 바꿔 타고 노팅힐 게이트로 영화를 보러 갈 수도 있다. 혹은 찬서리 레인에서 나와 퍼니벌 스트리트 밑 지하 와인 창고에서 카라페 레드와인을 살 수도 있을 것이다.

언니가 지금 나를 보고 있는 건 아니다. 내가 키스네 집에 석유를 붓고 불을 질러도 언니한테는 달라질 게 없다. 아무 소용 없는 일이다. 바비칸 센터 꼭대기에서 뛰어내려 경찰의 용의자 체포를 기념할 수도 있고, 배터시 동물쉼터에 가서 강아지 한 마리를 입양해 기념할 수도 있다. 하지만 어떻게 해도 그놈이 4주 전에 언니한테 한 짓을 바꾸진 못한다.

내가 알기로는. 어쩌면 내가 바비칸 아래 땅바닥에 떨어지는 순간 과거로 돌아가게 될지도 모른다. 어쩌면 내가 강아지 입양 신청서를 작성하려는 순간, 언니가 자기 청바지에 양손을 쓱쓱 문지르며 사무실로 들어와 내 옆자리에 슬그머니 앉으며 이렇게 말할지도 모르겠다. "강아지 예방접종은 다 했대?"

키스 덴턴은 구속 중이지만 재판을 하지 않을 수도 있고 배심원단이 그에게 유죄를 선고하지 않을 수도 있다. 유죄를 선고하더라도 감형을 받아 내가 아직 살아 있을 때 출소할 가능성도 있다. 검사가 계획된 범죄라는 걸 입증하지 못하면 더더욱. 범행에 사용된 칼이 언니 것이었는지 놈이 자기 집에서 가져온 건지 모르겠다. 그나저나 놈이 개에게 한 짓, 그 짓은 반드시 고려되어야 한다. 놈이 가석방 대상에 오를 때마다 심사위원회는 개 사진을 보아야 할 것이다.

기차가 마게이트에 다 와갈 즈음엔 얼굴도 해쓱해지고 온몸에 진도 다 빠진 상태다. 이 역은 시 외곽에 있다. 가방을 어깨에 메고 큰길을 따라 구닥다리 바닷가 호텔로 걸어간다. 벨벳이 깔린 층계를 세 번 오른다. 나를 침대에 눕게 해줄 열쇠를 손에 꼭 쥐고서. 삐거덕 열린 창틈으로 바다 냄새가 난다.

여긴 한 번도 와본 적 없는 곳이다. 생각해보니 이젠 폴 윌러도 내가 어디 있는지 모를 것이다. 두꺼운 커튼을 잡아당겨 내 등 뒤로 드리우고 유리창에 비친 방의 모습을 가리자 마게이트의 경치가 창문 너머로 펼쳐진다. 타르 지붕을 얹은 파스텔 톤 주택들, 흐릿한 나트륨 전등, 멀리 보이는 바다. 이런 도시가 존재한다는 게, 내가 오지 않았어도 오늘 밤 이 도시는 존재했을 거라는 게 낯설다.

언니의 살해범이 구속 중이다. 놈은 유치장에 있다. 잠들기 전, 언니에게 상상 속에서 말을 건다. '드디어 때가 왔어.' 언니를 복도로 안내한 다음, 열쇠를 돌리고 놈이 있는 곳으로 들여보낸다. 언니는 간편한 차림이고 무기를 가지고 있지 않지만 사실 무기 따위 필요 없다. 맨손으로도 놈을 찢어발길 수 있을 테니까.

나타샤의 엄마는 둘째 손자가 태어난 후 몇 주 동안 딸의 집에 와 있었다. 그동안 그 엄마가 자기와 몇 차례 잡담을 나눴다고 자일스 영감이 말했다. 이름은 다이앤 이브스. 자일스 영감한테 주소는 없었지만, 전화번호부에 실려 있었다.

잠에서 깨자마자 시 외곽에 있는 그녀의 집으로 가는 버스 노선을 알아낸다. 다음 버스가 출발하기 전 해변 쪽으로 산책을 나간다. 마을에서는 타르와 소금 냄새가 나고, 옅은 안개가 바다에서 불어온다. 다 쓰러져가는 연립주택과 어부들이 가는 술집이 길을 따라 늘어서 있다. 마주치는 사람이 거의 다 십 대나 이삼십 대이다 보니까 미술학교 근처 에든버러가 생각난다. 테킬라, 회전 케밥, 댄스 스튜디오.

밋밋하고 쓸쓸한 물가에 도착한다. 마게이트의 모래사장은 수심이 급격히 깊어지는 부분까지 고단하고 벅찬 거리에 걸쳐 큰 호를 그리며 뻗어 있다. 해변 오두막들도 굉장히 고급스럽다. 한 채 한 채 모두 다른 색의 페인트가 칠해져 있는데, 아까 내가 지나친 학생들 가운데 한 명이 칠했을지도 모를 일이다. 혼탁한 안개 띠가 바다에서 쏟아져 들어오고 있다.

경찰이 키스한테 잠은 자게 해줄까? 밤샘 신문을 했을까? 늘 피곤에 절어 보이던 모레티도 지금은 피곤해 보이지 않으리라. 용의자 구속 후 16시간이 지났으니, 모레티는 언제까지라도 계속할 수 있다는 듯한 기세로 자신을 몰아붙일 것이다.

방파제에 자리를 하나 찾는다. 키스의 부인과 얘기하고 싶은 마음도 없는 데다 그 여자 얼굴도 못 쳐다볼 것 같다. 그 여자를 보면 불쾌해진다. 남편이 그런 짓을 저지르고 나서도 그 남자랑 같은 집에 살았던 여자다.

방파제 끝에 놓인 대포가 어느 때라도 배가 나타날 것처럼 포문을 안개 쪽으로 두고 있다. 이 해안 지역을 침략한 게 누구였는지 기억이 안 난다. 대포와 함께, 소용돌이치는 안개 속에서 파도가 선체에 찰싹 부딪는 소리에 귀를 기울이며 배의 앞 기둥이 나타나길 기다려본다.

이제 무슨 일이 일어나든 나는 놈을 응징할 수 있다. 놈의 개를 숲으로 몰고 간 다음 풀어줄 수도 있다. 놈의 아들들을 초등학교에서 데려갈 수도 있다. '안녕, 애들아. 난 너희 엄마 친구거든. 집에 가는 길에 아이스크림 가게에 들르지 않을래?' 키스는 자기 아이들의 생사도, 그 애들의 행방도 절대로 알지 못할 것이다.

남쪽 램즈게이트행 버스에 오른다. 버스 통로를 걸어 내려가는데 버스가 흔들린다. 마게이트의 상점들과 집들이 양쪽에서 뒤로 밀려나기 시작한다.

나타샤 덴턴의 엄마는 큰길 근처 택지분할지구에 살고 있다. 점토기와를 얹고 회반죽으로 낮게 지은 집들은 꼭 작은 상자처럼 보인다. 멋대로 자란 야자수들이 정원에서 바람에 펄럭인다. 텔레비전 무선안테나가 위아래로 까딱 움직인다.

나타샤가 문을 열자 내가 지금 그녀의 원래 집과는 아주 먼 곳에 있는 이 집 문 앞에 서 있다는 게 비현실적으로 느껴진다. 나타샤는 내 뒤로 보이는 지붕들 가운데 어느 한 지붕의 한 곳을 빤히 바라본다. "외투 가져올게요. 엄마는 우리 얘기 안 들었으면 해서요." 나타샤가 말하더니 집 안을 보고 고개를 끄덕여 보인다.

나타샤는 모퉁이를 돌고 나서야 입을 연다. "그쪽이 날 보러 왔다 간 후에 그이 휴대폰을 뒤져봤어요. 그이한테 사과하고 싶다는 말을 할 뻔했죠. 집 안은 내가 뒤질 필요가 없었어요. 경찰이 이미 몇 주 전에 뒤졌으니까. 집을 아주 난장판을 만들어놨더라고요.

애들이 지금보다 어렸을 때, 욕실 타일 하나가 떨어진 게 있었는데 그걸 곧잘 가지고 놀았거든요. 그 타일을 살짝 밀면 그 뒤로 움푹 파인 작은 공간이 나와요. 경찰은 알 수가 없었을 거예요. 내가 내 꾀에 넘어가서 거길 확인 안 할 뻔했죠. 오후 내내 망설이다가 들여다봤어요. 그랬더니 언니분 사진이 나오더군요.

그이한테 물어보기 전에 일단 사진을 친구네 집으로 가지고 갔어요. 머리 잘 썼죠? 그이가 태워버릴지도 모른다고 생각했거든요. 아무튼 그이가 울기 시작하더니 바람은 피웠지만, 그 여자를 다치게 하진 않았고 누가 그랬는지도 모른다더군요. 그 여자를 사랑했다면서. 나더러 경찰에 신고할 거냐고 묻기에 애들 때문에 안 할 거라고 말해놓고, 출근한 틈에 경찰에 신고한 거예요."

"그 전에 남편분을 의심한 적이 있었나요?"

"아뇨. 그쪽, 그 여자랑 너무 닮았어요. 방금 전에 봤을 땐 그 여자인 줄 알았을 정도로. 그래서 나한테 벌을 주러 왔구나 생각했죠."

"언닌 당신을 벌하지 않았을 거예요."

"벌했을걸요. 엄청 분노하면서." 나타샤가 말한다.

"그 사진들 중에 남편분이 찍힌 사진도 있었나요?"

"아뇨. 혹시 사진을 훔쳤냐고 물었더니 아니라고 했어요. 그렇게 물어본 것 자체로도 크게 화를 내더군요. 그때 주방에 있었는데 칼을 보면서 그이가 날 찌르진 않겠지 생각했던 기억이 나네요. 굳이 날 찌르진 않겠지 그러면서."

"남편분이 과거에 폭력을 쓴 적이 있었나요?"

"없어요. 하지만 성깔 있는 남자예요."

원래는 당신 남편이 날 때렸다는 말을 하려고 했지만 굳이 안 해도 될 것 같다. 나타샤는 이미 자기 남편에게 정이 다 떨어진 상태니까. "뭐 또 하실 말씀 없으신가요?"

"그 살인사건 소식을 들었을 때, 그이가 나한테 언니분을 마지막으로 본 게 언제냐고 물었어요. 수도교에서 지나가다가 잠깐 봤을 뿐인데도 꼬치꼬치 캐묻더군요. 그 여자가 무슨 옷을 입고 있었냐, 무슨 말을 했냐, 어디 가고 있었냐. 난 그이가 충격을 받아서 그런 줄 알았어요."

어떤 여자가 유모차를 끌며 우리 쪽으로 온다. 그 여자가 지나가자 나타샤가 말한다. "우린 이름을 바꿔야 할 거예요. 이게 우리 애들을 평생 따라다니는 건 싫으니까요."

"그 편이 현명할지도 모르겠네요."

택지분할지구에서 나가는 길을 잘 몰라 나타샤가 미로를 빠져나가듯 나를 큰길까지 안내해준다. 마게이트행 버스를 기다린다. 나샤탸는 아들들 때문에 아마도 외국으로 이사를 갈지도 모르겠다고 했다. 그녀가 이 일의 어느 부분에서 흥분을 느끼는 건지 모르겠다. 나타샤가 딱히 기뻐하는 것 같다는 인상은 받지 못했지만, 어쨌거나 그녀는 이제 새 출발을 해서 자신에게 더 잘 어울리는 다른 삶을 찾을 수 있다. 더이상 도의적 책임 때문에 마음이 무거울 일은 없다. 이번 일이 있기 몇 주 전, 나타샤는 생각했을 것이다. '이런 게 인생인가? 그냥 계속 이렇게 살아야 하나?' 이제 그 답은 '아니오'가 되었다.

46

다음 날 아침 런던으로 돌아가는 열차에 오른다. 헛간의 윤곽이나 나무 그림자 등 밤에는 두루뭉술하고 동화책 속 그림처럼 보였던 것들이 지금은 흠뻑 젖어 빈약하고 칙칙해 보인다. 들판은 창백하고 집에 칠해놓은 페인트는 새하얀 하늘과 대조적으로 우중충하다. 패버셤을 지나서 루이스에게 전화를 건다. "그 사람 부인은 자기 남편이 범인이라고 생각해요." 내가 말한다.

"네, 그렇더군요. 그 사람을 기소할 것 같습니다, 노라."

경찰에서 우리 아버지한테 체포 소식을 알렸는지 모르겠다. 경찰이 다시는 아버지를 못 찾았으면 좋겠다. 법정을 드나들면서 아버지를 부축하고 아버지가 발을 질질 끌며 자리에 앉는 모습을 보고, 그런 건 도저히 감당 못 할 것 같기 때문이다. 분노가 솟구친다. 내 가족은 어디 있지? 내 가족은 어디에 있는데?

형사들과 국립기소청에서 나온 사무변호사가 합심하여 키스 덴턴에 맞설 것이다. 루이스 말에 따르면 검찰 측의 승소 가능성이 높아야만 사건이 재판까지 갈 거라고 한다.

루이스 말이, 그러고 나서 며칠 동안은 증거에 허점은 없는지 검토하고, 피고 측에서 변론으로 내세울 만한 것들을 샅샅이 찾을 거란다. 경찰은 해당 범죄의 정황들, 재판과는 무관하지만 배심원단의 신뢰를 획득하는 데 도움이 될 만한 세부 사항들을 조사하기 시작할 것이다. 경찰조사가 끝나면 검사가 해당 사건을 재판에 회부할지 여부를 결정할 것이다.

일단 말로에서 소식을 기다리기로 했지만 재판 회부 가능성 때문에 너무 불안하다. 애빙던에 있는 어떤 방에서 누군가가 파일을 놓고 앉아 다음 행보를 결정할 텐데, 나는 그 사람하고 말 한마디 나눠볼 수도 없다. 그 사람한테 간곡히 부탁을 해볼 수도 없다.

헌터스에서 언니 사건에 배정되었을지 모르는 옥스퍼드의 검사들 이름 10여 개를 찾아보고 그 사람들에게 접근해볼까 생각해본다. 그들의 위험 부담은 나와는 다르다. 옥스퍼드 국립기소청이 매년 재판으로 회부하는 사건이 몇 건이나 될까? 패소는 어떤 의미일까? 그냥 일진 사나운 날, 퇴근 후 한잔, 최악이라고 해봐야 자기 일에 대한 반성을 일으키는 정도일 것이다.

그 검사들 중 전화번호부에 주소가 실려 있는 검사는 없다. 자기들이 사는 곳을 몰랐으면 하는 특정인이 있기 때문일 것이다. 하지만 국립기소청이나 애빙던 경찰서에서 집까지 미행하면 알아낼 수 있을 것이다. 차문이 쾅 닫히는 소리, 반짝반짝 윤을 낸 구두가 인도 위를 또각또각 걷는 소리, 열려 있는 문으로 그들을 따라 들어가면서 '실례합니다'라고 말하는 소리를 상상한다.

그들은 듣지 않으려 들 테고, 나의 필사적인 노력이 상황을 악화시킬 우려도 있다. 언니를 위해 할 수 있는 일이 아무것도 없다. 언니를 꼭 껴안았을 때 느껴지던 언니의 체중이 기억난다. 시간이 느릿느릿 흐른다. 결정하기까지 7일이란 시간이 있다. 결정이 나면 루이스가 나한테 전화를 해줄 테니까, 괜히 조짐 같은 걸 찾으려는 노력은 하지 말아야겠다.

루이스가 저녁때에 전화를 걸었다.

"결정 났대요?"

"아뇨, 다른 일이 생겼습니다. 경감님이 시신 인도에 동의하셨어요. 검시관한테 전화해서 날을 잡으면 될 겁니다."

47

여섯 시간의 운전 끝에 폴페로에 도착할 즈음엔 날이 어두워져 있다. 가파르고 비좁은 크럼플혼 여관 뒷길에 주차를 한 다음 운전석 발밑 공간에 놓았던 유골함을 꺼낸다. 지금과는 다른 방식이었으면, 관도 있고 운구인들도 있었다면 더 좋았을 텐데. 이 유골함을 나 혼자 못 들 리도 없고, 실제로도 가능하므로 그걸 들고 그린 맨으로 향하는 자갈 깔린 거리를 내려간다. 그린 맨은 항구 옆에 있는 회칠한 여관으로 오늘 밤 내가 묵을 곳이다.

내일 새벽, 언니와 함께 빌렸던 집 아래 작은 만에다 언니의 유골을 뿌릴 것이다. 내가 콘월을 고른 건 콘월이 언니가 5주 전에 오려고 했던 곳이기 때문이다. 언니는 이미 콘월주 반대편에 아파트도 하나 빌려놓았었다. 세인트아이브스의 주소가 있지만 그 아파트를 직접 보면 어떤 최후의, 마지막 방어벽을 넘게 될 것만 같다. 그러고 나면 무슨 일이 벌어질지는 나도 모른다.

이게 언니의 유골이라는 생각이 도저히 들지 않는다. 그보다 이 유골함이 언니가 나한테 믿고 맡긴 중요한 물건인데 언니의 부탁을 완수하기도 전에 나한테 무슨 일이라도 벌어질까 두렵다. M5 고속도로에서 차를 박아버릴까 생각했었는데, 모퉁이를 돌아 그린 맨이 시야에 들어오는 지금은 아까 사고가 났으면 우리 둘 다 차 안에서 다 타버렸겠다는 생각이 든다. 그것도 나쁠 건 없어 보인다. 언니의 유골은 그래도 결국 바다에 안착할 테니까. 기다란 연기 줄기를 뿜는 자동차 파편과 함께 바다 위를 둥둥 떠다녔을 테니까.

새벽이 오기 전에 유골함을 들고 판석 깔린 방파제 길을 따라 걷는다. 내항에 물이 들어오자 범선이 은빛 바닷물 위에서 좌우로 흔들리면서 삭구 장치가 돛대와 부딪쳐 쨀랑거린다. 어둠 속에서 슬레이트 지붕이 빛을 발하는 것처럼 보인다. 내항을 한 바퀴 도는데 수평선 위로 하늘이 막 밝아지기 시작하더니 반송 두 그루의 시커먼 윤곽이 드러난다.

곶 가장자리를 따라 오르막을 오른다. 가장 높은 지점에서 뒤돌아 폴페로를 본다. 아까보다 불빛이 많아졌고 굴뚝에선 구불구불 연기가 피어오른다. 뒤에 있는 바위 때문에 거의 눈에 띄지 않는 어부의 집 옆 소작지와 상인의 네모난 집 두

채를 본다. 한 채는 흰색이고 나머지 한 채는 트위드 같은 갈색인데, 이 정도 밝기에서는 흰색은 푸른색, 트위드 갈색은 검정색으로 보인다.

길바닥 모래가 부츠 아래에서 자박자박 소리를 낸다. 곳에 낮게 자란 세이지 솔밭이 바람에 살랑거린다. 태반이 상록수라 해안은 여름과 그다지 달라 보이지 않는다. 절벽 아래에서 파도가 쏴아 부서지는 소리가 들린다.

800미터쯤 더 가자 해안 길이 낯익은 떡갈나무 부근에서 구부러진다. 그 떡갈나무의 가지가 삐걱거리는 소리가 꼭 문을 열 때 나는 소리 같다.

800미터를 더 가면 아주 짧게 뻗은 공터가 나오고, 그 뒤 집 한 채가 곧 시야에 들어온다. 집은 절벽 끄트머리 옆길에서 조금 낮은 지대에 있다. 그게 우리 집이다! 더 이상 여기 없을까 걱정했었는데.

집은 비어 있다. 집주인인 남자는 1년의 대부분을 런던에서 보낸다. 그 집 가장자리에 있는 나무에는 아직도 알록달록한 부표가 매달려 있다. 옥외샤워장도 있는데, 수도꼭지는 곰팡이 때문에 갈색으로 변했고 비뚤어진 샤워장 문짝에는 빗장이 걸려 있다. 빨랫줄은 흰색으로 칠해놓은 장대 두 개 사이에 철사를 걸어 만들었다. 지금 밝기에서는 철사가 잘 안 보여서 빨래집게가 꼭 바다를 배경으로 공중에 떠 있는 것처럼 보인다. 흰색 꽃무늬가 자잘하게 들어간 파란색 원피스를 입고 머리가 젖은 채 내 수영복을 빨래집게로 집었던 기억이 난다.

기억의 감각에 떠밀려 급기야 바다가 보이는 뒤 베란다에
선다. 그러다 이내 그 감각이 산산이 깨져버려, 집을 살피면
서도 한편으론 검사가 어떤 결정을 내릴지 걱정된다. 언니의
명복을 간절히 빌면서 우리가 여기에 다시 올 계획을 어떻게
짰는지도 떠올린다. 우린 둘 다 늙을 때까지 수십 년 동안 이
곳으로 돌아오고 싶었다.

층층다리가 절벽 아래에서 바다로 사라진다. 언니가 그 계
단을 오르는 상상을 한다. 앞으로 40년 동안 쭉. 언니 아래로
바다가 펼쳐지고 벼랑을 따라 냇물이 흐른다. 새벽 수영으로
머리가 젖어 있는 강인한 할머니. 그 할머니가 계단 난간에
손을 얹고 기대 자기 여동생, 자식들, 손주들이 보이는지, 그
중 잔디밭 끄트머리로 나와 자기를 기다리고 있는 사람은 없
는지 살핀다.

축축한 잔디를 가로질러 유골함을 가지고 계단 71개를 내
려가 바닷가에 이른다. 신발과 양말을 벗는다. 동쪽 곶 위로
해가 뜰 때까지 기다린 다음 유골함 뚜껑을 돌려 열고 밀려
드는 파도 끝으로 다가간다. 얼음같이 차가운 바닷물에 피
부가 얼얼해지고 청바지가 흠뻑 젖는다. 유골을 한 움큼, 한
움큼 바다로 던진다. 바람이 거의 없어서 내가 우려했던 일
은 일어나지 않을 것 같다. 유골은 대부분 수면 아래로 가라
앉고 표면에 떠 있는 작은 입자들은 머지않아 다음에 밀려올
파도에 한데 뒤섞일 것이다. 햇살이 만과 파도와 연안에 아

주 조금 떠 있는 구름에 생기를 더한다. 시간이 조금 지난 후에야 내가 지금 느끼는 감정이 실망감이라는 걸 깨닫는다. 언니한테 어떤 신호가 오기를 그토록 바랐는데.

일이 끝나자 무릎을 꿇고 손과 유골함을 바닷물에 헹군다. 양손을 차가운 물속에서 필요 이상으로 오랫동안, 마지막 남은 재까지 말끔히 사라질 때까지 빼지 않는다.

현관에서 파랗게 질린 발에 묻은 모래와 물기를 장갑으로 닦아낸다. 울양말을 끌어 올려 신은 다음 물먹은 청바지를 그 위로 내린다. 이가 딱딱 맞부딪친다. 마음이 공허하다. 언니가 가버렸다.

외투 지퍼를 턱까지 올린 다음 몸을 앞뒤로 흔든다. 너무 추운 나머지 집 뒤를 빙 돌아 옥외샤워장으로 간다. 젖은 양말과 청바지를 벗고 뜨거운 김이 모락모락 나는 강한 물살 아래 서 있을 수 있으면 얼마나 좋을까. 수도꼭지를 돌려보지만 물이 나오지 않는다. 동파 방지를 위해 단수가 된 모양이다.

그나마 해가 가장 많이 드는 현관으로 돌아간다. 해가 뜨면 날이 점점 포근해질 것이다. 지금 내 뒤에는 언니가 3주 동안 잠을 자고, 요리를 하고, 책을 읽었던 방들이 있다. 여행 기간 내내 언니는 클라리시 리스펙토르를 읽었고 나는 계단 밑 창고에서 존 파울즈와 시시한 탐정소설을 번갈아가며 읽었다. 매일 아침 우리 둘 중 한 명이 빵집에 가서 아몬드 크루아상을 사오면 내 책을 여기로 가지고 와서 그 빵을 먹었다. 나는 크루아상의 뿔 부분을 쪼갠 다음 그 안에 들어 있는 마지팬을 핥아 먹었다. 내 앞에는 해구가 수 킬로미터에 걸쳐 높아졌다 낮아졌다를 반복하고 있으리라.

밤에 해먹에 누워 별을 보다가 어린 시절 이후 처음으로 우주의 크기에 덜컥 겁이 났다. 그때 언니가 해먹으로 올라와 내 옆에 누워서는 양말 신은 내 발을 자기 겨드랑이에 끼고 가슴까지 담요를 끌어 올려 덮었다. 우리 둘은 함께 별을 바라보았다.

겁나는 기분이 좋았다. 바다는 우주만큼 광활했다. 그런데 우주는 그 바다를 담고 있었다. 다른 행성의 바다들도, 그리고 또 다른 행성의 바다들도. 그런 두려움 덕분에 집 안에서 반복적으로 하는 소소한 일들이 더 신기하게 느껴졌다. 아몬드 크루아상도, 탐정소설도, 야외 샤워도. '여기, 우주 속에서 샤워를 하는 내가 있구나.' 그런 생각이 들었다.

언니와 여기 있는 동안 나는 이곳에 영원히 머물고 싶었지만 한편으로는 이미 떠날 생각을 하고 있었다. 머물면서 매번, 돌아갈 생각을 동시에 하다니.

"언니는 콘월의 제일 좋은 점이 뭐야?" 이렇게 묻기는 했지만 진짜 묻고 싶은 건 그게 아니었다. 내가 정말 묻고 싶던 건 언니는 살아 있어서 제일 좋은 점이 뭐냐는 거였다.

48

폴페로의 새들이 내항에 있는 배들의 돛대 위를 맴돈다. 갑판에서는 남자들 몇몇이 그날의 항해를 준비하면서 담배를 피우고 있다. 그 사람들의 목소리와 삭구가 짤랑거리는 소리가 들린다. 4일 더 콘월에 있어야겠다. 검사가 결정을 내릴 때까지 굳이 옥스퍼드에 갈 이유는 없다. 결정 기한은 오늘로부터 5일 후니까.

그 후 4일 동안 언니 유골을 계속 뿌리고 다니는 것처럼 행동했기에 이곳에서 언니가 가장 사랑했던 장소들만 골라 다녀야 했다. 그건 곧 장시간의 운전을 의미했다.

포이강, 팔강, 헬퍼드강에 다녀왔다. 해 질 녘에 포이에 있는 세인트존스에서 밥을 먹었는데, 폴루언 쪽 강어귀와 비스

듬하게 난 창문들이 아른아른 빛나는 황동색 사각형이 되었다. 나는 언니가 주문했을 법한 메뉴, 무지개송어를 시켰다. 음료 선택은 좀 더 어려웠는데 언니가 좋아했던 세 가지 중 골라야 했기 때문이다. 결국 나는 보르도산 화이트와인을 골랐다.

프렌치맨스 크리크에도 다녀왔다. 어촌 마을 캐드귀스에도 갔다. 언니가 리저드 반도에 있다고 얘기했던 폭포도 찾아보려고 했지만 실패했다. 물이 다 말라버려서 못 찾은 걸지도 모른다. 내가 물어본 사람 중에 짙은 분홍색 등대를 아는 사람은 없었다. 언니가 색깔을 잘못 말해줬거나 내가 잘못 기억한 걸지도 모르겠다. 포스귀든에서는 언니가 버터 바른 크럼핏을 사 먹었다던 노점을 찾았다.

레드루스에도 갔다. 로스트위디얼과 패드스토에도. 페리를 타고 만을 건넜다. 이런 여정은 앞으로 평생 동안도 따를 수 있을 것 같다. 언니의 발자취를 거슬러 올라가는 여정. 언니가 그리스에서 묵었다던 호스텔에 가 거기서 만났던 남자를 찾아볼 수도 있을 것이다. 북쪽으로 가는 기차에 타고 있다가 그 남자 전화번호를 잃어버렸는데, 언니는 늘 그게 차라리 잘된 일이라고 했지만 실은 잘된 일이 아니었을지도 모른다.

하나씩, 하나씩 언니의 취향을 내 취향들로 대체해가면 될 것이다. 가령 나는 홍합을 안 좋아하지만 언니가 캐드귀스에서 마음에 들었다던 식당에 가서 홍합을 시켰고 한 그릇을 비웠다. 언니가 같이 잤을 법한 남자들하고 나도 잘 수 있을

것이다. 심지어 간호사가 될 수도 있다. 나는 지금 간호사가
아니니 말이다.

어쩌면 바로 그게 내가 했을 법한 일일지 모른다. 언니가
교도소에 갇혔다면. 그날 일어난 일이 언니가 살해당한 게
아니고 거꾸로 언니가 누군가를 죽인 거였다면. 나는 언니가
내가 해주었으면 하고 바라는 일들을 한 다음 언니한테 아주
자세하게 들려줄 거다. 우리 둘은 종종 서로 기억을 헷갈려
했으니까. 누군가와 오래 대화를 나눠버릇하면 그렇게 되기
십상이다.

마지막 날 밤, 마우절에 갔다가 차를 몰고 돌아오는 길에
눈이 내리기 시작했다. 콘월에 눈이 내리는 일은 있을까 말
까 한 일이므로 나는 숨까지 참아가면서 눈이 멈추지 않길
빌었다. 언덕을 넘고 반도를 가로지르며 운전을 했다.

전에 한 번도 본 적 없던 어떤 마을의 끝자락에 구식 에소 휴
게소가 있었다. 좁다란 주유펌프 두 개 위에서 마름모꼴이 빛
을 발했다. 눈이 텅 빈 주유소 위에 쌓였다. 도로 한가운데는 축
축하고 시커먼 반면 가장자리는 눈이 고스란히 쌓여 하얬다.
교회의 고딕양식 첨탑은 밤하늘에 묻혀 거의 보이지 않았다.
불 밝힌 주유소 간판이 주유펌프 옆에 서 있었고, RAC* 정비소
및 주민회관 표지판은 건물 끄트머리 돌출간판의 연철 고리에

---

* 영국의 자동차 서비스 회사.

매달려 있었다. 전조등이 켜진 낡은 자동차 한 대가 세워져 있고, 그 차의 둥그런 펜더 위에 붙여놓은 알전구 두 개에도 불이 들어와 있었다.

타마강 다리를 건너자마자 돌아가고 싶어진다. 계속 콘월 주변을 떠돌고만 싶다. 그럼 인생이 행복할 텐데. 천둥 번개와 함께 비가 오는 날 프렌치맨스 크리크에 갈 수도 있고, 언니가 말한 그 짙은 분홍색 등대도 찾을 수 있을 텐데. 폭우가 쏟아지고 나면 리저드 반도 어딘가에서 폭포가 나타날 것이다. 갑자기 펼쳐진 은빛 물 부채는 푸르른 곳들 사이에서 물보라를 일으키고 시커먼 협곡 옆을 굽이굽이 감돌며 내려갈 것이다.

세인트존스에서 가리비도 시킬 수 있다. 그 집 가리비는 언니의 차선이었고 언니는 메뉴 결정하는 걸 힘들어했었다.

기다란 다리가 타이어 아래에서 덜컹거린다. 저 아래에는 얼음덩이와 눈덩이가 물 위를 떠다니고 있다. 이 앞으로는 데번 쪽이다. 콘월에 머물고 싶지만 언니가 체포된 것도 아니고, 교도소에 있는 것도 아니니 나는 영영 언니한테 내 추억을 떠먹여주지 못할 것이다.

동쪽으로 차를 모는 동안 지난 4일 동안의 평정이 점차 두려움에 자리를 빼앗긴다. 검사들이 내일 결정 사항을 발표할 것이다. 누군가에게 전화를 걸어 혐의가 살인에서 과실치사로 낮춰지는 일이 없도록 확인해야 하는 건 아닌가 하는 생각이 계속 든다. 각기 다른 최소 형량을 근거로 출소할 때 놈은 몇 살이 되어 있을지, 나는 몇 살이 되어 있을지 계산을 해본다.

키스 덴턴의 집 쪽으로 핸들을 돌린다. 누군가 내 소재를 알고 있다는 듯 연기를 한다. 나는 훈련을 받은 사람이며 나를 훈련시킨 사람들이 어딘가 화려한 석조건물 안에 서 있다는 듯이. 검은 정장 차림의 날씬한 여자들은 담배를 물고 남자들은 시가를 피우며 창문으로 내리는 비를 내다보고 있을 것이다. 내 스파이 보스들과 관리자들이.

49

널빤지 지붕을 인 집은 빈집인 것으로 보인다. 나타샤와 두 아들들은 아직 마게이트에 있을 테고, 키스는 옥스퍼드 경찰서로 이송되지 않았다면 애빙던 경찰서에 있을 것이다. 이 집 개가 마게이트에선 문가로 나오지 않았는데, 나타샤가 개를 개집에 들여놓았던 건지 아니면 남편한테 벌을 주려고 개를 이미 어디로 보내버린 건지 모르겠다.

키스가 자기 밴을 주차해놓았던 지점 아래 자갈에 반점이 하나 번져 있다. 그럴 리 없다는 걸, 그게 언니 피일 리가 없다는 걸 알면서도, 한참 동안 서서 그 반점을 내려다본다. 반점은 기름이나 연료, 엔진오일일 것이다. 웅크려 앉아 자갈을 한 움큼 집어 올리자 석유 냄새가 코를 찌른다.

진입로를 반쯤 올라갔을 때 어떤 남자가 옆집에서 나온다.

우리는 서로를 빤히 쳐다본다. 남자는 마흔 정도에 머리를 밀었고 파카 차림이다. 어딘지 모르겠지만 마을에서 본 적이 있는 얼굴이다. 남자가 체중을 이 발에서 저 발로 옮겨가며 나를 지켜본다. 얼마 후, 남자가 가려던 길을 계속 간다. 나는 그제야 숨을 내쉰다. 키스가 집에 있었거나 내가 비닐에 싼 망치라도 들고 있었다면, 그 남자는 나를 제지했을까?

이웃집 남자가 레드게이트 쪽으로 돌아선 후에 나는 현관까지 남은 길을 마저 간다. 우편함을 열고 지난 며칠 동안 쌓인 우편물을 자세히 살펴본다. 키스한테 온 개인적인 우편물은 하나도 없고, 주소가 손 글씨로 쓰인 봉투도 없다. 키스가 구속 중일 때 우편물을 계속 확인해야겠다. 혹시 뭔가 요긴한 우편물이 올지도 모르니까.

정원에는 별로 볼 게 없다. 헛간 한 채, 체리나무 한 그루가 다다. 봄이 되면 그 체리나무는 흰색이나 분홍색 꽃봉오리로 치장을 할 것이다. 한쪽 구석에 상자가 쌓여 있기에 서랍을 당겨 열어본다. 하필이면 양봉장이라니. 말라붙은 벌집과 흰색 나뭇진을 노려보며 키스가 바보같이 씩 웃으면서 꿀이 뚝뚝 떨어지는 신선한 벌집을 종이에 싸 들고 언니네 집에 나타나는 상상을 한다. "당신이 좋아할까 싶어서요." 벌통 하나를 열고 그 안에 침을 뱉는다.

경찰이 재활용 쓰레기통을 뒷문 옆에 놔뒀다. 몇 주 전에 키스의 쓰레기를 샅샅이 뒤졌을 텐데 체포 후에도 그랬을지 모르겠다. 화이트와인병과 스트롱보우 캔이 다다. 테넌츠라이트에일은 없다. 키스가 그 산등성이에서 언니를 훔쳐봤다는 증거는 아직 없는 셈이다. 이웃의 주목을 피하기 위해 와인병과 맥주 캔을 살살 내려놓는다.

두 사람이 바람을 피웠거나, 키스가 언니한테 집착했거나, 그 두 경우가 어떤 식으로든 섞였거나. 키스가 언니를 스토킹했다. 키스가 그 산등성이에서 언니를 훔쳐봤고 언니네 집 일을 해주겠다고 자진했고 사진도 훔쳤다. 그 사진 중 키스가 나온 사진이 한 장도 없다는 건, 그 사진들이 이상한 기념품이라는 뜻이다.

손바닥을 오므려 망원경처럼 얼굴에 대고 창문을 들여다본다. 주방은 누가 봐도 가족이 모두 모이는 곳이다. 두 사람이 바람을 피웠다면, 언니가 여기로 왔을 리는 없다.

밀회 장소는 여기 말고도 많았을 테니 말이다. 외딴 시골 지역 여관이나 런던에 있는 호텔, 하다못해 옥스퍼드에라도 나가서 만났을 것이다. 두 사람이 각기 다른 시간에 집에서 나서 수도교로 내려가서는, 마을에서 멀리 떨어진 곳, 개암나무 잡목림 뒤 오솔길로 비틀거리며 들어가 나무에 상대방을 밀어붙이는 모습을 상상한다.

바람피우는 언니는 상상이 되지만, 키스하고는 아니다. 키스는 어울리지 않는 상대다. 그 사람 때문에 언니가 위험천만한 짓을 하거나 무모한 짓을 한다는 건 상상이 가지 않는다. 오히려 언니라면 자기 부인을 배신했다며 키스를 증오했을 것이다.

생각하면 할수록 언니가 불륜 때문에 핑계를 댈 사람도, 불륜에 지독하게 중독될 사람도 아니라는 생각만 더 든다. 다른 사람들의 기만을 역겨워했던 언니다.

앨리스는 우리를 가르쳤던 선생님 중 한 명과 바람을 피운 적이 있었는데, 언니가 앨리스가 했던 짓 중에 어느 한 가지라도 저지르는 건 상상이 되지 않는다. 가령 상대의 집 앞을 지나간다든가, 상대가 자기 가족하고 함께 있는 모습을 보고는 당장 나와서 차에서 하자고 하는 그런 짓 말이다. 선생님은 앨리스한테 푹 빠졌었다. 앨리스가 끝내자고 했을 때, 그 선생님은 "하지만 우린 함께 해변에 가기로 했잖니"라고 했다. 나는 그 선생님을 딱하게 여겼지만 언닌 아니었다. 언닌 "찌질해"라고 했었다. 부인을 떠날 것이지 왜 굳이 부인한테 계속 거짓말을 하냐며 그 선생님을 이해하지 못했다.

내 생각엔 키스가 언니 때문에 자신이 바보가 된 것 같다고 느낀 듯하다. 키스가 털고 일어날 수 없게 된 시점, 욕심이 너무 커진 시점에 언니 때문에 스스로 바보처럼 느낀 것 같다. 키스가 언니한테 뭔가 제안을 했고 언니가 비웃었든지 타박을 줬는데, 그땐 언니가 키스한테 이미 너무 소중한 사람이라 때가 늦었던 것이다.

그 후 그는 집으로 가 샤워를 하고 옷도 빨았을 것이다. 그 어디보다 여기가 안전했을 테니까. 사방에 그 흔적을 남겼을 게 분명하다. 배관이든 마룻널이든. 경찰은 증거를 그렇게 열심히 찾지 않았다. 배관 안 어딘가에 있을 테니 경찰은 집을 분해해서라도 그걸 수거했어야 했다.

이 집을 나서기 전, 헛간으로 돌아가 나무가위를 찾은 다음 체리나무를 앙상해지기 직전까지 가지치기한다.

덕앤드커버에 가봤지만 새로운 소식은 없다. 바텐더 말이, 키스가 풀려났다는 소식을 들은 사람은 없다고 한다. 마을에 눈이 내리기 시작하자 바텐더도 나도 고개를 돌려 눈을 바라본다. 콘월과 달리 여기선 눈발이 마구 날린다. 길 건너편 반목조 주택들이 한순간 아주 옛날 집처럼 보이더니 보도 위 행인들도 오래된 그림 속 사람들처럼 이목구비가 뚜렷해지면서 눈길이 엄해진다. 고개를 쳐들고 건너편에 있는 우리를 쳐다보는 행인들의 눈빛은 눈雪이 이미 저지른 짓과 앞으로 저지를 짓을 보아서인지 암울하고 심각하다.

50

다음 날 오전에는 도서관에서 어떤 여자가 자기 담당 의사를 살인하는 내용의 프랑스 현대소설을 꺼낸다. 그동안 내내 피했던 류의 책이다. 여자가 남자를 칼로 찌르기 때문이다. 어쨌든 도서관에 서서, 또 잠시 후엔 앉아서 그 책을 읽는다. 왠지 그 책이 해독제처럼 느껴진다.

화자는 파리 동역 옆에 산다. 여자는 끌레가(街)에서 범행을 저지른다. 범행에 쓴 칼은 파리 6구에 있는 자신의 예전 아파트에 다시 가져다 놓는다. 이야기가 시원시원하고 명쾌한데 프랑스어가 특히 그런 것 같다. 여자가 들키지 않았으면 한다.

사서는 동그란 안경을 쓴 청년인데, 나한테 이 책을 대출해주지 않을까 봐 걱정이다. 이 책을 보며 이렇게 말할 것이다. '당신이 이런 책을 읽으면 안 되죠.'

그런 일은 일어나지 않는다. 소설책을 숙소로 가지고 온 후 방에서 다 읽는다. 거의 끝 무렵, 알고 보니 내가 소설의 화자를 내내 언니라고 상상하고 있었다.

이 책의 특정 부분, 파리 북역 부분과 콜로세움 부분을 다시 읽고 있는데 루이스가 전화를 걸어 아래층으로 내려와달라고 한다. 루이스가 검사의 결정을 전화로 알릴 때 이러고 있으려던 게 아니었는데. 우선은 바깥에 나가 있을 생각이었다. 이렇게 세느강에 증거를 처분하려는 여자 이야기를 읽고 있을 게 아니라.

속이 싸하면서 묵직해진다. 깨끗한 옷을 입고 머리를 땋는다. 그렇게 하면 지체 높고 고분고분한 사람처럼 보이기라도 할 것처럼.

카펫 깔린 층계를 내려가 붉은 옷을 입은 기수들 그림을 지나간다. 심장이 너무 두근거려서 터질 것만 같다. 루이스가 경찰 마크가 없는 차에 기댄 채 길에서 나를 기다리고 있다. 지금은 무표정한 그의 얼굴이 곧 바뀌길 기다린다. 세찬 바람에 점퍼를 가슴께에 꼭 품는다.

"노라." 목소리에서 벌써 알 것만 같다. "국립기소청에서 키스 덴턴을 기소하지 않는답니다."

"하지만 그 사람, 거기 있었잖아요. 언니 사진도 훔쳤고, 알리바이도 없다고요."

"그걸론 불충분해요. 그자한테 불리한 법의학 증거가 전혀 없어요."

루이스가 날 위해 차 문을 열어준다. 앞 유리를 통해 그가
운전석까지 차를 돌아 걸어오는 걸 지켜본다. 키 크고 잘생
긴 데다 롱코트 차림인 루이스는 차로 돌아와 다시 나를 대
면하기 전까지 혼자 있을 수 있는 이 짧은 순간을 만끽하고
있는 게 아닐까.

루이스는 시동을 걸지 않는다. 갈 곳이 없기 때문이리라.
검사하고 상담할 필요도 없고 검사가 치안판사 앞에 출두하
는 자리에 내가 나갈 필요도 없다. 이번 일이 올바른 방향으
로 흘러갔다면 내가 했을 법한 일이 그런 일일까?

"그 사람 어디 있어요?"

"저도 모릅니다. 오늘 아침 일찍 세인트올데이츠에서 풀
려났어요."

앉아 있던 자리에서 몸을 홱 돌리고픈 충동을 억누른다.
"그 사람 집 배수구는 확인해보셨어요?"

"그럼요, 첫 번째 신문 때 했습니다."

"이제 어떻게 하실 건가요?"

"새로운 증거가 안 나오면 수사가 뒤로 밀릴 겁니다."

"이미 그렇게 되지 않았나요?"

"맞아요. 지금은 인력이 모자라거든요." 이 말인즉슨, 애
빙던 근처에서 살인사건이 또 벌어졌단 얘기다.

"관련 있는 사건인가요?"

"아닙니다. 남자 둘이 엔섬에 있는 창고에서 죽었어요. 증

오범죄로 보입니다."

모레티는 그 사건을 신속히 해결하겠지. 자기 양심을 달래 줄 선물의 일환으로.

"그 사람을 다시 기소할 순 없나요? 아니면 면책권 같은 게 생긴 건가요?"

"획기적인 증거가 새로 나오면 가능합니다. 하지만 그런 일이 그렇게 흔하진 않아요."

키스가 몇 시간 전에 풀려났다. 도서관을 나서자마자, 그가 여전히 구속수감 중이라고 생각하고 있던 때, 그와 우연히 마주쳤을 수도 있었다. 생각만으로 웃음이 나온다. 루이스가 손으로 두 눈을 비빈다.

"형사님은 그 사람이 범인인 것 같나요?"

"모르겠습니다."

내 분노만 키울 것을 알면서도 루이스가 긍정의 대답을 해주길 바란다. 검사 쪽의 안일함 때문이었을까? 담당 건수를 늘리기 싫었던 걸까? 아니면 돈 때문이었나, 그러니까 이 나라에 법원과 판사가 모자라서? 큰 소리로 이 말을 하니 루이스가 말한다. "아니면 결백한 사람이 시련을 당하게 만들지 말자는 도덕적 결정 때문에?"

"그 사람에 대한 형사님의 본능은 뭐죠?"

"뭘 근거로요?" 날카롭고 긴장된 목소리다. 어젯밤 엔섬에 갔었는지, 갔다면 뭘 본 건지 모르겠다.

"만약 당신이 결정할 수밖에 없는 입장이었다면—"

"나도 모르겠어요, 노라." 루이스가 머리에 손을 얹는다. "당신은 그 사람하고 말을 해선 안 됩니다. 당신을 상대로 보호명령을 받아내려고 할 거예요."

이제 영원히 풀리지 않을 것이다. 공식적으로 해결되지도, 누군가 유죄판결을 받지도 않을 것이다. 재판도 없을 것이다. 애빙턴의 형사들은 새로운 사건의 첫 48시간에 직면했다. 루이스도 곧 떠날 거고, 모레티도 조기퇴직 프로그램을 받아들일 것이다. 아마 두 사람 다 새해가 가기 전에 사라지고 없을 것이다. 언니 때문은 아닐 거다. 형사들 중에 언니 사건에 사로잡혀 괴로워할 사람도 없을 것 같다. 그렇게 되면 좋을 텐데. 그 사람들 중 사건을 해결하는 사람이 나올 수도 있으니까. 묘한 점은, 모르긴 몰라도 이 사건이 형사들이 접해본 사건 중에 최악도, 가장 슬픈 사건도 아닐 거란 점이다. 그들은 다른 이들을 짊어지고 미래로 나아가겠지. 아마도 아동 피해자들과.

키스 덴턴이 석방되었다. 그가 갑작스러운 가출을 두 번이나 겪은 집으로 돌아가 집을 정돈하는 모습을 그려본다. 석방 후 할 일 목록이라도 만든 건 아닌지 모르겠다. 맥주 한 파인트, 언덕 산책.

혐의를 벗은 남자. 친구들과 마을이 다 함께 그의 주위에 모여들 것이다. 그의 구사일생 모험담을 빼놓지 않고 듣고 싶어 할 것이다. 누구나 제도에는 허점이 있기 마련이란 걸 알고 있다. 살인으로 복역 중인 수천 명 중 결백한 사람도 있을 테고, 키스 또한 그런 신세가 될 뻔했다. 이 마을은 기꺼이 그가 결백하다고 믿으려 할 것이다. 자기들 집을 왕래했던 지인보다는 생판 모르는 남이 살해범인 편이 나을 테니 말이다.

51

헌터스 옆에 놓인 나무 테이블 중 하나에 앉아 헤드폰을 끼고 뉴스를 듣는다. 놓친 몇 마디가 있어 기자가 뭐라고 했을지 가늠하느라 머리를 쥐어짠다. 여기에 너무나 열중한 나머지 내 앞에 있는 게 무엇인지 알아차리는 데 몇 초가 걸린다. 그건 바로 건물 모퉁이를 돌아오고 있는 키스다.

내가 헤드폰을 홱 잡아당겨 빼는데 키스가 내 맞은편 벤치에 쿵 하고 앉는다. 아주 작은 음성이 헤드폰에서 새어 나오고 있지만 라디오를 끄지는 않는다. 마치 나한테 무슨 일이라도 일어나면 라디오 속의 사람이 듣게 될 거란 듯이. 키스의 손이 주머니 속에 있어서 그가 무기를 가지고 있는지 알수가 없다. 지금 이 순간, 우리는 중심가에 있는 그 누구의 눈에도 띄지 않는 곳에 있다.

"당신이 언니를 죽였어." 내 목소리가 내 것처럼 들리지 않고 언니 목소리처럼 들린다.

키스가 고개를 가로젓는다. 나한테 닥치라고 경고하려는 걸까, 아니면 내용을 바로잡으려는 걸까. "내가 이해가 안 가는 게 뭔지 알아?" 키스가 나무의 이음매를 빤히 바라보며 말한다. "경찰에서 당신은 한 번도 고려하지 않았다는 거야."

"뭐라는 거지?"

"당신은 레이첼하고 그 집에 같이 있었잖아. 경찰이 도착했을 때, 피범벅으로 집 밖에서 기다리고 있는데도 당신을 체포하지 않다니."

"난 언니를 발견한 거야."

"레이첼을 발견한 거라면 그 집에서 벗어나고 싶어 했겠지. 이웃집이나 도로 쪽으로 도망을 쳤을 거 아니야. 누군진 몰라도 아직 집 안에 있을지 모르니까 주변에서 얼쩡거리지 않았을 거라고. 당신이 범인이라면 모를까."

"그땐 생각을 제대로 못 했으니까." 내가 말한다. 이때 키스의 몸이 기이하게 축 늘어졌는데, 마치 제 몸을 제대로 가누지 못하는 것처럼 보인다.

"소방관 하나가 하는 말이 당신을 쭉 지켜봤는데 당신이 울지 않았다고 하더군. 게다가 개도 있잖아. 난 그게 이해가 안 돼. 당신 말은 침입자가, 그러니까 누군가 집에 쳐들어와서 훈련받은 저먼셰퍼드를 죽였단 건데. 중상을 입지 않고 그게 어떻게 가능하단 건지 모르겠군. 누구든 피를 안 흘렸

단 얘기잖아."

"당신이 그걸 어떻게 알아?"

"추측해보니까 그래. 경찰에서 나한테 채혈을 요구하지 않더라고. 내 생각엔 개가 자고 있는 동안에 당신이 그 개의 목을 그어버린 거야."

"경찰은 나를 용의자에서 제외했어." 모레티가 그 시간에 집에 있는 게 보통 있는 일이냐고 나한테 물었던 게 기억난다. 나를 용의자로 보았던 것이다.

"어떻게?"

"글쎄, 나한테 무기가 없었으니까 그랬겠지."

"그 집에도 칼이 있었을 거 아니야? 범행 후에 당신이 씻어놨거나 숨겨놨겠지." 키스가 고개를 쳐든다. "경찰이 지금은 당신을 노리고 있어. 당신이 그랬다는 것도 알고, 왜 저질렀는지도 알고 있다고."

"내가 언니를 해칠 리가 없잖아."

"언니한테 유리병은 던졌으면서?"

"당신이 그걸 어떻게 아는 거야?"

키스가 코웃음을 친다. "젠장, 어떻게 아는 것 같아? 내가 어디가 어때서 날 그렇게 못 믿는 거지?"

내가 고개를 가로젓자 키스가 말한다. "당신이 레이첼 코를 부러뜨렸잖아."

굳이 대꾸하지 않는다. 언니 코가 부러진 게 나 때문이었는지 그 몇 시간 뒤에 벌어진 일 때문이었는지는 모를 일이었다.

"당신은 언니 사진을 훔쳤어."

"아니야. 레이첼이 나한테 준 거야. 날 사랑했으니까."

키스가 내 표정을 보고 웃는다.

"레이첼은 늘 당신이 못된 동생이라고 했지."

3부
......

여우들

52

우린 그 파티에서 싸웠다. '절대로' 게임 후 계단을 오르기
전, 발 아래 모든 게 흐릿하고 캄캄해져 있었다. 언니가 날 놀
려서 내가 언니에게 쏘아붙였다. 잠시 후 우린 뒷문으로 나
가 잔디밭에서 서로에게 고래고래 소리를 질러댔고, 래피는
경찰에 가정폭력으로 신고하겠다고 했다. 래피가 이내 농담
이라고 했지만 언니는 래피에게 나에 대한 무슨 말인가를 했
고, 나는 래피 손에 있던 맥주병을 빼앗은 다음 언니한테 던
졌다. 그 병이 언니 얼굴을 치자 언니가 헉하고 숨을 들이쉬
고는 허리를 굽혔다.

나는 메스꺼움을 느꼈으나 고개를 든 언니는 얼굴에 피가
줄줄 흘러내리고 있는데도 웃고 있었다. 누가 봐도 승자의
얼굴이었다. 언니가 옳다는 걸 내가 입증한 셈이다. 내가 집

안으로 물러났을 때도 언니는 여전히 웃고 있었다.

그날 밤 내내, 남자애들이 우리 자매를 계속 떼어놓았다. 그 애들은 우리 주위에 옹기종기 모여서는 우리가 권투선수라도 되는 듯 우리를 가지고 농담을 해댔다. 즐거운 사건인 양 행동했지만, 그 애들은 대부분 우리 자매가 둘 다 정신병자, 골칫거리라고 생각했다. 지난번 파티에서 자기 남자친구차의 유리창을 모조리 박살냈던 알리 로스처럼.

언니가 새벽에 내 위로 몸을 숙이며 물었다. "노라, 너도 같이 갈래, 아니면 여기 있을래?"

"있을래."

우린 그해 여름, 거의 파티에 갈 때마다 싸웠다. 우리 중 한 명이 거나하게 취했다든지(늘 둘 중 하나는 취했다), 누군가를 꼬시려고 정신이 팔려 있는 게 아니라면 싸웠다. 우린 친구들이 자기 엄마들하고 싸우는 식대로, 대개는 아무것도 아닌 일로 생각 없이 싸웠다.

집으로 걸어갈 때마다 꼭 바보 같은 순서가 뒤따랐다. 처음엔 소리 없는 빈정거림, 잠시 후 이어지는 상호 비방, 좀 전보단 뚜렷한 발음으로 앞서 했던 말 반복. 구시가지에 다다를 즈음엔 우리 중 하나가 꼭 "더 이상 이 얘긴 하고 싶지 않다"고 말했다. 화가 나서 입을 꼭 다물고 샌들로 보도를 찰싹찰싹 소리 나게 밟아가며 노르만양식 교회와 제과점을 지나쳤다. 원하지 않는데도 자꾸 우리의 발걸음이 맞춰지는 데 미칠 듯 화를 내면서. 우린 침울한 야누스의 얼굴처럼 각자 반대쪽을 바라보았다.

네 단계는 보통 중심가 끝에 다 가서 시작되었다. 우리 중 한 사람이 어떤 말인가를 꺼내는데 대개는 그날 갔던 파티 얘기였다. 누군가가 했던 바보 같은 행동이나 그 바보 같은 행동을 두고 되는 대로 지껄인 말을 꺼냈다. 이 단계에서는 상호 비방이 더 심해졌지만 "너(언니)라면 그런 식으로 받아들이진 않았을 텐데"처럼 희미하게 사과의 의미가 담긴 말도 몇 마디 오갔다.

그리곤 둘 다 슬슬 지치기 시작했다. 그 시간에 볼 수 있는 네온빛 하늘과 마을의 낯선 분위기가 서서히 우리의 관심을 앗아갔다. 우리가 사는 주택단지에 들어설 때쯤, 싸움은 끝나 있었다.

아직도 열일곱 살의 언니가, 입가로 피가 줄줄 흐르는데도 나를 비웃던 언니가 눈에 선하다.

언니가 혼자 집에 가면 나에 대해 했던 말을 곰곰이 생각해보고 후회할 거라 생각했다. 이제는 그 생각 때문에 마음이 어지러워서인지, 언니가 날 그렇게나 속상하게 만들었던 말이 뭐였는지 기억나지 않는다.

53

키스는 그 싸움에 대해서 알고 있고, 페노가 훈련받은 개였다는 것도 알고 있다. 그가 어떻게 이런 것까지 다 알고 있을까? 가장 간단한 답은 언니가 말해주었다는 거다. 두 사람이 연인 관계였거나 혹은 그는 연인 관계로 생각했지만 친구 관계였기 때문일 것이다. 이상한 건, 아까 나에게 찾아왔을 때 그 불륜이 자신의 결백을 입증해주었다는 듯 굴었다는 점이다. 오히려 그 반대가 될 것 같은데도 말이다.

이 시점에서 중요한 건 키스가 자기한테는 다 끝난 일이라고 생각한다는 것이다. 자신은 안전하다고 생각한다. 내가 그랬던 것처럼, 키스도 일사부재리 때문에 자신이 다시 기소될 일은 없을 거라 생각할지 모른다. 교도소에 갈 뻔했으니 굉장히 마음이 놓일 것이 분명하다. 그는 남은 평생을 자유의 몸으로 살 것이다. 수도교에서 무릎을 꿇고 땅바닥에 입을 맞추고 싶어 할 그의 모습이 그려진다. 집에서도, 술집에서도, 운전을 하면서도. 지금쯤 인생 계획을 세우고 있을 것이다. 창창한 앞날을, 여행을 하면서 아무 데서나 잘 계획을.

누군가 위협을 가해서 그 모든 걸 위태하게 만든다면 그가 어떻게 나올지 알 수 없다. 아니, 알 수 있다. 그는 날 공격할 테고, 우리 둘만 빼고 나머지 모두에게는 동기 없는 공격처럼 보일 것이다.

나는 키스가 다시 경찰의 관심을 받기를 바란다. 경찰은 그를 어떻게 하면 올가미에 걸리게 할 수 있는지 알고 있다. 가령, 경찰이 그에게는 전혀 말해주지 않은 범죄의 세부 사항들, 개가 어떤 식으로 묶여 있었는지, 언니의 시신이 어디서 발견되었는지 등을 키스가 자신도 모르게 내뱉게 한다든지, 그의 진술이 조금씩 바뀌다가 다 어긋나버릴 때까지 그를 신문하면 될 것이다. 경찰이 전에는 잘 해내지 못했지만, 키스의 경우 시간이 더 필요할 뿐이다.

이 목적을 달성할 수 있는 가장 좋은 방법은 키스가 범죄한 건을 더 저지르는 것이다. 화를 잘 내는 사람에게 그날은 그리 오래지 않아 올 것이 틀림없다.

도대체 경찰은 왜 더 자주 미끼를 이용하지 않는 건지 도무지 이해가 되지 않는다. 누군가가 웨일스에 있는 어떤 산에서 여자들을 죽이기 시작했을 때, 경찰은 그 산의 등산로로 등산객들을 파견하면 될 일이었다. 그 등산객들을 뒤따르는 팀을 보내든지 총을 들려 보내는 것이다. 그 팀은 민간인이 아닌 여자 경찰관으로 구성하면 될 일이다. 그렇게 큰 산도 아니었으니 등산로마다 미끼를 심을 수도 있었을 텐데. 3개월에 걸쳐 8명이 희생됐는데 범인은 오리무중이다. 멍청하기 짝이 없다.

중상해죄. 키스도 중상해죄를 저지를 조건은 다 갖췄다. 누군가에게 분풀이를 해야 할 상태니까.

54

모레티가 애빙던 경찰서 내 어떤 방에서 기자회견을 열고 있다. 목요일 밤, 엔섬에 있는 창고 근처에 있었던 사람은 경찰에 연락을 부탁한다는 말을 하는 중이다. 초기 증거로 보아 이번 살인사건의 범인이 한 명 이상이라고 믿고 있으니, 누구든 아는 게 있으면 아무리 사소한 것이라도 제보해달라고 당부하고 있다.

모레티는 언니 사건에서 손을 털었다. 새로운 사태가 전개되어 그의 관심을 끌지 않는 한, 그에게는 끝난 일이다.

형사들이 모레티 옆, 각도를 낮게 조정해놓은 마이크 뒤에 한 줄로 앉아 있다. 모레티가 발표하는 동안 형사들은 기자회견장을 찾은 청중들을 응시한다. 청중들은 돌발 상황이라도 기다리는 듯, 무표정하고 언짢은 얼굴이다. 견장의 왕관을 보니 그 형사들 중 일부는 모레티보다 계급이 높다. 양손을 테이블 위에서 깍지 낀 채 열 가운데 앉아 있는 사람이 서장인 건 알겠다.

모레티의 목소리는 차분하고 또렷하다. 진지하고, 무엇보다 능률적인 사람이란 인상을 준다.

55

"경찰서로 좀 와주실 수 있으실까요?"기자회견 다음 날 아침 모레티가 묻는다. 빗방울이 헌터스 뒷마당에 떨어지고 마을회관에선 농무 경적이 우렁차게 울리는 아침이다. 경찰에서 나를 의심하고 있다는 키스의 말이 떠오르지만 그 사람 말을 믿는 건 아니다. 허풍이었을 거다. 형사들이 사건을 아직 종결하지 않아서 기분이 좋다.

한 순경이 8시 15분에 나를 데리러 온다. 이번엔 진술실에 루이스도 있다. 순간 새로운 소식이 있다는 뜻인가 생각하는데, 의욕적으로 보이는 사람이 아무도 없다. 오히려 지쳐 보인다.

"지난번에 남자친구와는 왜 헤어졌다고 하셨죠?"모레티가 묻는다.

"그 남자가 한눈을 팔아서요."

"그건 어떻게 알았나요?"

"여자 팬티를 발견했거든요. 이미 다 말씀드렸을 텐데요."

그이가 맨체스터에서 돌아온 일요일 밤, 그의 가방에 손을 넣었다가 검은색 실크 뭉치를 꺼냈다. 그걸 입었던 사람의 치수를 가늠해보려고 침대 위에 쫙 펼쳐놓았다. 가장자리에 레이스가 둘러진 다리와 배 부분. 가슴을 드러내고 침대에 누워 손가락을 깨물며 웃고 있는 여자를 상상했다.

모레티가 내게 검은색 실크 팬티 사진을 보여준다. 팬티 가장자리에 똑같이 엷은 파란색 라벨이 붙어 있다.

"이런 거였나요?"

"네."

"로마의 카부르 거리에 매장이 있습니다. 이태리 밖으로는 유통이 안 되죠." 잠시 숨이 멎는다. 두 형사 모두 나를 쳐다본다. 모레티가 말을 잇는다. "언제 알게 되신 거죠?"

"알게 되다니 뭘요?"

"언니가 남자친구하고 잤다는 걸요."

"아니에요. 그이는 그 주에 맨체스터에 있었다니까요."

"아뇨, 옥스퍼드였어요. 프린스 스트리트에 있는 조지 호텔에 숙박했습니다. 레이첼은 그 사람을 만나서 저녁을 먹고 그 호텔에 같이 투숙했어요."

뒤통수를 맞은 기분이다. 그 일요일 밤에 그랬던 것처럼 온몸이 얼얼해진다. 내 몸의 움직임 하나하나가 의식된다.

손을 들어 올려 셔츠 자락을 정리하는 움직임도, 내가 그 방의 공기를 얼마나 많이 내 숨으로 바꿔놓고 있는지도. 마치 주변의 모든 게 얼어붙고 있는 것만 같다. 그런데 불쾌하지는 않다. 루이스가 테이블 맞은편에서 나를 가만히 지켜본다. 아직 아무 말도 하지는 않고 있다.

"몇 번이나요?" 내가 묻는다. 내 목소리가 멀게 느껴진다.

"한 번이요, 리엄에 따르면." 모레티가 말한다.

누가 뒤에서 갑자기 밀기라도 한 듯, 내가 움찔한다. "그 사람이 시인했다는 거네요?"

"네."

모레티가 내민 사진을 보니 그 속옷들을 침대 위에 놓고 차가운 실크를 매만지던 기억이 난다. 리엄은 샤워 중이었는데, 샤워를 마친 후 보게 하려고 그 상태 그대로 놔뒀었다.

"고마워요, 노라. 오늘은 일단 이만하면 될 것 같군요."

모레티는 녹음기를 끄지 않았다. 내가 무슨 다른 말을 할 거라 생각하는 건지 모르겠다.

56

"지금 옥스퍼드로 와줄 수 있어?" 그가 조의를 표하자마자 내가 묻는다.

"지금 근무 중이야." 리엄이 말한다.

"당신이 해명할 수 있을 거라 확신해. 기차로 한 시간밖에 안 걸리니까 오늘 밤에 런던으로 다시 돌아갈 수 있을 거야."

우리는 중심가의 커버드 마켓에서 만나기로 한다. 그곳 2층에 비스트로가 하나 있다. 배가 고픈 건 아니지만 소박한 프랑스 요리를 제대로 내는 곳이다.

모레티가 나에게서 동기를 찾으려는 걸지도 모른다. 언니 서랍장에서 그 팬티와 똑같은 걸 못 찾아서 로마에 있는 매장에서 주문을 했을 수도 있다. 내가 모레티에게 상표명을 얘기해줬던 것 같다.

리엄을 기다리면서 언니와 리엄이 함께 있던 때를 모조리 떠올려본다. 두어 번은 그 두 사람이 자기들끼리만 자리를 뜬 적이 있었다. 하지만 모두 반드시 두 사람이 필요한, 평범하고도 합리적인 용무 때문이었다. 한 번은 우리가 말로에 있을 때 언니와 리엄이 식료품 쇼핑을 갔었나 그랬고, 언니 차를 정비소에서 찾아와야 해서 리엄이 언니를 태워준 적도 있었다.

그런 일들이 사전에 미리 짜놓고 기다려 마지않던 원정이었다고 믿기엔 가슴이 너무 아프다. 돌아왔을 때 두 사람은 조금도 긴장하거나 죄책감을 느끼는 것처럼 보이지 않았다.

모레티는 리엄이 옥스퍼드에 있었지 맨체스터에 간 게 아니었다는 증거는 나에게 하나도 보여주지 않았다. 언니가 그 호텔에 투숙했다는 걸 어떻게 알아냈는지도.

리엄이 도착한다. 6개월 만에 그를 처음 본다. 부드러운 니트 차림의 그에게서 예전과 똑같은 삼나무와 사향 향수 냄새가 난다. 그와 헤어지고 나서야 그게 꽤 인기 있는 향이란 걸 알았다. 당신, 지금은 누굴 위해 그 향수를 뿌리는 거지? 나도 모르는 사이 그런 생각을 하고 있다.

"어떻게 지내?" 그가 묻는다.

고개를 가로젓고 나서 보니 그의 서류가방에 접어놓은 잡지가 있다. 여기까지 오는 동안 뭔가를 읽을 수 있었다는 얘긴데, 그런 그가 너무 싫다. 담당 서버가 와서 나는 두 번째 캄파리소다를, 리엄은 맥주를 주문한다. 얼굴이 매우 좋아

보인다.

"당신, 우리 언니랑 잤어?"

주변이 일제히 조용해진다.

"응."

그의 맥주병을 후려치자 벽에 부딪치며 산산조각 난다. 병 안에 들어 있던 액체가 바닥 위에서 거품을 일으키며 흘러나온다. 젊은 여자인 서버 두 명이 저 멀리에서 걸음을 멈추고 우리를 빤히 쳐다본다. 그들이 우리 대화를 들었을 것 같지는 않지만 어떤 내용인지 짐작하고도 남을 것이다. 두 사람의 얼굴이 나에 대한 동정심으로 주름진다. 의자를 뒤로 밀며 일어나 황급히 계단을 내려간다. 뒤에서 리엄이 사과하는 소리, 테이블에 남길 지폐를 찾느라 서류가방 지퍼를 여는 소리가 들린다.

리엄은 커버드 마켓 옆 골목에서 나를 따라잡는다. "작정하고 그랬던 건 아니야. 거리에서 우연히 마주쳐서 같이 밥이나 먹자고 한 거였어. 사실 기억도 잘 안 나. 우리 둘 다 안 났지. 그건 실수였으니까." 리엄이 말한다.

"술을 얼마나 마셨는데?"

"와인 두 병."

"각자?" 집요하게, 절박하게 묻는다. 와인 네 병을 마시고 일어난 일이라면, 두 사람을 용서할 수 있을 것 같다.

"아니, 같이."

골목 저 끝에서 발자국 소리가 들려 우리 둘 다 말을 멈춘다. 젊은 여자가 자갈길을 내려오다가 우리 사이에서 휘청거린다. 야채와 튤립 꽃다발이 든 그물 가방을 들고 있는데, 그 여자 팔을 잡고 이렇게 말할 뻔했다. '잘 들어요, 이 남자가 무슨 짓을 저질렀는지 들어보라고요.' 우리를 지나치는 여자가 점잖을 떨며 고개를 숙인다. 사랑싸움. 나도 우리가 말다툼을 하고 있는 거라면, 우리가 런던 골목에 있는 것이지 옥스퍼드에 있을 이유가 없는 거라면 좋겠다.

"하지만 당신, 계획했잖아. 나한테는 맨체스터에 간다고 했으니까."

"아니야. 컨퍼런스에 간다고 말했어. 장소 얘긴 나중에서야 나왔지. 돌아왔을 때 맨체스터에 다녀왔다고 했으니까."

"언니가 당신한테 그렇게 말하라고 했어?"

"아니."

숨 쉬기가 너무 힘들다. 리엄이 부인할 거라고 확신하고 있었다. 아니, 형사한테 이렇게 말할 수 있을 줄 알았다. '형사님이 틀린 거예요. 그런 일은 없었다고요.'

리엄이 부인했다면, 나는 리엄한테 키스하는 언니, 리엄을 위해 옷을 벗는 언니, 함께 잠드는 두 사람 생각을 두 번 다시 하지 않아도 됐을 것이다. 그 일 이후 언니를 봤지만 언니가 나한테 털어놓지 않았던 첫 번째 날 생각도. 언니한테 리엄과 헤어졌다고 하니 언니는 이렇게 말했다. "며칠 여기 와서 지낼래?"

"사귀는 내내 언니를 좋아했던 거야?" 내가 묻는다.

"아니."

"언니가 나한테 화나 있었어?"

"아니, 당연히 안 그랬지. 언니는 그 일 때문에 자신을 혐오했었어."

이제 나는 거리낌 없이 울고 있다. 손등으로 코까지 막아가며. 리엄은 땅바닥만 보고 있다. 서로 아무 말이 없다가 내가 불쑥 묻는다. "누구 만나는 사람 있어?"

리엄이 손으로 입을 쓱 문지른다.

"이름이 뭐야?"

"샬럿."

그 여자가 그려진다. 밝고 마음씨 착한 여자, 윤기 흐르는 연갈색 머리. 출근하고 친구들을 만나고, 그 후에는 리엄도 만나고. 그 여자가 여기 있다면, 지금 우리가 있는 쪽으로 온다면 그 여자를 칠 것만 같다. 그 여자를 할퀴어서 산산조각 내고 싶을 것이다.

그 여자가 런던에서 리엄을 기다리고 있다. 오늘 밤 아니면 내일 밤, 리엄은 그 여자를 보러 갈 것이다. 이런 일을 겪고 나서 차분하고 포근한 사람 곁에 있으면 마음이 편안해질 테니까. 그 여자는 '무슨 일이 있었는지 얘기해줄 거야?'라고 물을 것이다.

리엄은 여전히 내 처지를 모르고 있다. 자신이 나를 어떤 위험에 빠뜨린 건지 제대로 생각해보지도 않았을 것이다.

"내가 언니를 발견했어."

"맙소사. 너무 힘들겠다."

"경찰은 이 일 때문에 내가 언니를 죽였다고 생각해."

리엄의 목이 확 붉어지더니 가슴까지 번진다. "아니지, 그건 말이 안 되지. 내가 경찰에 당신은 몰랐다고 말할게."

내가 한 발짝 다가가자 리엄의 팔이 나를 꼭 감싸 안는다. 그의 가슴이 들썩이더니 내 가슴으로 가라앉는다. 옥소 타워 맨 꼭대기의 그 식당이 기억난다. 엘더플라워 진토닉. 이런 생각을 했다. '일이 이렇게까지 될 줄은 몰랐는데.'

리엄이 누군가를 만나고 있다. 그래도 우리의 처음 몇 달을 따라가진 못할 것이다. '골든 브라운, 나를 높게 하네.' 언니랑 갔다는 그 호텔과도 비교가 안 될 것이다.

온기가 그의 몸에서 내게로 퍼져 온다. 그가 내 정수리에 입을 맞추고 있으니 내가 고개를 들면 내 입에 키스를 하게 될 것이다. 나를 안은 그의 팔에 힘이 들어간다. 그의 어깨와 따뜻한 목 사이에 고개를 얹고 불안한 마음을 무시하려 노력한다. 이제 절대 전으로 돌아가진 못할 것이다. 이러면 당신한테 더 해가 될 거야, 결국에는.

"가봐야겠다." 내가 말한다. 약속이 방금 기억나기라도 했다는 듯 차분한 목소리다.

"괜찮겠어?" 그가 묻는다. 아마 그는 내가 괜찮을 거라 말해주길 기대하고 있을 것이다.

작별 인사를 할 때도 나는 침착한 목소리를 유지한다. 골목 끝에 다다라, 나도 중심가 인파의 일원이 되어버린다. 외로움이 머리끝까지 차오르자 언니 목소리가 들려온다. '괜찮아, 넌 집에만 가면 돼. 그냥 집에만 가면 될 거야.'

57

"런던을 떠나기 전, 당신은 첼시의 크라이스트처치 테라스에 있는 술집에 갔습니다." 모레티가 말한다. 리엄을 떠나자마자 모레티가 전화를 해서 다시 경찰서로 오라고 했다. 나는 그 두 사람 일을 전혀 몰랐다고 다시 한번 모레티에게 말하지만 내놓을 증거가 없다. "술은 얼마나 마셨죠?"

"와인 한 잔요." 다시 그곳으로 가기라도 한 듯 눈앞에 테이블이 보인다. 연어가 들어간 페이스트리, 화이트와인, 포크와 나이프까지.

"언니분이 스네이스에서 공격당하던 날 밤은요? 그땐 술을 얼마나 마셨나요?"

"기억 안 나요."

"보드카 반 리터?" 모레티가 묻는다. 내가 고개를 갸우뚱

한다. "저희 쪽에서 앨리스 씨와 얘기를 해봤습니다. 그분 말이 셋이서 그날 밤 술을 꽤 많이 마셨다던데요. 맞는 말 같습니까?"

"네."

"언니한테 화가 났었나요?"

"아뇨."

"언니 얼굴에 병을 던졌잖아요." 모레티가 말한다. 키스가 말해준 게 분명하다. 키스가 경찰에 리엄 얘기도 했는지, 언니가 키스한테 리엄 얘기를 털어놓았는지 모르겠다. "윌 쿡이 누구죠?"

젠장, 젠장. "우리가 다 같이 아는 친구요. 우리랑 학교에 같이 다녔어요."

"당신 친구였나요, 아니면 언니 친구였나요?"

"둘 다요."

"당신 남자친구였나요?"

"몇 달 동안요."

"언니랑 사귄 적도 있나요?"

"아뇨."

"앨리스 씨 얘기랑 다르네요."

"둘이 몇 번 자긴 했어요."

"파티에서 두 분이 싸웠던 게 윌 쿡 때문이었나요?"

"아뇨, 그것 때문이 아니었어요. 앨리스가 자기도 윌이랑 잤단 얘기는 안 하던가요? 우린 십 대였고 그건 별일도 아니었다고요."

모레티를 만났을 때 나는 모레티가 좋았다. 이탈리아를 좋아하니까. 얼마나 멍청했는지! 그 때문에 내가 방심을 한 것 같다. 스코틀랜드 억양에 이탈리아인의 외모. 내겐 그에 대한 이미지가 있었다. 에스프레소를 마시고 신문을 읽는 남자. 눈꺼풀이 두꺼운 건 이런저런 사건들에 시달리고 일하면서 알게 된 것들 때문일 거라 생각했다. 나한테 자기 조부모님이 이탈리아 칼라브리아에 베르가모트 과수원을 보유하고 있단 얘기도 해줬다.

저항하려 애쓰지 않았다. 모레티도, 루이스도 전혀 스네이스의 형사들 같지 않아서 너무 다행이었다. 모레티가 경찰이 된 이유를 모르겠다. 자기 분야에서 이룬 게 무엇인지도, 나를 믿는지도 모르겠다.

"웰부트린 복용은 언제 중단한 거죠?"

"10월에요."

"금단증상이 전혀 없었나요?"

"없었어요."

"약 없이 일상생활을 다시 이어가기 힘들진 않았나요?"

"아뇨."

"복용 중단 시기부터 언니 사망 시점까지 몇 주가 경과했죠?"

"5주요. 그게 무슨 상관이 있다고 이러는 건지 모르겠네요. 항정신병약도 아닌데."

"그게 항정신병약이었다면 무슨 의미가 있게 되는 건가요?"

"그런 약을 끊으면 내가 난폭해지거나 불안정해질지도 모르니까요."

"그 말은 곧?"

"내가 용의자가 된단 뜻이겠죠."

모레티가 다시 미소를 짓고는 자리에서 일어나 내가 나갈 문을 열어준다. 나를 체포하지는 않는다. 어떤 조각을 아직 못 찾았는지, 아니면 범행 도구 때문인지 모르겠다.

문가에 있는 모레티 코앞에서 걸음을 멈춘다. "언니한테는 방어흔이 있었어요. 내가 범인이라면 나한테 긁힌 상처나 멍이 있었겠죠."

"있었나요?" 모레티가 묻는다.

웃음이 나온다. "그날 날 봤잖아요. 없었다는 거 알 텐데요."

모레티가 어깨만 으쓱하자, 내 뒷목의 머리카락이 주뼛 선다.

58

프린스 스트리트로 차를 몬다. 그날의 재구성. 둘이 저녁을 먹은 곳이 보인다. 나도 두 사람이 첫키스를 했을 엘리베이터 가운데 하나에 올라타고 복도를 걸어 내려가볼 수 있을 것이다. 어쩌면 두 사람은 방까지 가지 못했을지도 모른다. 둘 다 공공장소에서의 섹스를 좋아했으니까.

조지 호텔에는 인도 위로 한쪽을 금속 기둥으로 받쳐 외팔보로 올린 황금색 지붕이 있다. 그 지붕 아래 카펫 깔린 공간에 햇빛이 잔뜩 내려, 그곳에 있는 사람들도 생생하게 보인다. 그 때문인지 발광한 사람들처럼 보이기도 한다. 징이 박힌 하이힐을 신고 균형을 잡고 있는 여자들과 불 들어온 휴대폰을 들고 손짓을 하는 남자들. 언니도 5월 초에 여기 왔었다는 걸, 이제는 안다. 캐노피 아래로 몸을 숨긴 언니의 검은 머리와 드러난

어깨 위로 금빛 햇살이 눈부시게 비쳤을 것이다.

나도 회전문을 밀어 열고 한쪽 끝에 식당과 바가 있는 로비를 가로지른다. 리엄이 스툴에 앉아 있다 내려와 두 팔을 활짝 벌리는 모습을 상상한다.

다리가 휘청거려 잠시 걸음을 멈춘다.

말다툼을 하는 동안 생각이 났는데, 리엄이 날 속인 날 밤나는 풀럼에서 파티에 참석 중이었다. 파티 전에 마사와 함께 타파스, 기름에 담근 고추와 구운 빵, 올리브를 먹었다. 파티 장소는 아파트 건물 꼭대기였다. 세인트앤드루스 때 친구들도 있었다. 나는 흰색 크로셰 원피스를 입고서 이만하면 운 좋고 만족스러운 삶이라고 느꼈다. 파티로 걸어가는 도중에 리엄한테 메시지를 보냈더니 리엄도 비슷한 메시지를 답으로 보냈다. 아마도 언니가 도착하기 전이나 언니가 화장실에 있을 동안 보냈을 것이다. 그는 내가 보고 싶다고 했다.

그 후에도 둘이 서로를 그리워했는지, 따로든 함께든 다시그런 자리를 만들 계획을 세워보려고 했는지 모르겠다. 리엄말로는 둘 다 그 일을 기억도 못 한다고 했지만. 그 말이 진실이라면 좋겠다. 기억이 안 난다면 언니가 나와 함께 있을 때그 일을 생각한다는 것 자체가 불가능했을 테니 말이다.

언니는 우리를 둘 다 바보로 만들었다. 우린 이보단 나은사람들이었다. 우리에게는 다른 일도 있었다. 그보다 몇만

배는 더 중요한 다른 일들이.

프린스 스트리트는 강가에서 끝난다. 언덕을 내려가 예선로까지 가서 마사에게 전화를 건다. "언니였어. 그이가 언니랑 바람을 피운 거였더라고."

"말도 안 돼." 마사는 내가 만족할 정도로 충격받은 목소리로 말한다. 리엄의 출장지가 맨체스터가 아니라 옥스퍼드였다며 설명을 시작하려는데 마사가 중간에 말을 꺼낸다. "우리 부모님이 도와주고 싶으시대. 옥스퍼드에 아는 법정변호사가 있으시다네."

"너무 고마운 말씀이다. 그 일에 대해서는—"

"너한테는 지금 조언이 필요해."

"그럴지도." 허겁지겁 이야기하다 보니 알겠다. 리엄과 언니 관계를 알게 된 이후 줄곧 누군가에게 못 견디게 이야기가 하고 싶었다는 걸. 머릿속으로는 그 이야기를 구성하고 또 구성해가면서 그 사건 위주로 지난 6개월 사이 일어났던 사건들을 재구성하고 있었다.

마사한테 커버드 마켓에서 리엄을 만난 얘기를 하는데 마사가 내 얘기가 끝나기도 전에 말을 끊는다. "노라, 이 얘기 아무한테도 하지 마. 나한테 그 얘기 안 했으면 좋았을걸."

"왜?"

"이제 증언대에서 선서라도 하게 되면 누가 네가 언니한테 화났었냐고 물었을 때 '네'라고 답해야 하잖아." 마사가 한숨을 푹 쉰다. "게다가 너희 어쨌거나 헤어졌을 거잖아. 거기에 너무 골몰하지 않도록 노력하자. 지금 너한텐 다른 문제도 많으니까."

59

루이스가 언젠가 제리코에 산다는 얘길 해준 적이 있는데, 거긴 여기서 그리 멀지 않다. 그가 주소를 알려주고 얼마 지나지 않아 나는 벽돌 연립주택 계단에 서 있고, 그가 문을 열며 말한다. "어서 와요."

그를 따라 그의 집으로 들어가는 계단을 오른다. 거실은 깔끔하고 조명이 켜져 있다. 녹색 소파, 책장, 전축을 올려놓은 낮은 테이블. 거실 맞은편에서 레코드가 돌아가는 게 보인다. 음이 살짝 불안정하다. 경주용 자전거가 범죄영화 포스터가 걸린 한쪽 벽 아래 기대 세워져 있다. 포스터에는 세 사람이 양다리를 크게 벌린 채 한쪽 다리를 니은 자로 꺾은 자세로 달리고 있는 모습이 과장된 원근법으로 그려져 있다. 루이스가 주방으로 사라지더니 맥주 두 병을 가지고 돌아온다.

"내가 범인이라고 생각해요?"

"아뇨."

내 어깨의 긴장이 풀리더니 이제야 그의 모습이 제대로 눈에 들어온다. 오늘은 빨간색 체크무늬 플란넬 남방을 입고 있다. 걱정스러우면서 열중한 표정이다.

"모레티는 내가 스네이스에서 언니 폭행을 사주했다고 생각해요."

"나도 알아요."

"난 언니가 범인 찾는 걸 도왔다고요."

"레이첼이 응징당하는 걸 한 번 보고 나니 당신이 그런 일에 재미가 들렸을 거라고 생각하는 거죠. 피해자 가까이 있으면 여러 가지 이점이 있거든요. 대리인에 의한 뮌하우젠 증후군* 같은 겁니다."

"그걸로 내가 이득 본 건 없었어요. 내가 공식적인 용의자인 건가요?"

"맞아요." 루이스가 맥주 라벨을 벗기기 시작한다. "언니가 당신 남자친구랑 잤으니까요."

"그게 어떻게 내 잘못이라는 건지 모르겠군요."

"핵심은 그게 아니에요."

"또 뭐가 있는데요? 또 내 어떤 점이 이상하다는 건데요?"

---

* 자녀나 반려동물, 환자 등 자신이 선택한 대상을 고의로 아프게 만든 뒤, 옆에서 지극정성으로 간호하면서 보호자에게 쏟아지는 동정의 시선을 즐기는 행동.

"경찰에선 레이첼이 오븐을 사용하고 있었다고 생각해요. 소방관이 보니까 버너에 올린 냄비가 아직 따뜻했대요. 침입자라면 현장을 떠나기 전에 버너를 끌 리가 없지만 당신이라면 습관적으로 그랬을 수 있다는 거죠. 아니면 언니가 그 집을 당신한테 남겼으니까 집을 안 태우려고 그랬거나요."

"기억이 안 나요. 주방엔 안 들어갔던 것 같은데. 그럼 칼은요? 내가 그 칼을 어떻게 했을까요?"

"한 가지 가설은 당신이 칼을 현장에서 처리하지 않았을 거란 거예요. 허리 밴드에 쑤셔 넣은 거죠. 경찰서에서 당신이 화장실에 혼자 들어갔잖아요. 종이로 감싼 칼을 화장실 쓰레기통에 버렸고, 그날 밤 그 칼이 나머지 쓰레기와 함께 쓰레기 하차장으로 갔다는 겁니다."

"말도 안 돼요. 그럼 모레티가 알아차리지 않았을까요?"

"날이 짧은 칼이었으니까요." 루이스가 고개를 뒤로 젖히고 얼굴을 비빈다.

"내가 기소를 당하게 될까요?"

"아뇨."

"왜죠?"

"부분 족적을 하나 찾았거든요. 피 묻은 남성용 론스데일 운동화였어요."

루이스에 따르면 족적이 나왔다고 내가 제외되는 건 아니라고 한다. 나한테 공범이 있었을 수도 있기 때문이다. 온몸이 무거워진다. 이 새로운 정보가 휩쓸고 지나가자 너무 피곤해서 말조차 나오지 않는다. 루이스가 이를 알아차리고 주방으로 자리를 떠준다. 덕분에 마음 편히 혼자만의 시간을 누린다. 얼마 후, 루이스가 돌아와 라면 그릇을 건넨다. 함께 레코드를 들으며 라면을 먹는다.

"언닐 용서할 수 있겠어요?" 루이스가 묻는다.

"네. 그럴 것 같아요."

라면을 다 먹은 후 루이스가 그릇을 헹군다. 비가 내리기 시작해 이 집에 좀 더 있어도 되겠냐고 물어볼까 곰곰이 생각해본다.

루이스가 우산을 빌려준다. 계단을 다 내려와 우산을 세워 몸을 기대고 있는데 루이스가 날 잡아당기더니 키스한다.

아주 짧은 순간이었고 이젠 밖에 나와 있는데도 심장이 마구 두근거린다. 우산 받침살이 위에서 찰칵하며 펼쳐진다.

60

이제는 전쟁이 나도 사람들이 피난을 가지 않는 이유를, 위험이 점점 임박하고 있었는데도 피난 수단이 있던 주민들조차 사라예보 같은 도시에 남아 있었던 이유를 알 것 같다. 불신과 타협이 뒤섞여 나온 결과다. '피난을 가지 않아도 전쟁이 여기까지는 미치지 않을 것이다.'

공항으로 차를 몰고 가서 아무 나라, 영국과 범인인도협정을 맺지 않은 나라로 가는 항공권을 사면 그만일 것이다.

경찰이 내 여권에 출국제한령을 발령했을 수도 있지만 그 때문에 못 가고 있는 건 아니다. 놈은 언니를 11차례나 칼로 찔렀다. 내가 지금 떠나버리면 경찰은 내가 죄를 시인하는 것으로 여길 테고, 그렇게 되면 범인은 영영 잡히지 않을 것이기 때문이다.

61

꾸역꾸역 수도교를 오르내린다. 언젠가는 키스도 산책을 나오거나 나를 미행할 마음을 먹을 것이다. 그래서 후추 스프레이와 일자 면도기를 지니고 다닌다. 까다로운 부분은 키스를 중단시켜야 할 때를 감지하는 일일 것이다. 경찰이 진지하게 받아들일 정도는 되지만 우리 둘 다 죽지는 않을 정도의 피해가 있어야 하기 때문이다. 형사들은 내가 아니라 키스가 폭력적인 쪽이니 그가 지금까지 말한 건 그 무엇도 믿어선 안 된다는 걸 알게 될 것이다.

오솔길을 따라 나 있는 검은딸기나무들이 속이 빈 구체처럼 되어 참새들이 그 공간에서 날아다닌다. 남쪽 오이스터 연못을 향해 걷는다.

언니를 용서해야 한다. 그렇지 않으면 함께한 지난 6개월을

버려야 한다. 어떤 면에서는 전적으로 언니 탓만은 아니다. 언니가 입장을 바꿔보고 싶었을 수도 있다. 바꿔서 우리 중 다른 한쪽, 그날 밤 파티에 남아 무사했던 쪽, 내 남자친구랑 저녁을 먹는 쪽이 되어보고 싶었을 것이다. 아니면 그냥 술을 너무 과하게 마셔 신경을 껐는지도 모르겠다. 나쁜 년. 독설도 언니에 대한 사무치는 그리움을 전혀 덜어주지 못한다.

수도교에서 언니네 집 뒤가 보이는 지점이 있다. 흰색 판자벽, 굴뚝, 집의 보호막이 되어주는 느릅나무 두 그루. 집에 사람이 있기라도 한 듯 굴뚝에서 김이 피어오르고 있지만, 내가 파이프가 터지지 않게 하기 위해 보일러를 켜두고 나왔기 때문이다.

언니가 밖으로 나오길 기다린다. 아니면 페노가 돌진해 와 창문 중 하나에 모습을 드러내기를. 언니가 가고 없다는 사실을 받아들이는 일은 처음보다 조금도 쉬워지지 않았다. 오이스터 연못에서 후추 스프레이가 굳어 있지는 않은지 확인 차 한번 분사해본다. 이걸 산책 두 번에 한 번 꼴로 하고 있다. 키스가 한시라도 빨리 나에게 접근하지 않으면 스프레이가 다 떨어질 판이다.

62

순경 두 명이 헌터스 앞에서 나를 기다리고 있다. 나보다 먼저 그 두 사람이 나를 보고는 내가 길로 내려가는 걸 지켜본다. 이 동네는 내가 저 두 명보다 더 훤히 꿰고 있다. 수도교 근처에 숨을 만한 곳도 안다. 오이스터 연못가 숲이 가장 울창하니 거기로 가야 한다. 적당한 때를 기다리며 이제나저제나 궁리 중이지만 두 사람의 시선이 내게 고정되어 있다. 어쨌든 나는 숲을 향해 계속 나아간다. 중심가를 가는 내내 분노에 가득 차서. 저 둘은 시간을 허비하고 있는 것이다. 조금만 더 기다렸으면 키스가 나를 따라왔을 텐데.

순경들이 앞으로 다가와 내게 미란다원칙을 읽어주면서 경찰차 문을 열어준다. 수갑을 채우지는 않는다. 애빙던으로 가는 동안 목이 메지 않기 위해 창밖 풍경만 뚫어져라 바라본다. 옷 갈아입을 틈도 주지 않는 바람에 주머니에 후추 스프레이와 일자 면도기가 여전히 들어 있다.

템스밸리 경찰서 내부조명 간판이 나타난다. 대부분은 나머지 신문 때와 별반 다를 게 없다. 한쪽 벽이 거울이고 그 거울 뒤에서 다른 형사들이 우리를 지켜보고 있다는 점만 빼면, 방도 똑같다. 갈아입을 옷으로 파란색 체육복을 주더니 진술실에서 기다리란다.

모레티가 들어와 인사를 건넨다. "안녕하세요, 노라."

그동안은 리허설이었어, 이전에 했던 신문들 모두. 뒤늦게 깨닫는다. 모레티는 오늘을 위해 칼을 갈고 있었던 것이다. 이제 그는 나를, 내 약점을 알고 있다.

"당신 방에서 메모를 몇 개 발견했습니다. 이게 본인 필체가 맞습니까?"

"네."

모레티가 메모를 읽기 시작한다. "'상해 가중 요소. 피해자에 끼친 심리적 피해. 동일한 피해자를 대상으로 한 지속적 공격. 무기 또는 무기에 상당하는 수단의 이용. 상당 수준의 사전 계획성.'" 모레티가 의자에 등을 기댄다. "중상해죄 구형 지침을 왜 가지고 계신 거죠?"

"언니는 스네이스에서 자신을 폭행했던 남자가 똑같은 범행으로 잡힐지도 모른다고 생각했어요. 전 유사 범죄의 징역형을 알면 범인을 잡는 데 도움이 되리라 생각했고요."

"아니면 본인이 어떤 처벌을 받게 될지 알고 싶었거나요."

모레티가 말한다.

"아니에요."

"언니분의 유해는 어디에 뿌렸죠?" 모레티가 묻는다.

"콘월에요."

"누구 같이 간 사람 있습니까?"

"없어요."

"언니분의 친구나 가족들도 없었나요?"

"네."

"왜죠? 왜 그 사람들한테 묻지도 않았죠?"

"혼자 있고 싶어서요."

모레티가 자신의 양복 상의를 매만진다. "그 산등성이 위에 뭔가 가지고 간 적이 있나요? 피크닉을 갔다든가?"

"없는데요."

"당신이 위슬스톱 비닐봉지를 들고 그 산등성이에 있는 걸 본 증인이 있습니다."

"그럴 리 없어요."

"패딩턴역에 위슬스톱이 있죠. 거기서 물건을 산 적이 있다고 말씀하셨고요. 그리고 바로 그 지점에서 테넌츠라이트 에일과 던힐을 팔죠."

"그 증인이 혹시 키스인가요? 그 사람이 지어낸 거예요. 실은 자기가 산 거였거나 당신이 사진을 보여줬겠죠."

모레티가 내가 방금 한 말을 누군가 들었는지 확인하고 싶다는 듯 거울을 바라본다. 내가 이미 실수를 저지른 건 아닌지 모르겠다. 모레티가 잠시 침묵을 지킨다. 그 증인이란 사람이 키스인 게 분명하다. 아니라면 모레티가 반박했을 것이다.

"그 산등성이에 현장을 꾸며놓은 건 당신이었어요. 우리로 하여금 레이첼에게 스토커가 있었다고 생각하게 하고 싶었기 때문이죠. 살인 후 이틀이 지나자, 우리가 그 현장을 발견하지 못할까 걱정이 돼서 본인이 직접 알린 거고요."

"아니에요."

"그 산등성이엔 왜 갔죠?"

"언니 집을 보고 싶었어요."

모레티가 진술실을 나간다. 나는 오랫동안 무릎에 양손을 얹고 앉아 있다. 그들이 어디선가, 비디오모니터로 나를 지켜보고 있다. 앞을 빤히 응시하고 있는 작고 움직임 없는 형상인 나를. 초조하게 만들 심산으로 날 혼자 내버려둔 모양이지만 혼자 있으니 오히려 마음이 놓인다. 경찰은 날 기소하려면 36시간 안에 해야 한다.

모레티의 상관, 브리스토 경감이 승인을 해야 할 것이다. 모레티는 지금 그 상관의 사무실에 있을지도 모른다. 그 경감이란 여자가 우리를 내내 지켜보았을 것이다. 그 여자가 직접 나를 신문하면 더 좋을 텐데. 한 번도 말해본 적은 없지만 그 여자라면 내 유죄를 확신할 리 없기 때문이다. 정장 차림으로 책상에 커피 한 잔을 올려놓은 채, 제 손으로 양어깨를 주무르며 퇴근할 수 있을까 궁리하고 있을 여자가 그려진다. 국립기소청에서 기소를 거부한 용의자가 둘이나 나오면 그 여자도, 그 여자의 부서도 스타일을 구기게 된다.

진술실에는 시계가 없다. 모레티가 시계를 차고 있지만 시계 앞면이 소매 아래 감춰져 있어 시간이 얼마나 흐른 건지 모르겠다. 거울 뒤로 형상이 보이지 않을까 해서 거울을 쳐다본다. 건물에서 들리는 소리가 없는지 귀를 기울이다가 아무 소리도 들리지 않자, 경찰서에 남은 사람이 우리밖에 없다는 사실에 덜컥 겁이 난다.

"루이스도 있나요?"

"아뇨. 루이스 경사는 정직 처분을 받았습니다."

"왜죠?"

"직업윤리 위반 때문에요."

그들은 꽤 오랫동안 나를 재우지 않고 있다. 유치장에 들어갈 때와 모레티가 있는 진술실로 돌아오기까지 몇 분밖에 흐르지 않은 기분이다. 모레티는 차를 마시면서 내게는 권하지 않는다.

"폴 월러와의 관계에 대해 말해보세요."

놀란 기색을 감추려 하지만 모레티는 분명 움찔하는 순간을 포착했을 것이다. "몇 주 전 처음 본 사람이에요. 그 사람이 스네이스에서 언니를 공격한 것 같아요."

"그 사람, 당신한테 장미꽃을 보냈던데요."

"날 괴롭히려고 그런 거예요. 날 겁주려고 꽃을 보낸 거라고요."

"폴 윌러한테 선물을 준 적이 있나요? 돈을 빌려주거나 그냥 준 적은?"

"없어요."

"거래 조건이 뭡니까?"

"거래 같은 거 없었어요."

모레티가 일어나 기지개를 켠다. 양복 상의 등 부분이 주름져 있다. "당신이 루이스하고 한 짓 중에 불법적인 건 없었습니다. 하지만 배심원은 살인사건이 일어난 지 얼마 안 된 시점에 당신이 담당 형사랑 잔 이유를 알고 싶어 할 테죠."

후에 모레티가 종이 한 장을 자기 쪽으로 바짝 당기더니 고개를 숙이고 읽는다. "전 불행해요. 기분도 영 별로고요. 이게 사라지지 않을까 봐 무서워요." 모레티가 계속 읽는 동안 나는 무릎 위에 얹은 손을 쥐어짜며 몸을 앞으로 내민다. 모레티가 지금 읽고 있는 것은 내 정신과의사의 메모다. 그런 건 기밀인 줄 알았는데.

모레티가 읽기를 마친 후 우리는 그 종이를 사이에 두고 테이블에 앉아 있다. "언니가 그렇게 엄청난 불행을 초래했다는 걸 알았을 때, 언니한테 화가 엄청 많이 났겠네요."

모레티가 다시 거울을 쳐다본다. 아직까지 무기는 언급하지 않고 있다. 살인범이 언니네 집에 있던 칼을 썼다면 그 칼에 내 지문이 있었을 것이다. 나도 그 칼들로 요리를 한 적이 있으니까.

63

국선변호인이 나를 보러 왔다. 자신을 암리타 고시라고 소개한다. "제가 기소됐나요?"

"아뇨. 앞으로 어떤 일이 벌어질 수 있는지 설명드리려고 온 겁니다."

목소리가 솔직하고 단도직입적이다. 내 눈길을 피하지 않는다. 내가 유죄라고 생각하는지 이렇게 봐서는 모르겠다. 아마 아무 의견도 없을 것이다. 여기 온 이유도 나한테 조언을 해주려는 게 아니라 일반적인 정보를 알려주려는 것이다. 내 사건을 검토조차 해보지 않았을 수도 있다.

내가 이미 알고 있는 사항으로 얘기를 시작한다. 체포 후, 경찰은 36시간 이내에 나를 기소할지 석방할지 여부를 결정해야만 한다. 석방될 경우 경찰은 나를 계속 용의자로 간주

하고 기소하려 들 것이다. 단, 새로운 증거가 나오면 나는 용의선상에서 벗어날 수 있다.

이 변호사는 헷갈릴 만한 말을 전혀 하지 않는다. 나더러 어떻게 대처하고 있냐고 묻지도 않는다. 자신은 그 어느 편도 아니란 점을 분명히 밝힐 뿐이다. 기소를 당할 경우, 구속 상태에서 옥스퍼드셔 검찰이 내게 불리한 증거가 재판에 회부할 정도로 확실한지 여부를 결정한다. 증거가 확실하면 나는 치안판사 앞에 출두해서 유무죄 답변을 할 것이다. 내가 유죄라고 답변하면 내 변호인과 검사 사이에 협상이 시작되고, 내가 무죄라고 답변하면 치안판사는 보석을 허가하거나 재판 때까지 날 재구속시킬 것이다.

"제가 말씀드려야 할 사항은 유죄 인정의 경우 감형을 받으실 수 있다는 겁니다. 검사가 혐의를 살인에서 과실치사로 조정해줄 수도 있고요. 해당 범죄의 세부 사항에 달려 있겠죠."

"과실치사를 인정할 경우 평균 형량이 어떻게 되나요?"

"3년이요."

"살인을 인정하지 않고 유죄 판결을 받으면 평균 형량이 어떻게 되나요?"

"20년이요."

변호사가 내 시선을 맞받는다. 이 여자는 내 결백을 믿지 않는 것 같다.

서른셋에 석방되는 것과 마흔아홉에 석방되는 것의 차이.

나는 반대신문에서 잘해내지 못할 것이다. 요크형사법정에 갔을 때, 재판 내내 침착하고 끈기 있는 피고도 있었다. 쉽게 감정에 휘말리는 피고도 있었는데 배심원단이 그런 피고는 싫어했다. 배심원단은 피고가 차분한 경우를 더 선호하는 것으로 보였지만 난 그렇게 못할 것이다.

국선변호인의 방문은 적법한 절차 때문이 아니라 나한테 가하는 최초의 압박 수단이었다. 내가 기소될 때까지 기다릴 수도 있었겠지만 치안판사의 사건 심리에 앞서 나한테 재볼 시간이 있다는 점을 확인시키고 싶은 것이다. 3년이냐, 20년이냐를.

64

"피곤한가요?" 모레티가 묻는다.

"네."

모레티가 내게 미소를 짓는다. 순간 날 풀어주려나 하고 생각한다. 우리 사이에 팽팽한 침묵이 흐른다.

"당신 지문이 계단 난간 기둥에서 나왔어요."

그의 표정을 빈틈없이 살핀다. "어느 기둥이요?"

"개 목줄을 묶었던 기둥이요."

"다른 날 왔을 때 만진 게 분명해요."

"바닥하고 가까운 데에서 나왔습니다. 그 지점에 닿으려면 바닥에 무릎을 꿇어야 했을 거예요." 모레티가 넥타이를 바로잡는다. "지문 하나는 개의 혈액이 묻어 있고요."

"사진을 보여주세요."

모레티가 진술실을 나간다. 호흡이 크고 거칠어진다. 형사들이 취조 중에 거짓말을 하는 게 허용되는지 기억이 안 난다. 굉장히 중대한 법률적 사항인데 내가 그걸 모르고 있다니 믿기지 않을 지경이다. 어쩌면 모레티는 아무 말이나 해도 되는 건지도 모른다.

1분 1초 시간이 초조하게 흐른다. 시커먼 거울 너머를 노려보니 어안이 벙벙하고 창백한 내 모습이 비친다. 모레티는 은퇴를 원한다. 수사를 성공리에 마치고 떠나는 게 그에게 얼마나 중요한 일일까? 전에는 미처 이 점을 생각하지 못했다.

그날 난 계단 난간 기둥을 만지지 않았지만 개는 만졌다. 개가 대롱대롱 매달려 있는 동안 개의 옆구리에 손을 얹었다. 죽었다는 건 알고 있었어도, 그래도 녀석을 달래주고 싶었기 때문이다.

집 안 어딘가에는 내 지문이 남았을 거고, 모레티는 지문이 발견된 위치를 표시한 라벨만 바꾸면 그만이었을 테다. 그 집은 이제 전문가가 청소를 해놓았다. 모레티가 틀렸다는 걸 증명하는 건 불가능하다.

65

모레티는 돌아오지 않고 한 순경이 나를 구치소로 데려간다.

모레티가 내게 누명을 씌우고 있다. 방어흔에 대해 물어봤을 때, 그는 어깨만 으쓱했다. 나한테 긁힌 상처나 멍이 있었다는 사실을 기억해내기로 작정했을지도 모를 일이다.

잠을 자지 않는다. 대신 내가 증거와 증언을 듣는 배심원이라고 가정해본다. 경찰이 부정직하다는 게 만천하에 드러나게 될지, 아니면 나도 모르는 나의 어떤 면 때문에 배심원들이 경찰을 쉽게 믿어버리게 될지 잘 모르겠다.

순경이 구치소 문을 열고 말한다. "따라오십시오."

복도를 내려가는데 우리에게 햇살이 비친다. 목요일 아침이 된 모양이다. 순경의 얼굴만 보고는 몇 분 안에 날 기소할지 풀어줄지 알 수가 없다.

경찰관이 내게 옷과 가방을 건네준다. 모레티는 자리에 없다. 대신 이 건물 어딘가에서 모니터로 날 지켜보고 있을지 모를 일이다. 나는 기소되지 않을 것이다. 기둥에 묻은 지문 얘기는 모레티의 거짓말이었던 게 분명하다.

서둘러 경찰서에서 달아난다. 서늘하고 축축한 아침이다. 태양은 잿빛 구름으로 짠 면포 뒤에 가려져 있다. 현기증이 불쑥 다리를 지나 가슴까지 올라온다. 손톱이 파묻힐 정도로 양팔을 꼭 끌어안은 채, 거리를 걸어 내려간다.

말로에 도착할 즈음 에머럴드게이트가 문을 연다. 부추가 들어간 팬케이크와 중국식 볶음국수, 만두를 주문한다. 손으로 팬케이크를 찢고 음식을 입안 가득 떠 넣으며 게걸스럽게 먹는다. 먹는 동안엔 오로지 음식 맛만을 생각한다.

그릇을 바닥까지 싹싹 긁어 먹은 후, 의자에 기대 앉아 창밖을 내다보며 생각한다. '이제 어떻게 해야 하지?'

어젯밤 경찰서에서 계획을 짜기 시작했다. 그럴 의도는 아니었지만 나도 어쩔 수가 없었다. 여행 계획. 그리고 노숙 계획.

66

헌터스로 돌아와 짐을 싼다. 오늘 밤에는 런던 마사네 집에 머물 예정이다. 그 생각만으로 안도감이 밀려온다.

노트북을 챙겨 넣기 전 침대에서 펼친다. 화면이 밝아진다. 콘월에 가기 전부터 쭉, 일주일 넘게 놈의 이름을 점검하지 못했다.

폴 윌러는 가석방 규정을 어겼다. 이번 주말, 사우스 리즈 홀벡에서 어떤 여자를 폭행했다. 밀리 애실. 어디서 많이 들어본 이름인데 어디서였는지 생각나지 않는다. 놈은 그 여자의 집까지 따라 들어갔다. 이번에 놈은 훨씬 중대한 혐의를 받게 될 것이다. 보호관찰 중 범죄를 저질렀으니 누범이다. 한 피해자에 대한 지속적 공격이었다. 검사는 해당 피해자에 끼친 심리적 피해를 충분히 입증할 수 있을 것이다.

밀리의 오빠가 우연히 위층에 있었던 덕에 그는 밀리와 함께 윌러를 제압할 수 있었다.

중상해죄의 최대 형량은 무기징역인데, 기사에서 인터뷰한 사무변호사는 놈이 그 정도 혹은 그에 준하는 형량을 받을 것으로 보고 있다.

'그 정도면 성에 차겠어?' 언니에게 묻는다. '이제 끝난 거지?'

루이스에게 전화를 건다. 내가 루이스의 집에 갔던 날, 모레티가 내 차에 추적기를 달아놓았을 거라고 한다. 루이스는 지금 브라이턴에 있는데 나한테 자기 아파트 얘기를 한다. 모든 방에서, 심지어 화장실에서도 영국해협이 보인다고. 한 순경이 내가 풀려났단 소식을 들려준 후, 루이스는 축하의 의미로 해변에서 감자튀김에 식초를 뿌려 먹었다. 한번 와보고 싶지 않느냐고 묻기에 조만간 가겠다고 한다.

읽던 기사를 다시 내려다본다. "당신이 정직당했다는 걸 아는 사람이 있을까요? 그러니까 교도소에 전화해서 수감자를 바꿔달라고 한다든지 그런 일이 가능할까요?"

루이스의 전화를 기다리는 동안 말로를 누비고 다닌다. 미팅하우스 레인으로, 레드게이트로. 교회를 지나고, 소방서를 지나고, 테니스장을 지난다. 공원에서 마을회관 쪽을 보고 있는데 루이스에게서 전화가 온다.

"폴 월러하고 통화했어요." 루이스가 조심스럽고 신중한 목소리로 말한다. "월러 말이 레이첼이 자기 여자친구였다는 군요."

황급히 눈길을 돌리는 바람에 마을회관 시계가 바닥으로 떨어지고 있는 것처럼 보인다.

"레이첼이 십 대였을 때 몇 번 데이트한 게 다였던 것 같아요. 월러 말이 자기 이름이 너무 싫어서 여자애들한테는 클라이브라고 말하고 다녔대요. 그러니 놈을 찾는 게 불가능했을 겁니다. 언니 폭행은 시인하지 않았지만 언니하고 말다툼을 했었고 얼마 후 직장 때문에 뉴캐슬로 이사를 갔다고 해요."

"그 사람이 지어낸 거 아닐까요?"

"월러 말이 언니한테 가면을 하나 줬다는군요. 뭐 생각나는 거 없어요?"

굽은 부리가 있는 흰색 축제 가면. 언니는 그 가면을 자기 방 벽에 걸어놓았다.

"아마 레이첼은 범인을 모르는 사람이라고 하면 경찰이 범죄를 더 진지하게 받아들일 거라 생각했던 것 같아요."

"하지만 언니는 왜 나한테도 말을 안 한 걸까요?"

"많이들 그래요. 자기를 때렸거나 강간한 사람이 자기가 아는 사람일 때 피해자는 종종 가족들한테도 말을 안 합니다."

전화를 끊은 후, 주목 아래 벤치에 앉아 고개를 들고 채찍처럼 뻗은 나뭇가지를 올려다본다. 바람소리가 점점 커진다.

이제 크로스키스에서 있었던 일이 기억난다. 보통 문의 반 높이밖에 안 되는 빨간색 화장실 문. 그때 화장실에 남자랑 같이 들어간 게 아니라 언니랑 들어갔었다. 밤새 언니 코빼기도 거의 못 보던 참이었다. 언니가 말했다. "나 누구랑 쭉 얘기를 했거든. 괜찮은 사람을 만난 것 같아."

루이스 말이 무슨 뜻이었는지 알겠다. 만약 언니가 범인이 아는 사람이라는 말을 나한테 해버리면, 내가 어떤 식으로 든, 설사 단 한 순간이라도, 언니 잘못이라는 암시를 하는 날 엔 언니가 날 용서하지 못할 것이기 때문이다.

하지만 언니는 내가 왜 그랬을 거라고 생각했을까? 이해 가 되지 않는다.

얼마 후 공원을 떠나 방으로 돌아가서 짐 싸기를 마친다. 밀리 애실. 노트북을 닫기 전, 폴 월러 관련 다른 기사를 검 색하다가 월러를 감옥으로 보낸 범죄 이후 처음 보도된 기사 중 하나에서 마침내 그 이름을 발견한다. 폭행 전 피해자는 가장 친한 친구인 밀리와 술집에 함께 있었다.

그 사건 후 밀리가 피해자가 됐을 때, 밀리의 오빠는 위층 에 있었다. 더블린에 사는 럭비선수 오빠가 마침 그날 밀리 의 집에 있었다니, 정말 대단한 우연의 일치가 아닌가!

경찰이 미끼를 좀 더 자주 활용하지 않는 이유가 늘 궁금했다. 보아하니 그들도 그랬던 모양이다.

"체크아웃하시려고요?" 매니저가 기대에 부푼 얼굴로 묻는다.

"네."

매니저는 내가 구치소에서 보낸 날도 숙박비를 청구한다.

67

"난 당신이 이사할 줄 알았어요." 내가 말한다. 휴게소 앞에 혼자 있던 루이즈가 미친 사람 보듯 날 쳐다본다.

"아뇨. 이사 안 했어요."

루이즈는 캠던에 있을 수도 있는데. 가스레인지 열판과 작은 이탈리아 식당. 루이즈가 얼굴을 찡그린다. 뭔가 다른 말을 해야 하는데 할 수가 없어서 런던까지 가기 위해 차에 기름을 넣는다.

남아 있기로 한 루이즈의 결정은 병적으로 보인다. 나를 지켜보면서 루이즈는 담배 연기를 납작하게 내뿜을 수 있을 만큼만 입을 벌린다. 우리 사이에 친근감이 싹트기 시작한다. 우리가 닮았기 때문인 것 같다. 내 생각엔 루이즈도 내 말이 무슨 뜻인지 아는 듯하다. 따라서 루이즈한테 내가 누군지 밝혀도 아무 문제 없을 것이다. 입을 열려고 하니 막상 잘 되지 않는다. 말문을 열 유일한 대사로 떠오르는 것은, '우리 언니는 살해당했어요'밖에 없다. 우리 언니는 살해당했어요.

"한 대 줄까요?" 루이즈가 묻는다. 오늘도 늘 입던 옷과 같은 감색 티셔츠에 검정색 스커트, 앞치마 차림인데, 이번엔 그 위에 더플코트를 단단히 두르고 있다. 루이즈 옆 창문 선반 위에 담뱃갑과 차가운 공기 속으로 김을 피우는 민트 차 잔이 놓여 있다.

주유펌프를 제자리에 꽂아놓은 후 루이즈 쪽으로 간다. 담뱃갑을 내밀 때 보니 루이즈의 손에 검붉은 흉터가 여러 개 보인다. 담뱃불로 지졌거나 드라이버에 찔려서 난 흉터다.

"좋죠. 건배." 라이터 쪽으로 상체를 숙였다가 일어나며 한 모금 내뱉는다. 나도 식당 창문에 기댈 수 있게 루이즈를 빙 돌아간다. 저 멀리 제트기가 지나가고 있다. 담벼락이 무너져 내리는 듯한 굉음이 들린다.

루이즈가 멀리 브리스틀 로드 건너편 풀밭에 세워놓은 밴을 뚫어져라 바라본다.

"내가 왜 이사를 가겠어요?" 루이즈가 묻는다.

"미안해요. 내가 상관할 일이 아닌데." 내가 말한다. 루이즈가 내 쪽으로 몸을 돌리더니 한쪽 어깨를 창유리에 대고 내 말을 기다린다. "매일 저길 지나가려면 힘들 테니까요."

"뭘 지나가는데요?"

"캘럼이 죽은 지점이요."

"그 사람 사고로 죽은 게 아니에요. 수술 후에 깨어났으니까. 그다음 날 밤 죽은 거예요." 루이즈가 말한다.

"왜요?"

"합병증으로요."

꼭 계단을 헛디딘 것 같은 기분이다. 생각이 말의 형태를 갖추기도 전에 '당연히 그랬겠지'하고 생각해버린다.

"여기서 충돌사고가 났었어." 언니가 말했었다. 언니가 손가락으로 창밖을 가리켰다. "어떤 남자하고 여자."

"둘 다 살았어?"

"한 명만."

"어느 쪽?"

"여자."

햇살이 정수리를 데워주다가 자취를 감춰버린다. 마치 손으로 내 정수리를 꾹 눌렀다가 그 손을 들어 올린 것처럼. '어째서?' 언니한테 물어볼걸 그랬다. '어째서 한쪽만 살아남은 거야?'

캘럼이 지난 10월 검시 대상이었던 게 분명하다. 언니가 나한테는 그의 죽음이 조사 중이란 얘기를 해준 적이 없었다. 검시 후, 언니는 차를 몰고 사고 현장을 통과해야 할 이유를 지어냈던 것이다. 나한테 그 현장을 보여주고 싶었기 때문에. 내가 아무것도 의심하지 않아서 언니는 실망했을까, 아니면 안도했을까.

"그 여자 상처 중 사고 때문인 건 하나도 없었어. 그 남자가 살아남지 못했으니 다행이지, 아니면 여자를 죽였을걸."

루이즈 쪽으로 고개를 돌리는데 꼭 반대 방향으로 움직인 것 같은 느낌이다. 나 말고 다른 게 내 발아래에서 회전을 하고 있는 것처럼. 루이즈가 담배와 라이터, 찻잔을 챙기더니 내게 고개를 끄덕여 보인 후 식당 안으로 들어간다. 창문을 통해 루이즈가 더플코트를 고리에 걸고 앞치마 끈을 묶는 모습이 보인다. 열이 파도처럼 온몸을 휩쓴다. 언니는 복수를 원했고, 자기를 때린 남자를 찾을 날을 기다리는 데 지쳤던 것이다. 루이즈가 빛이 환한 지점을 들락날락하고 있다. 루이즈를 지켜보면서 조애너에게 전화를 건다.

"우리 언니도 10월 검시에 갔었어요?" 내가 묻는다.

"아니." 조애너가 대답한다.

새들이 물결치며 대열을 이루어 나무 위로 날아간다.

"언니도 그 남자 담당간호사였어요?"

"응."

눈을 감고 손으로 이마를 짚는다.

"나도 일일이 다 기억나는 건 아니야. 자료 가지고 와서 다시 전화해도 되겠니?"

"자료라고요?"

"검시 기록."

"그거 공문서예요?"

"응."

"지금 병원에 가는 중이니까, 복사 좀 해줄 수 있어요?"

"그래. 지금 회진 돌 거니까 간호사실에 맡겨놓을게."

"아무거나 기억나는 거 있으면 지금 나한테 말해줄 수 있어요?"

"결과는 좋게 나왔어. 사인이 과실이 아니었으니까."

주변 소리가 날카로워지면서 따로 논다. "환자가 누구였다고요?"

"캘럼 홀드."

"그 사람 어떻게 죽었는데요?"

"정맥주사 수액조절기가 부서졌어. 과다 투여된 거지."

"다른 가족은 없어요?"

"형이 하나 있었어."

"이름이 뭔데요?"

"마틴 홀드."

검시 기록은 검시관의 요약 내용으로 시작한다. 환자는 9월 22일 교통사고 후 존 래드클리프에 실려 왔다. 고문 외과의는 내출혈을 바로잡기 위한 복원 수술을 권장했다. 수술은 성공적이었다. 수술 다음 날 아침, 환자는 깨어났고 안정된 상태를 보였다. 그리고 그날 저녁 6시 직후 환자는 사망 선고를 받았다.

사인은 최초 의심대로 수술 합병증이 아니었다. 펜타닐 과다 투여로 죽었는데, 펜타닐은 의료용 마약이다. 정맥주사는 일정 간격으로 해당 환자에게 진통제를 투여하기 위한 용도였다. 수액조절기가 부서지는 바람에 용액이 정맥에 과다하게 투여되었던 것이다.

전문가 증인이 의료기구 결함에 대해 증언을 했다. 그 증인은 병원 직원이 아무 잘못도 저지르지 않았다고 믿었다. 그 모든 사전 대책에도 불구하고, 의료기구는 가끔 고장이 나곤 하니까.

결코, 결코, 결코, 결코. 죽여라, 죽여라, 죽여라, 죽여라, 죽여라, 죽여라.

마틴 홀드. 언니는 내가 기억할 수 있도록 성이 아닌 이름을 말해주었다. 그러면 만에 하나 자기한테 무슨 일이 일어나더라도, 내가 그 이름을 알아볼 것이기 때문이다.

아무 일도 일어나지 않아서 언니가 세인트아이브스로 가는 데 성공했다고 해도 언니는 나한테 털어놓지 않았을 것이다. 하지만 어쩌면 그 일이 너무나 마음에 걸린 나머지, 어느 날 불쑥 내게 전화를 걸어 나한테 이렇게 말했을지도 모른다. "너한테 할 말이 있어."

응급병동 맞은편 벤치에서 등을 잔뜩 웅크린 채 검시 기록을 절반 넘게 보다가 중요한 사항을 발견한다. 마틴이 자기 동생을 보러 병원에 왔었다. 당시 캘럼은 정신이 멀쩡해서 두 사람은 오래도록 대화도 나눴다.

양손에 얼굴을 파묻는다. 언니가 캘럼에게 루이즈의 상처에 대해서 물었거나 그걸 가지고 협박을 했고, 캘럼이 그 사실을 자기 형한테 말한 게 틀림없다.

응급실에서 휠체어에 실린 루이즈가 언니를 지나 병실로 들어간다. 언니가 루이즈를 자세히 살피기 시작한다. 루이즈는 교통사고를 당한 사람처럼 보이지만 이상하게도 이미 낫기 시작한 상처가 있고, 이미 붕대가 감긴 상처도 있다.

언니가 절뚝거리며 헐에 있는 술집과 마권판매소 여러 곳을 오간다. 폭력적인 남자들은 어디를 다닐까, 괴물 같은 놈들은 어디를 다닐까.

가끔씩 언니 혼자 길을 나서곤 했었다. 언니가 원할 때. 언니가 흐릿하고 낮은 목소리로 말하는 모습을 상상한다. "열일곱 살에 어떤 남자가 절 죽도록 팬 적이 있거든요." 그리곤 기다렸다 말을 잇는 것이다. "그쪽은 무슨 일이 있었는지 얘기해볼래요?"

설사 형사들이 이 검시 기록을 읽는다고 해도, 마틴을 의심하지는 않을 것이다. 마틴은 언니를 비난하지도 않고 불만을 품은 것처럼 보이지도 않기 때문이다. 비난이나 불만을 표하더라도 대상이 언니는 아니다. 마틴은 제조업체가 대가를 치러야 다른 가족들이 자신이 당한 일을 다시금 당하지 않을 거라고 말하고 있다. 검시관은 마틴에게 손해 부분에 대해서 변호사에게 조언을 구해보라고 충고한다.

　재판 기록처럼 이 기록도 공문서이긴 하지만, 검시관실이 이 기록을 병원에 돌려주는 게 아니라 일반 대중에게 공개할 거였다면, 당연히 기록의 일부분은 삭제되었을 것이다. 가령 캘럼의 의료기록이나 그의 가까운 친척 관련 정보 같은 것들.

　"당신 도움이 필요해요." 내가 말한다. 비어 있는 휴게소 카페에서 루이즈가 한 손에 접시 닦는 행주를 들고 나를 바라본다. "내 이름은 노라 로런스예요."

　"당신이 누군지 나도 알아요." 루이즈가 말한다. 여태껏, 나는 루이즈를 관찰하는 쪽이 나라고 생각했었다.

　"우리 언니한테 당신이 어쩌다 다친 건지 다 말했어요?"

　"네."

　루이즈가 작고 침착한 얼굴로 나를 가만히 쳐다본다.

　"언니가 수액조절기를 부순 거예요."

　루이즈가 두 눈을 감는다. "나도 알아요."

　우선 차를 몰고 사이런세스터에 있는 마사 가족의 사유지로 향한다. 자갈 깔린 기다란 진입로, 쭉 늘어선 포플러. 루이즈는 차에서 기다린다. 마사의 어머니가 현관에 나오더니 나를 보고는 손으로 입을 가린다.

　"안녕하세요, 릴리 아주머니. 마사 있나요?"

　"아니, 애야. 없는데."

"아 참, 마사랑 시내에서 만나기로 해놓고. 죄송하지만 가기 전에 화장실 좀 써도 될까요?"

마사의 엄마가 부엌으로 들어간다. 아마도 마사에게 전화를 걸러 간 거겠지. 슬그머니 복도로 들어선다. 총기보관함은 아래층에 있는데 잠겨 있지 않다. 마사가 어깨를 으쓱했던 기억이 난다. '이 집에 꼬맹이들이 있는 것도 아닌데 뭐.'

나가는 길에 릴리에게 작별 인사를 건넨다. 현관 계단에서 그녀가 내 어깨를 꼭 붙잡더니 입을 맞춘다. 차로 돌아가 가방을 운전석과 문 사이에 놓는다. 루이즈는 그런 나를 보지만 아무것도 묻지 않는다.

스토크-온-트렌트, 러틀랜드 스트리트 60번지.

전화번호 두 개 중 두 번째 번호에 전화를 걸어 마틴을 바꿔달라고 한다.

"마틴 지금 없는데요. 4시는 돼야 올 거예요." 젊은 남자가 말한다.

"고마워요. 주소 좀 다시 알려주시겠어요?"

"워털루 35번지요."

거기도 스토크에 있는 페인트 가게로, 마틴의 집에서 아주 가깝다.

우리는 M5 고속도로를 타고 북쪽으로 향한다. 루이즈가 자기 휴대폰 녹음기를 시험 중이다. 몇 초 전에 우리가 녹음

한 목소리를 들어본다. 루이즈의 목소리는 높고 발랄하고, 내 목소리는 또렷하고 정확하다. "녹음 잘되네요." 루이즈가 말한다.

비숍스클리브를 지나고 레디치를 지난다. 낯선 시골 마을이다. 좋은 징조인 것 같다. 낯익은 길에 있는데도 이런 낯선 기분이 든다면 무력감이 들 것 같으니까.

스토크로 가는 길은 넓고 차도 거의 없건만, 나는 비 내리는 런던 중심가를 이동하고 있기라도 한 것처럼 운전을 한다. 방금 출구를 놓친 사람처럼 이정표가 나올 때마다 꼼꼼히 확인을 하고, 한 운전자가 먼 앞에서 끼어드는데도 심장이 쿵쾅댄다.

"그 사람이 나더러 마을을 뜨면 죽이겠다고 했어요." 루이즈가 말한다. "내가 레이첼한테 그래달라고 부탁한 건 아니었지만, 캘럼 얘기를 하긴 했거든요."

형제는 스토크에서 자랐다. 캘럼의 부고를 보고 알게 된 사실이다. 형제한테는 커스티라는 여자 형제도 있었지만, 그 여자가 어떻게 됐는지는 부고에 안 나와 있었다. 이 형제들은 그때도 못됐을까? 이 형제들이 언니와 루이즈한테 한 짓이 뭔지 배운다는 게 가능하기는 한 걸까? 아버지가 자식들을 때리는 사람이었다면 아예 끝장을 내주었으면 좋았을 텐데.

버밍엄과 스태퍼드를 지난다. 초조함이 서서히 사라지더니 그 자리에 원초적이고 확고한 두려움이 비집고 들어온다.

우리 둘 다 아무 말도 하지 않는다.

루이즈가 먼저 마틴과 얘기를 하면서 대화를 녹음할 것이다. 녹음된 음성은 법정에서 증거로 인정받지 못하겠지만 마틴의 진술을 루이즈가 진술하면 증거로 인정받게 될 것이다. 게다가 경찰한테 들려줄 수도 있고, 배심원단에게 테이프가 존재한다는 사실을 인식시켜줄 수도 있다. 페인트 가게에서 한 블록 떨어진 워털루 로드에 주차를 한다.

"정말 할 수 있겠어요?" 다시 한번 루이즈에게 묻는다.

"마틴은 나를 좋아해요. 캘럼이 한 짓에 대해 그 사람하고 대화를 나눈 적은 없었으니까 날 의심할 이유는 없어요."

"당신, 캘럼 장례식에 안 갔잖아요." 그 사실이 떠올라 내가 지적한다.

"나랑 제일 친한 친구가 갔어요. 그 친구가 마틴한테 내가 너무 심란해서 외출을 못 한다고 그랬대요." 내가 고개를 절레절레 젓자 루이즈가 말한다. "내 말이 그거예요, 머리 참잘 썼죠." 루이즈가 차에서 내린다.

후드를 올려 뒤집어쓴다. 마틴은 벽돌로 지어진 연립주택에 살고 있다. 연립주택은 빈집투성이다. 부동산중개사의 표지판이 걸려 있는 집도 있고 그렇지 않은 집도 있다. 각 주택 뒤에 골목이 있어서 그 골목으로 걸어 올라간 다음 낮은 창고와 차고를 지난다. 이상하게 생긴 빅토리아양식의 부벽이

각 세대를 분리하고 있다. 쓰레기통 하나가 넘어져 있었는데, 줄줄이 흘러나온 쓰레기를 피해 걸어가면서 이 쓰레기가 마틴네 집 쓰레기라서 이곳 애들이 그를 미워했으면 좋겠다는 생각을 한다. 60이 나올 때까지 번지를 센다. 나머지 집과 다를 바 없어 보이는 집이다. 똑같이 얼룩진 벽돌에, 똑같은 부벽, 똑같은 창고.

여기서 그리 멀지 않은 곳에 구멍가게가 있다. 거기서 두루마리 휴지, 휘발유, 성냥을 살 수도 있을 것이다. 그 장면이 너무 또렷하게 떠올라서 혹시 이미 산 게 아닐까 착각이 될 정도다. 휘발유 통에서 휘발유가 콸콸 쏟아질 때, 내 손에서 흔들릴 휘발유 통의 무게를 상상한다. 내 발 위로도 튀겠지. 휘발유 때문에 벽돌 색도 짙어질 거고. 휘발유 냄새를 상상한다. 두루마리 휴지에 불을 붙이기 전에 손에 묻은 휘발유를 세심하게 닦아내는 모습도.

그리곤 마틴의 집을 눈여겨본다. 불타고 있는 집을 눈여겨보는 거다. 하지만 그건 오히려 마틴에게 호의를 베푸는 꼴이 될 것이다. 증거를 태워주니까.

언니네 집 뒤 숲을 떼 지어 이동하던 경찰관들이 자꾸 생각난다. 자기들이 나아갈 방향을 너무나도 확신하고 있는 것처럼 보여서 뭐라도 찾을 줄 알았다. 그런데 그 모든 밤을 지새우는 동안, 쉬지 않고 똑딱거리는 시계처럼, 놈은 줄곧 여기 있었다.

루이즈가 마틴의 집 뒤 골목에서 나와 만난다. "역시 그 사람이었어요." 루이즈가 이를 덜덜 떨면서 말한다. "자기가 처리했다고 그러더군요."

루이즈가 애빙던 경찰서로 전화를 건다. 우리는 애빙던 경찰서가 스토크 경찰서보다 신속하게 이 정보에 대처할 수 있을 것으로 판단했기 때문이다. "제 이름은 루이즈 로스틴인데요, 방금 제 친구가 레이첼 로런스 살인을 자백했어요."

사무직원이 루이즈의 전화를 어떤 형사한테 넘겼는데, 내가 못 들어본 목소리다. 루이즈가 그 형사한테 자백 내용을 말하면서 그 남자가 지금 당장 자신을 해칠까 무섭다고 말한다. 그리고 그가 개에게 한 짓을 자세히 설명한다. 아직 언론에 나간 적이 없는 사항, 경찰과 그날 언니네 집에 출동했던 구급대원들, 그리고 범행 당사자만이 알 수 있는 내용이었다. 그 형사는 루이즈에게 전화를 끊지 말라고 한다. 루이즈의 이가 아까부터 멈추지 않고 계속 딱딱 부딪친다.

다시 전화를 받은 형사가 스토크 서에 말을 해놓았고, 거기서 가게로 차를 보내 마틴을 체포할 거라고 말한다. 그리고 루이즈에게 그동안 어딘가 안전한 곳에서 기다리라고 당부한다.

도싯에서 절벽 다이빙을 해본 적이 있어서 아는데, 나는 지금 두려움에 온몸이 마비된 것이다. 분명 다른 가게들도 있지만 동네는 내가 예상했던 것보다 조용하다. 가게의 외벽은 완전히 마르기 전에 초승달 모양으로 긁어낸 회반죽으로 마감되어 있다. 옆문이나 뒷문은 없다. 건물은 블록의 거의 가운데에 위치하고, 희미하게나마 조명이 밝혀져 있어서 진열창을 통하면 사람의 형상을 볼 수 있을 것 같다.

지금쯤 루이즈는 가고 없을 거였다. 루이즈는 옥스퍼드행 기차를 타기로 나하고 얘기가 되었다. 형사는 진술을 처음부터 끝까지 듣기 위해 루이즈를 불러들일 것이다.

얼마 안 있으면 경찰이 여기로 출동한다. 스토크 경찰서는 3킬로미터 정도 거리지만, 이 근방에 순찰차가 돌고 있을지도 모른다. 내 몸에 움직이라고 명령해보아도 15미터 절벽 아래 미러 호수로 뛰어내리라고 했을 때처럼 하나 마나 한 명령이다. 하지만 그때 결국 뛰어내리긴 했는데, 몹시 지친데다 이미 뛰어내려 죽어버리기라도 한 듯 자포자기한 심정이었기 때문이다. 그때를 떠올리며 가게로 전진한다. 뒤집어썼던 후드를 내린다.

계산대 뒤에 서 있는 마틴 홀드의 얼굴은 처음에는 멍하고 무방비했다. 그러다 무언가가 그의 얼굴을 훑고 지나간다. 곧이어 나를 알아본다. 만나기로 한 친구가 나를 먼저 알아본 순간, 바로 그 순간을 노골적으로 보여주는 얼굴이다.

내 예상보다 젊은 남자다. 서른을 갓 넘겼을 나이. 가장자리에 구멍이 난 회색 스웨터를 입고 있다. 붉은 머리카락이 군데군데 보인다. 앞이마에 주름이 깊게 한 줄 나 있다. 턱수염은 짧고 머리는 기르는 중인지 스타일이랄 게 없다. 지금은 평범해 보이지만, 그 이면에는 피부도 나빴고 이마 위를 밀어 이마를 넓혔던 청소년이 숨어 있다. 너무 낯익은 얼굴이라서 우리가 함께 자란 남자아이들이 생각날 지경이다.

언제 울기 시작했는지 기억은 안 나지만 내 얼굴이 눈물로 젖어 있다.

"안녕하세요." 평소의 목소리로 말한다. 내 얼굴이 일그러지고 있다는 게 느껴진다.

마틴은 아무 말 없이 나를 빤히 바라만 본다. 그때 내가 가방에서 권총을 꺼내 그에게 겨눈다.

"소매 걷어 올려봐."

그의 눈이 휘둥그레진다. 고개를 숙이더니 천천히 소매를 밀어 올린다.

양팔이 붉은색 흉터들로 뒤덮여 있다. 흉터들 중에 팔뚝을 빙 둘러싼 깔끔한 반원 모양이 보인다. 우리 개의 턱 모양이다. 이제 내 몸은 부들부들 떨리고 있다. 저놈이 죽었으면 좋겠다. 언니라면 내가 그렇게 해주길 바랄 것이다. 이제는 알수 있다.

"너무 오래 걸렸나?" 내가 묻는다.

마틴은 계속 나를 보기만 한다. 대답을 할 생각이 없어 보인다.

"아니." 마틴이 말한다.

총구를 아래로 내리고 밖으로 나간다. 잿빛 하늘 아래 길은 고요하기만 하다. 사이렌이 들린다. 처음에는 내가 헛것을 듣고 있나, 저 멀리 어딘가에서 벌어지고 있는 혼란인가 생각하다가, 그 소리가 꾸준히 커지자 소리로부터 멀어지기 시작한다.

우리는 도싯에서 절벽 다이빙을 했다. 물이 너무 맑아서 언니가 뛰어내린 후에도 수면 아래에 있는 언니를 볼 수 있었다. 폭포처럼 투명하게 떨어지는 너울같이 생긴 물살 한가운데를 뚫고 물 밑으로 힘차게 내려가는 언니를.

68

마사가 배터시에 있는 펍에서 나를 기다린다. 이젠 날이 충분히 풀려서 사람들이 킹스로드에 있는 카페에서 바깥 자리에 나와 앉기도 한다.

골목에 들어서는데 어떤 남자가 저 끝에서 나타나 내가 있는 쪽으로 걸어온다. 뒤돌아 나갈까 고민한다. 지나치는 순간, 남자가 내게 고개를 끄덕여 보인다. 잠시 후, 골목 반대편으로 나와서는 환한 대로를 황급히 가로지른다.

나는 안다. 내가 괜찮을 거란 걸. 앞으로도 영원히 언니가 보고 싶을 거란 걸.

"콘월의 제일 좋은 점이 뭐야?" 언니한테 물었었다. 하지만 속뜻은 따로 있었다. 사실 이런 뜻이었다. "살아 있어서 제일 좋은 점이 뭐야?"

언니가 대답했다. "글쎄."

"우선은—"

옮긴이의 말

『레이첼의 죽음으로부터』는 남은 자의 슬픔, 남은 자가 느끼는 상실감에 관한 이야기다. 언니를 죽인 범인을 찾아 나서는 수사 이야기도, 범인을 잡아 법의 심판을 받게 하거나 개인적 복수를 실현하는 이야기도 아니다. 전형적인 탐정소설이나 CSI 같은 수사류의 소설을 기대했다면 실망했을지 모르겠다.

이 책이 상실감에 관한 책이라는 암시는 책의 앞장에 등장하는 인용문에 나타나 있다.

자, 회피한다고 얻는 것이 무엇인가?
우리는 고통 속에 있으며 이를 피할 수 없다.

노라는 언니의 죽음이라는 엄연한 현실을 회피할 수 없고, 또 그로 인한 고통 속에서 빠져나올 수도 없다. 슬픔이라는 덫은 벗어나려고 발버둥 치면 칠수록 더 옥죄어 상처를 파고들기 때문이다.

언니의 주검을 확인하고도 노라는 좀처럼 언니의 죽음을 받아들이지 못한다. 그리하여 언니네 집 현관문을 계속 바라보며 금방이라도 언니가 나오지 않을까 하는 헛된 기대를 품기도 한다. 심한 충격으로 현실을 부정하던 노라는 구급대원이 언니의 목에 손을 댄 순간, '단두대' 칼날 같은 슬픔을 받아들일 수밖에 없게 된다. 하지만 언니의 흔적은 불쑥 나타나 노라를 슬픔의 덫에서 놓아주지 않으려 한다. 런던의 아파트에 돌아갔을 때, 옷장을 열자 언니가 입던 실내복이 눈앞에 나타난다. 거기엔 언니의 냄새가 아직 남아 있다. 소설은 이렇듯 살아남은 자가 일상에서 느낄 법한 상대의 부재감을 섬세하면서 사실적으로 표현해놓고 있다.

한편 언니를 스토킹했을 것으로 추정되는 키스 덴턴이 구속 중일 때 노라는 언니의 유해를 가지고 자매의 추억이 서린 폴페로로 향한다. 거기서 슬픔은 영영 맞이하지 못할 미래의 형태로 나타난다.

층층다리가 절벽 아래에서 바다로 사라진다. 언니가 그 계단을 오르는 상상을 한다. 앞으로 40년 동안 쭉. 언니 아래로 바다가 펼쳐지고 벼랑을 따라 냇물이 흐른다. 새벽 수영으로 머리가 젖어 있는 강인한 할머니. 그 할머니가 계단 난간에 손을 얹고 기대 자기 여동생, 자식들, 손주들이 보이는지, 그중 잔디밭 끄트머리로 나와 자기를 기다리고 있는 사람은 없는지 살핀다.

빼앗긴 미래와 함께 언니가 좋아하던 빨간색 립스틱, 언니가 볼지도 모를 개봉 예정 영화들, 곧잘 만들어 먹던 요리도 모두 영원히 사라졌다.

상실감 다음으로 소설 전반에 잘 드러난 감정은 여성들이 일상에서 느끼는 두려움이다. 노라는 낯선 남자와 엘리베이터에 탔을 때, 언니의 시체를 발견한 직후 형사와 단둘이 차를 타고 경찰서로 향할 때, 키스 덴턴과 언니 차를 찾으러 갈 때, 키스 덴턴과 수도교 근처 산책로를 걸을 때, 두려움을 느꼈다. 실제로 작가가 어릴 때 살던 동네 근처에도 소설 속에 나오는 것과 비슷한 수도교 산책로가 있었다고 한다. 몇 번인가 그 산책로에 혼자 나간 적이 있었는데 어떤 아저씨가 자신이 있는 쪽으로 다가왔고, 그 아저씨의 자세나 표정 때문에 자신이 위험에 빠진 것 같다는 느낌을 받았다고. 그때 느낀 두려움과 분노가 이 책을 쓰게 된 동기라고 했다.

마지막으로 흥미로운 점은 작가인 폴린 베리는 미국인인데 소설의 배경은 영국이라는 점이다. 여러 인터뷰를 통해 알아낸 바에 따르면 작가는 배경을 영국으로 해야겠다고 결정했다기보다 캐릭터가 먼저 나왔고, 영국다운 캐릭터라고 여겨서 영국을 배경으로 정했다고 한다. 일단 배경을 영국으로 정하고 나서는 영국에서 2주간 머물며 이런저런 조사를 발로 직접 뛰어다니면서 했다. 인터넷 로드뷰로는 한계가 있기에 직접 거리를 걸으며 영국을 공부하듯 탐색했다. 맨 처음 노라가 언니네 집으로 향하는 기차에 오르기 전 들렀던 식당도 저자가 영국 리서치 중 실제로 들른 식당이란다. 영국적인 분위기의 디테일을 최대한 살리기 위해 영국 작가들의 책도 많이 읽었는데, 1930년대 영국 풍경 사진첩을 보면서 영국 시골 풍경을 눈에 담아두었다가 건축물과 풍경 묘사에 활용했다고 한다. 묘사가 워낙 구체적이어서 실존하는 마을인 줄 알았는데 꼼꼼한 조사를 통해 작가가 만들어낸 가상의 마을이었다는 게 놀랍다.

처음부터 강아지가 끔찍하게 죽는 장면이 나와서 마음을 단단히 먹어야 했지만, 노라를 따라 영국 이곳저곳을, 인터넷을 통해서나마, 여행할 수 있어서 행복한 작업이었다. 웹이 아니라 두 발로 런던과 콘월을 다닐 날이 하루 빨리 왔으면 좋겠다.

레이첼의 죽음으로부터

초판 1쇄 2020년 5월 7일

지은이 플린 베리 | **옮긴이** 황금진
펴낸이 박진숙 | **펴낸곳** 작가정신
편집 황민지 김미래 | **디자인** 서유리
마케팅 김미숙 | **홍보** 정지수 | **디지털콘텐츠** 김영란 | **재무** 윤미경
인쇄 및 제본 한영문화사

주소 (10881) 경기도 파주시 문발로 314
대표전화 031-955-6230 | **팩스** 031-944-2858
이메일 editor@jakka.co.kr | **블로그** blog.naver.com/jakkapub
페이스북 facebook.com/jakkajungsin | **인스타그램** instagram.com/jakkajungsin
출판 등록 제406-2012-000021호

ISBN 979-11-6026-162-2 03840

이 도서의 국립중앙도서관 출판시도서목록(CIP)은 서지정보유통지원시스템 홈페이지(http://seoji.nl.go.kr)와 국가자료공동목록시스템(http://www.nl.go.kr/kolisnet)에서 이용하실 수 있습니다.
(CIP제어번호 : CIP2020013997)